MISE À MORT

Casterman
Cantersteen 47
1000 Bruxelles

www.casterman.com

Publié en Australie par Allen & Unwinn, sous le titre : *The Debt – Book 6 : Take a Life*

ISBN : 978-2-203-10227-9
N° d'édition : L.10EJDN001567.N001

Achevé d'imprimer en avril 2017, en Espagne.
Dépôt légal : mai 2017 ; D.2017/0053/102
Déposé au ministère de la Justice, Paris (loi n° 49.956 du 16 juillet 1949
sur les publications destinées à la jeunesse).

PHILLIP GWYNNE

RUSH

CONTRAT

#6

MISE À MORT

Traduit de l'anglais
par Antoine Pinchot

casterman

Rappel des événements

Le jour de ses 15 ans, Dom a découvert un terrible secret de famille : les Silvagni ont une dette envers la Mafia, une dette très ancienne dont il est l'héritier ! Comme son père et son grand-père avant lui, il doit exécuter six contrats au service de cette mystérieuse organisation criminelle. Interdiction pour lui d'en parler à qui que ce soit. En cas d'échec, le vieux document signé par l'ancêtre de Dom précise que « le créancier pourra prélever une livre de chair sur son débiteur »...

Dom est déjà parvenu à remplir ses cinq premiers contrats, mais à quel prix... Il a frôlé plusieurs fois la mort, son camarade de classe Tristan est resté dans le coma pendant plusieurs semaines et Imogen, exaspérée par son comportement, refuse de lui adresser la parole. Il sait désormais qu'on ne plaisante pas avec La Dette...

À présent, une seule question occupe son esprit : quand lui communiquera-t-on son ultime ordre de mission ?

01. PROFIL BAS

L'odeur de la chair brûlée.

La sensation de ma propre peau grésillant au contact du fer chauffé à blanc.

Cette douleur atroce et familière.

Je baissai les yeux et contemplai les cinq lettres gravées à l'intérieur de ma cuisse. PAGAT. Le T n'était qu'une hideuse boursouflure écarlate.

Plus qu'un contrat. J'y étais presque.

À mon âge, mon grand-père s'était sans doute réjoui, lui aussi, d'arriver au bout de son calvaire. Mais il avait échoué. Il n'avait jamais reçu la lettre ultime, et on lui avait coupé la jambe à hauteur du genou.

Je me tournai vers mon père. Contrairement à Gus, il avait reçu la sixième lettre à l'issue de son dernier contrat : PAGATO. Puis il s'était hissé en haut de l'échelle sociale, devenant un homme d'affaires prospère. Même si, comme je l'avais découvert, ses bureaux étaient déserts, poussiéreux et livrés aux toiles d'araignée.

Depuis, plusieurs questions me hantaient : d'où lui venait son immense fortune ? Quelle était la nature exacte de ses activités ? Et étaient-elles seulement légales ?

Je me raccrochai à une pensée positive : mon père avait accompli tous ses contrats, et il n'avait pas été amputé. Comme lui, j'allais triompher de ce défi. Pas question de chuter à la sixième et dernière haie.

– C'est terminé, dit-il en replaçant le fer dans le tiroir du bureau.

Puis il me serra dans ses bras.

– Plus qu'un, Dom, murmura-t-il.

À son contact, j'éprouvai le sentiment irréel que nous ne formions qu'un. Nous partagions le même sang, le même ADN, la même ambition. Comme lui, je respecterais les clauses du contrat signé par notre ancêtre.

Avachi dans son canapé, Gus, avec son visage sillonné de rides profondes et son pathétique moignon, semblait si loin de nous. J'avais l'impression de le regarder depuis le mauvais côté d'un télescope.

Plus qu'un, me répétai-je en quittant le bureau.

Je rejoignis la villa au pas de course, m'enfermai dans ma chambre et me glissai sous la couette.

Plus qu'un.

Jusqu'à ce que La Dette me contacte, je ferais profil bas.

Je ne remuerais pas la boue.

Je ne ferais pas de vagues.

Je me concentrai sur la douleur qui irradiait de ma cuisse.

La souffrance était intense, presque tangible, aussi dure et éclatante qu'un diamant.

Quelques mois plus tard

02. RESTE ICI

Ce soir-là, après le dîner, on frappa à la porte de ma chambre.

Qu'on me foute la paix.

— Tu es là, Dominic ? demanda ma mère.

C'était ce que Mr McFarlane, mon prof d'anglais, aurait qualifié de question purement rhétorique. Évidemment, elle savait que j'étais dans ma chambre.

— Qu'est-ce qu'il y a, maman ?

— Je voudrais te parler.

Impossible de l'envoyer bouler. Je me comportais de façon étrange, ces derniers temps. Et ça ne lui avait pas échappé. Je lui devais bien quelques explications.

— OK, entre.

Elle tourna la poignée.

— La porte est verrouillée, dit-elle.

Je me tirai hors du lit et donnai un tour de clé.

Dès que je me fus recouché, elle commença à me bombarder de questions tout droit tirées d'une brochure d'information sur la dépression adolescente ou d'un entretien téléphonique avec le Dr Juratowitch, notre psy de famille.

As-tu l'impression que tes camarades te rejettent ?

Que tu es dans une impasse ?

Que tu n'as plus goût à rien ?

— Je ne suis pas déprimé, maman, répondis-je. Si je ne fais pas grand-chose de mes journées, c'est parce que je suis en vacances. Je me détends, voilà tout.

— Et tu vas te traîner comme ça jusqu'à la rentrée ? demanda-t-elle.

Nous échangeâmes un regard lourd de sens. J'étais fatigué de tous ces non-dits. Je n'étais plus capable de mentir.

— Maman, j'ai encore un contrat à remplir, soupirai-je. Et je ne veux pas me planter. Tu comprends pourquoi, j'imagine... Alors, je reste dans ma bulle, et j'évite les ennuis.

Ma mère tressaillit, comme si la simple évocation du contrat lui faisait l'effet d'une gifle, puis elle retrouva sa contenance.

— Je comprends, Dom, dit-elle.

Elle n'avait prononcé que trois mots, mais nous venions de faire un grand pas en avant : pour la première fois, elle avait avoué connaître l'existence de La Dette.

— Mais pourrais-tu faire quelque chose pour moi ? ajouta-t-elle. J'aimerais que tu te remettes à courir.

Je ne parle pas forcément de reprendre la compétition, mais j'aimerais au moins que tu recommences tes entraînements du matin. Au rythme qu'il te plaira, bien entendu...

Cette simple idée me collait la nausée, mais ma mère avait l'air si anxieuse que je me sentis dans l'obligation de la satisfaire.

– C'est entendu.

Un sourire californien – ou italien – éclaira son visage, puis elle m'ébouriffa affectueusement les cheveux.

– Merci, mon chéri. C'est tout ce que je voulais entendre.

■ ■ ■

Le lendemain, pour la première fois depuis des mois, les Baha Men me tirèrent du sommeil. J'enfouis ma tête sous l'oreiller, mais leur abomination musicale, traversant sans difficulté l'épaisse couche de plumes, se fraya un passage jusqu'à mes tympans.

N'ayant guère le choix, je quittai mon lit et traversai la chambre afin de leur couper le sifflet. Alors que j'étais sur le point de me recoucher, je me rappelai l'expression torturée de ma mère et la promesse que je lui avais faite. Je passai ma tenue d'entraînement, quittai la maison dans le plus grand silence et enfilai mes chaussures sur le perron.

Au moment où je rejoignis l'allée menant au portail de Halcyon Grove, j'aperçus une silhouette tapie derrière un buisson. Saisi d'effroi, je hâtai le pas.

— Vous êtes bien pressé, Mr Silvagni, ironisa l'individu.

Roberto !

— Qu'est-ce que vous fichez là ? demandai-je. Vous vous planquez ?

— Je travaille ici, dit-il. Je suis jardinier, vous vous rappelez ?

Je me souvins du jour où Toby avait disparu. J'avais trouvé Roberto en grande conversation avec ma mère dans la cuisine, si proches que leurs nez se frôlaient. Bizarrement, c'était auprès de lui qu'elle avait cherché du réconfort en ces instants difficiles. Et le moins que l'on puisse dire, c'est que ça n'avait pas plu à mon père.

— Oui, je me souviens, lâchai-je.

Sur ces mots, je tournai les talons et me remis en route.

Lorsque j'arrivai à hauteur du poste de garde, Samsoni, l'agent de sécurité, m'adressa un large sourire.

— Eh, Monsieur Silvagni ! Vous avez repris l'entraînement ?

— Comme vous le voyez, répondis-je.

— Dans ce cas, je vous souhaite bon courage, champion !

Je quittai le domaine, longeai le mur d'enceinte, m'engageai dans Chirp Street puis empruntai le pont menant à Chevron Heights.

J'aurais aimé découvrir la frêle silhouette de Seb Baresi devant la pizzeria Big Pete, comme au bon vieux temps. J'ignorais si nos chemins se croiseraient à nouveau.

Parvenu au sommet de la côte que nous appelions le Tord-Boyaux, l'air marin fouetta mon visage. Je dévalai la colline et atteignis la lisière de la forêt du Prêcheur.

Je songeai à la mort de ce dernier, et me demandai si je ne devais pas rebaptiser son royaume. Lui rendre son statut officiel, « la réserve d'Ibbotson ». C'était à mourir d'ennui. Je décidai de conserver le nom que Seb et moi lui avions attribué, en sa mémoire.

Sur le chemin du retour, alors que j'abordais Chirp Street en sens inverse, j'éprouvai un sentiment délicieux, et réalisai que j'avais repris goût à la course. À cet instant, du coin de l'œil, j'aperçus un véhicule en mouvement. Flash-back : c'est ainsi que le cauchemar avait commencé. Un monospace blanc, profilé, à l'aspect futuriste, qui filait sans produire le moindre son. Un pare-brise fortement teinté qui masquait le visage du pilote.

En me retournant, je réalisai que mon esprit me jouait des tours. Le véhicule qui se rapprochait produisait un boucan du tonnerre. C'était la vieille camionnette de Gus. Je fis halte et le laissai se porter à ma hauteur.

— C'est la grande forme, on dirait, lança-t-il en se penchant à la portière.

Je remarquai une vieille boîte de chocolat en poudre Milo posée sur le siège passager.

— Où est-ce que tu vas, à cette heure ? demandai-je.

— À Berang Valley.

— Oh. C'est là que vous viviez, quand papa était petit ?

— Oui, dit Gus. C'est aussi là que j'ai grandi.

Lorsque Toby, Miranda et moi étions enfants, chaque fois que nous manifestions notre mauvaise humeur, notre père nous menaçait de retourner à Berang Valley.

« Lorsque vous découvrirez la cabane où j'ai grandi, je vous garantis que vous cesserez de vous plaindre », disait-il.

Mais il n'avait jamais mis sa menace à exécution, et nous avions fini par nous forger une image plutôt positive de Berang Valley. Ce village perdu au fond d'une vallée verdoyante était à nos yeux le terrain de jeux idéal. Une sorte de club de vacances perdu dans un champ de canne à sucre.

— Tu m'accompagnes ? demanda Gus.

Pourquoi pas ? Après tout, Berang Valley n'était pas très loin.

— Et ton passager ? souris-je en indiquant la boîte de chocolat en poudre.

— Pose-la sur tes genoux.

Je contournai la camionnette, pris place sur le siège passager et calai le récipient entre mes cuisses.

— Qu'est-ce qu'il y a, là-dedans ? demandai-je lorsque nous nous fûmes mis en route.

— Le Prêcheur, répondit Gus.

— Ah ah. Très drôle.

— Je ne plaisante pas. C'est tout ce qui reste de mon frère.

Je fus secoué d'un frisson. Ainsi, le Prêcheur avait été incinéré, et je tenais ses cendres entre mes jambes.

— Aucune raison d'avoir peur, dit Gus. Ce ne sont que les reliques de l'enveloppe qu'il a habitée durant son séjour sur terre. Il ne va pas se réveiller.

En dépit du malaise que j'éprouvais, je tâchai de me convaincre qu'il disait vrai.

La camionnette aborda une pente extrêmement raide. Le moteur, à bout de souffle, manifesta bruyamment son mécontentement.

— Cette vieille guimbarde me ressemble beaucoup, dit Gus. Elle est dans la dernière ligne droite.

— Je vois que le moral est au beau fixe, répliquai-je. Et à part ça, tu as soulevé de la fonte, cette semaine ?

Je venais d'employer une tactique éprouvée : chaque fois que Gus se plaignait de son âge, je le ramenais à sa pratique de la musculation, à son corps d'athlète, bref, à ce dont il était le plus fier.

— Je ne me suis pas trop mal débrouillé, sourit-il.

Pendant plusieurs minutes, il parla de « soulever de la fonte » et des bienfaits de cette activité sur la santé des seniors.

Enfin, la camionnette cessa de se plaindre et nous atteignîmes un plateau de l'arrière-pays. Gus s'arrêta devant un panneau portant l'inscription *Point photo*. Un groupe de touristes japonais achevait d'embarquer à bord d'un autocar. Bientôt, nous nous retrouvâmes seuls pour admirer le panorama qui s'offrait à nous.

D'un seul regard, nous pouvions embrasser toute la côte, de Southport, au nord, à Coolangatta, au sud. Les plages formaient une succession de croissants de sable blanc sous l'arc scintillant de l'océan. C'était un spectacle à couper le souffle.

Sans en avoir jamais pris conscience, j'adorais ce paradis, et même si je me moquais fréquemment de ses habitants, de leur futilité et de leur obsession du bronzage, je n'imaginais pas vivre ailleurs. Et c'était à mon père, avec ses bureaux vides et poussiéreux, que je devais cette chance.

— Spectaculaire, dit sobrement Gus.

Nous remontâmes dans la camionnette et nous redémarrâmes. Quelques kilomètres plus loin, nous empruntâmes une route étroite, longeâmes une entreprise vinicole et une ferme bio, puis nous nous engageâmes sur une piste qui serpentait vers une vallée encaissée. Alors, le paysage changea radicalement. Nous traversâmes un épais rideau de forêt tropicale avant de déboucher sur une zone plus dégagée, colonisée par une végétation rampante.

— C'est quoi ces plantes ? demandai-je.

— Du smilax, répondit Gus. Autrefois, on appelait ça du « reste ici ».

Et à en juger par sa grimace, le smilax n'était pas sa plante favorite.

— Auparavant, on produisait ici la meilleure canne à sucre de la région. Maintenant, il n'y a plus que du « reste ici ».

— C'est quoi, ce nom ?

— Tu comprendras quand tu te prendras les pieds dedans, s'esclaffa Gus.

Au fond de la vallée, à hauteur d'un abribus abandonné, il s'engagea sur un chemin de terre criblé d'ornières qui nous conduisit à un village abandonné. Il n'y avait pas âme qui vive. Ni homme, ni faune. Rien que du « reste ici » se faufilant par les fenêtres des maisonnettes délabrées.

— Bon sang, qu'est-ce que c'est que cet endroit ? m'étranglai-je.

— Trois générations de Silvagni ont vécu ici, expliqua Gus.

Un club de vacances entouré de canne à sucre ? Non, pas vraiment. Berang Valley était un décor de film d'horreur. Je n'avais pas l'intention d'y demeurer une minute de plus.

— Tu veux jeter un œil ? demanda Gus.

— Non, je ne crois pas, dis-je.

— À vrai dire, je n'y tiens pas non plus, soupira-t-il.

Il regarda brièvement la boîte de Milo et ajouta :

— Mais je crois qu'on devrait le faire. En sa mémoire.

Il se gara devant les ruines d'une église. Jusqu'alors, je n'avais jamais imaginé qu'un lieu de culte puisse être en faillite, comme un commerce ordinaire. Et c'est pourtant ce qui s'était produit ici, faute de clientèle.

— Cet endroit me fout les jetons, dis-je.

Gus saisit la boîte entre mes jambes.

— Tu peux attendre ici, si tu préfères. Ça ne me pose pas de problème.

À vrai dire, c'était mon intention.

Mais quand il sortit de la camionnette, le cylindre entre les mains, je changeai d'avis. La curiosité, sans doute, et la crainte de me retrouver seul dans cette ville fantôme.

Lorsque je poussai la portière, Gus avait disparu de mon champ de vision. Il régnait un silence de mort. L'air était humide, étrangement épais.

— Gus ! criai-je en marchant vers l'église.

Une nuée de pigeons s'envola des ruines de l'édifice et s'éleva dans le ciel.

— Gus, tu es là ?

— Par ici, lança-t-il.

Je contournai l'église au pas de course et le trouvai immobile, le regard perdu dans le vide.

— Tout va bien, Gus ? demandai-je.

Lorsqu'il se tourna dans ma direction, il affichait une expression que je ne lui connaissais pas. Était-ce de la peur que je lisais dans ses yeux ? Je le croyais jusqu'alors imperméable à une telle émotion. N'avait-il pas perdu une jambe à l'âge de quinze ans ? Que pouvait-il exister de pire ?

— Tout va bien ? répétai-je.

— Oui, je vais bien, dit-il. Seulement, cet endroit fait remonter certains souvenirs, un peu trop nombreux pour un vieux bonhomme comme moi.

Ne pas faire de vagues. Ne pas remuer la boue.

Mais c'était plus fort que moi. C'était de ma famille qu'il était question, de ma propre histoire. Et, d'une certaine façon, de mon héritage.

— Ton père cultivait la canne à sucre ? demandai-je.

— Ouais, répondit Gus. C'était un rude métier.

— Et tu venais souvent dans cette église ?

Il hocha la tête.

— Mes parents étaient très croyants.

Très croyants. Gus, lui, ne croyait en rien. Pour quelle raison s'était-il détourné de ses traditions familiales ?

— Comme le Prêcheur, fis-je observer.

Gus hocha la tête.

— C'était un garçon étrange. Je crois qu'il n'a jamais rien lu d'autre que la Bible.

— Comment est-il devenu... comment dire... un marginal ?

— La mort de son jumeau l'a bouleversé, soupira Gus.

Je pensai à la photo de famille découverte dans le bureau de Gus et au cliché de la crypte des Tabori.

— Ce jumeau, comment est-il mort ?

Gus marqua une pause. Je le connaissais par cœur. Cette hésitation annonçait un mensonge.

— La fièvre. Les gamins tombaient comme des mouches, en ce temps-là.

Ce n'est qu'à cet instant que je remarquai la pierre penchée qui émergeait de la végétation et compris que nous nous trouvions dans un cimetière. Je me figeai, certain que j'allais être terrassé par la coïmétrophobie. Mais rien ne se produisit. C'est à peine si je ressentis un léger vertige.

Étais-je guéri ? Un jour, le Dr Juratowitch m'avait expliqué la cause de ces crises de panique : la vue d'une tombe me confrontait à ma propre mortalité. Mais désormais, chaque jour, c'était La Dette qui m'administrait une piqûre de rappel.

Gus se planta devant une tombe.

Luigi Silvagni. 1915-1956.

Le père de Gus, mon arrière-grand-père.

— Il est mort à seulement quarante et un ans, fis-je observer.

— Il avait la toquante fragile, dit Gus en plaçant une main sur son cœur.

Il observa quelques secondes de silence avant d'ajouter :

— Mais la vérité, c'est que le jour où il nous a quittés, il était déjà mort depuis très longtemps.

Je fermai les yeux et respirai profondément. Je savais par avance ce que Gus allait dire.

— Ils lui ont pris un bras, dit-il.

— Quand il avait mon âge, ajoutai-je.

Cette nouvelle n'était pas une surprise. J'avais étudié la photo de famille trouvée dans le tiroir secret de Gus, et remarqué l'homme au bras caché – ou l'homme au bras manquant.

— Ton père était un cultivateur manchot ?

— Il se débrouillait comme il pouvait, expliqua Gus.

— À qui veux-tu faire croire une chose pareille ?

— Je suis bien un entraîneur unijambiste, Dom.

Il observa une pause puis ajouta :

— Je t'assure, il ne s'en sortait pas si mal. Mais son drame, c'est qu'il n'a jamais plus joué de piano.

— Pardon ?

— Ton arrière-grand-père était un musicien de talent. Un autodidacte qui jouait de tous les instruments, et en particulier du piano, dans le style de Jelly Roll Morton.

Jelly Roll qui ?

— Et puis ils ont pris son bras, et il n'a plus jamais touché un clavier.

— Il a arrêté la musique ?

— Oh, il soufflait dans son harmonica de temps en temps, mais jamais en public. Il s'isolait derrière la maison. Mais dès qu'il se savait écouté, il rangeait son instrument.

Je sentis les larmes me monter aux yeux.

— On peut retourner à Halcyon Grove ?

— Il me reste une chose à accomplir, dit Gus en ôtant le couvercle de la boîte.

— Tu vas répandre les cendres ici ?

— C'est ce qu'il voulait.

Puis, imitant le ton théâtral de son frère, il déclama :

— *Que je meure dans ma ville et qu'on m'enterre auprès de mon père et de ma mère.*

— Justement. Il a demandé à être enterré, pas dispersé.

— Je te trouve bien tatillon, dit Gus en retournant la boîte.

En voyant les cendres en tomber, je réalisai qu'il avait raison : ce n'était que les restes de l'enveloppe que le Prêcheur avait habitée durant son séjour sur terre.

Pourtant, ça me terrorisait.

Je tentai de rejoindre la camionnette, mais une branche de smilax était cramponnée à l'une de mes chaussettes. Le « reste ici » portait bien son nom. Lorsque je parvins à m'en débarrasser, mon regard se posa sur une autre tombe.

Elizabeth Pandolfini. 1943-1955.

— On ne fait pas de vieux os, dans cette vallée, fis-je observer.

Gus considéra l'inscription puis secoua tristement la tête.

Dom, arrête de remuer la boue ! Arrête ! Arrête !

— Je vais t'attendre dans la camionnette, dis-je.

Une fois à l'abri du véhicule, j'allumai la radio et tournai le volume à fond. Je voulais faire taire toutes les questions qui tournaient en boucle dans mon esprit.

Gus me rejoignit deux minutes plus tard.

— Qu'est-ce que tu vas faire de ça ? demandai-je, constatant qu'il tenait toujours la boîte à la main.

Il la considéra d'un air étonné, rebroussa chemin puis la plaça à l'intérieur de l'église.

— Le voilà prêtre pour de bon, dit-il lorsqu'il regagna la camionnette.

— Avec des pigeons pour fidèles.

Gus ne décrocha pas un mot durant le trajet de retour. Ce qui me convenait parfaitement, vu que j'étais perdu dans mes pensées. Il me déposa devant la villa peu avant midi. L'heure de reprendre mon train-train habituel. De piquer une tête dans la piscine, en évitant de faire des vagues. De regarder un film. D'ouvrir les innombrables e-mails qu'Imogen m'avait adressés. Ou mieux, de pousser l'air conditionné sur position polaire et de m'offrir une longue sieste.

Vendredi

03. DIF, QUD ET SIS

Mon iPhone émit un bref signal sonore.

Qu'est-ce que ça peut faire ? J'ai un million d'e-mails non lus. Je ne vais pas me mettre à flipper pour un simple SMS.

Mais l'alerte se répéta deux fois en l'espace d'une minute.

Va-t-on enfin se décider à me foutre la paix ?

C'était peu probable, au train où allaient les choses.

J'attrapai mon iPhone sur la table de nuit et consultai les trois messages.

DIF, disait le premier.

QUD, disait le deuxième.

SIS, disait le troisième.

Tous trois m'avaient été adressés par le même contact : PJ.

Je fis apparaître le clavier virtuel de mon iPhone et étudiai la position des lettres. À l'évidence, DIF, QUD et SIS constituaient des tentatives ratées de composer le sigle SOS à l'aveuglette.

En résumé, PJ m'avait appelé à l'aide à trois reprises.

Pourquoi une fille aussi dégourdie et rompue à une vie d'errance urbaine faisait-elle appel à moi ? D'une certaine façon, je me sentais plutôt flatté. Je répondis à ses messages par un simple point d'interrogation.

Je patientai pendant dix minutes. Pas de réaction. Logique : ces trois SOS maladroitement rédigés démontraient qu'elle avait accès à son mobile mais ne pouvait en regarder l'écran. Elle se trouvait dans une situation délicate, et il valait mieux ne pas trahir sa position.

Grâce à l'ordinateur de La Dette, j'avais les moyens de trianguler le signal de son téléphone et de le localiser. Il me fallut juste quelques instants pour obtenir une adresse : 45 Frank Condon Drive, Mermaid Waters.

■ ■ ■

Une vingtaine de minutes plus tard, un taxi me déposa dans un quartier résidentiel quadrillé de canaux. J'ignorais qui était Frank Condon, mais la rue baptisée en son honneur, encadrée de maisons sans charme, était d'une parfaite banalité. Je l'arpentai à pied en étudiant les numéros figurant sur les boîtes aux lettres, puis m'arrêtai devant la villa sise au quarante-cinq. Sur la pelouse bien entretenue et la façade fraîchement repeinte, je cherchai en vain des indices trahissant le nombre et la nature de ses occupants.

Quel stratagème allais-je employer pour y entrer ? Quel genre d'individu frapperait à une porte sans y être invité ? À Halcyon Grove, grâce à la vigilance de Samsoni, ces visites étaient rares. Parfois, par jeu, il nous contactait par l'intercom pour nous signaler la présence d'importuns.

— J'ai devant moi deux mormons qui souhaitent vous parler du message de Jésus-Christ et de vos chances de salut dans l'au-delà. Je les fais entrer ?

Bien entendu, ils ne franchissaient jamais le portail du domaine. Ayant besoin d'une histoire plus solide, je décidai de jouer la carte sentimentale.

J'avais rencontré une fille dans le bus. Nous avions engagé la conversation et nous nous étions trouvé une foule de points communs. Comme elle m'avait communiqué son adresse et que je passais dans le quartier, je m'étais dit que je pouvais lui rendre une petite visite.

Certes, cet alibi souffrait d'un défaut majeur : pour commencer, pourquoi cette fille m'aurait-elle dit où elle habitait au lieu de me confier son e-mail ? Mais j'avais peu de temps devant moi, et mon imagination était à sec.

Je marchai jusqu'à l'entrée et remarquai une caméra de surveillance braquée dans ma direction. Depuis mes visites chez Hanley, je commençai à en connaître un rayon sur la question. C'était une Boscam 165Y sans fil.

Je frappai à la porte. Aucun résultat. Je rebroussai chemin, traversai la rue, m'assis sur le trottoir et sortis l'ordinateur de ma sacoche. Je fis apparaître la liste des réseaux locaux et sélectionnai la source d'émission la plus proche. Le logiciel de piratage mit plus de temps que d'ordinaire à craquer sa clé d'accès, preuve que le maître des lieux avait pris des précautions particulières en matière de sécurité informatique. J'étais désormais convaincu qu'il se tramait des choses plutôt louches au 45, Frank Condon Drive.

Je clonai le bureau du PC connecté au réseau et découvris une fenêtre où étaient affichés les flux des caméras de surveillance. Aucun doute, on m'avait vu frapper à la porte. L'image offrait une excellente définition. Hanley avait raison : la Boscam 165Y était de toute première qualité.

Je sélectionnai les flux figurant dans des onglets masqués. Le premier montrait une bande de gazon, du mobilier de jardin et un étendoir à linge. L'autre, un individu vêtu d'un jean et d'un sweat-shirt à capuche se tenant de dos dans une pièce nue et brillamment éclairée.

La silhouette fit volte-face et s'approcha de l'objectif. C'était PJ.

Bon sang, dans quelle situation s'était-elle mise ? Devais-je alerter la police ? Certainement pas. J'allais recevoir mon sixième et dernier contrat, et il n'était pas question de me faire remarquer par les autorités. En outre, PJ éprouvait une détestation particulière pour les forces de l'ordre.

Si je choisissais d'agir en solo, j'avais besoin d'une stratégie crédible. Comment pénétrer dans cette baraque ? Celui qui y vivait avait investi une petite fortune en matériel de surveillance, et je redoutais qu'il ne possède une arme. Je ne pouvais pas prendre le risque d'entrer par effraction.

Je repensai à la tactique employée par Hound lors de mon troisième contrat, à la façon dont nous avions, par la ruse, forcé Nitmick à quitter son appartement pour le cueillir dans la rue.

Quel artifice allais-je employer ?

Une idée audacieuse germa dans mon esprit. C'était un plan un peu bancal, aux chances de réussite très aléatoires, mais c'était le seul dont je disposais.

Je me connectai à YouTube, tapai *police Australie perquisition*, puis étudiai les résultats de ma recherche. La plupart des vidéos étaient tirées de films d'action. Les interventions de ces flics-là manquaient de réalisme.

Puis je tombai sur un extrait d'une émission documentaire consacrée au travail quotidien des forces de l'ordre. L'épisode avait été tourné dans l'État de Victoria, et l'uniforme des agents était légèrement différent de celui des policiers du Queensland. Ce détail mis à part, la scène, capturée par une caméra de surveillance selon un angle idéal, correspondait à ce que je recherchais : trois flics défonçant une porte à l'aide d'un bélier hydraulique. Je sauvegardai le passage en question sur mon disque dur puis le convertis au format AVI. J'accédai au PC de la villa, remplaçai la fenêtre du flux numéro un par le clip vidéo et appuyai sur *play*.

Enfin, je me plantai devant la porte et y flanquai de grands coups de pied coordonnés avec les assauts des policiers à l'écran. Mon but : forcer son occupant à s'enfuir par la porte arrière, à la façon du dieu Pan qui, selon le professeur Chakrabarty, avait semé la panique dans les rangs perses lors de la bataille de Marathon.

À ma grande surprise, ce plan fonctionna à merveille.

Dominic Silvagni, tu es un génie.

Je vis une silhouette filer dans le jardin et disparaître de mon champ de vision. Comme je l'avais prévu, la porte d'entrée était verrouillée. Je contournai la villa et entrai par la baie vitrée que le fuyard, dans sa précipitation, avait laissée ouverte.

— PJ ! criai-je à plusieurs reprises en courant de pièce en pièce.

En toute logique, la cellule où était retenue PJ devait se trouver au sous-sol. Seul problème, je n'avais pas vu d'escalier menant à la cave.

Je rebroussai chemin en étudiant attentivement le sol. Dans le salon, je remarquai un affreux tapis bleu et or présentant des plis suspects. En le soulevant, je dévoilai une trappe équipée d'un anneau. Je l'ouvris, puis dévalai une volée de marches conduisant à un débarras. Là, je trouvai une porte équipée d'un verrou extérieur. Je le fis coulisser et déboulai dans la cellule.

PJ se jeta à mon cou.

— Je savais que tu viendrais ! s'exclama-t-elle.

— Vite, sortons d'ici.

Nous rejoignîmes le rez-de-chaussée quatre à quatre… et tombâmes nez à nez avec l'homme que j'avais vu s'enfuir par le jardin. La cinquantaine, un peu court sur pattes, il était assis dans un fauteuil du salon, un pistolet automatique braqué dans notre direction.

— As-tu vraiment cru que je me laisserais berner par ton boulot d'amateur, mon garçon ? sourit-il.

Il disait vrai : j'étais un amateur, un bleu, un gamin de quinze ans qui avait eu les yeux plus gros que le ventre.

— Ne l'écoute pas, lança PJ.

Comment aurais-je pu suivre ce conseil ? Sur l'échelle de l'épouvante, ce type battait tous les records. J'avais affaire à un individu intelligent. Intelligent et armé. Moi, je n'avais d'autre arme que mon cerveau et mon sens de la stratégie.

— Vous pensez vraiment que je débarquerais sans plan B et que personne ne sait que je me trouve ici ?

— C'est une hypothèse vraisemblable, en effet, ricana l'homme.

À cet instant, je me demandai si je n'avais pas poussé un peu loin le bouchon.

— Je peux vous apporter une preuve de ce que j'avance, dis-je en glissant une main dans la poche arrière de mon jean.

— Je serais curieux de voir ça, gloussa mon interlocuteur.

Je sortis mon iPhone, ouvris l'application *mail* et lui montrai le message que j'avais composé avant de mettre mon plan à exécution :

Papa, si je ne suis pas à la maison à minuit, viens me chercher au 45, Condon Drive, Mermaid Waters.

L'homme demeura sans réaction, mais je remarquai que son arme était désormais pointée vers le sol.

— Priscilla est venue de son plein gré afin de régler un différend financier, dit-il. Je ne lui ai fait aucun mal. N'est-ce pas, jeune fille ?

PJ hocha la tête.

— C'est exact. Brandon lui doit de l'argent.

— Beaucoup d'argent, précisa l'homme.

Sur ces mots, il braqua l'automatique dans ma direction et pressa la détente. Une petite flamme apparut à l'extrémité du canon. Durant toute notre confrontation, il m'avait menacé avec un briquet.

Il éclata de rire puis lança :

— Allez, foutez le camp de chez moi.

Je ne me fis pas prier : j'attrapai la main de PJ et la tirai vers la baie vitrée.

À mon grand étonnement, elle opposa une farouche résistance.

— Où sont mes affaires ? demanda-t-elle.

— Tu ne manques pas de toupet, dit l'inconnu.

Et je n'étais pas loin de partager son point de vue.

— Mon mobile, insista PJ.

L'homme lâcha un soupir, se leva et se rendit dans la cuisine. Il ouvrit un placard et en sortit un téléphone portable qu'il lança à PJ.

— Ma bombe lacrymo, ajouta cette dernière.

Il leva les yeux au ciel puis lui remit un petit atomiseur.

— Et mon fric ?

— Tu plaisantes, j'espère ? Tu sais combien me doit ton frère ?

— Ça, ce sont ses problèmes, pas les miens, grogna PJ.

Je m'emparai du pistolet-briquet abandonné sur l'accoudoir du fauteuil.

— Rendez son argent à mon amie, lançai-je en tâchant d'adopter le ton menaçant de Hound de Villiers.

— Oh, et qu'est-ce que tu comptes faire avec ça ? sourit-il. M'allumer un cigare et attendre que je chope le cancer ?

Je me dirigeai vers le boîtier de contrôle du système de surveillance vidéo et pointai le canon sur le câble qui courait le long du mur.

— Ce matériel coûte une petite fortune, dis-je. Mais je parie qu'il n'est pas ignifugé.

De guerre lasse, l'homme sortit son portefeuille, y prit quelques billets et les remit à PJ.

— Tu diras à ton frère que je n'ai pas l'intention de m'asseoir sur mon argent, lâcha-t-il.

Je suivis PJ à l'extérieur de la villa.

— Qu'est-ce que c'est que cette histoire ? demandai-je tandis que nous remontions la rue au pas de course.

— C'est compliqué, dit-elle.

— J'ai pris des risques pour te libérer, et j'estime que tu...

PJ posa un doigt sur mes lèvres.

— Fais-moi confiance, il vaut mieux que tu laisses tomber, Dom.

Elle leva un bras, et un taxi s'arrêta à notre hauteur. Elle s'installa sur la banquette arrière.

— Où est-ce que tu vas ? demandai-je.

— À l'hôpital Mater.

— Je t'accompagne.

— OK, monte.

Le chauffeur nous adressa un regard suspicieux dans le rétroviseur intérieur.

— Vous avez de quoi payer la course ? demanda-t-il.

PJ sortit un billet de cinquante dollars et le glissa dans sa main.

— Ça devrait faire l'affaire, dit-elle.

Le chauffeur examina longuement le filigrane avant de passer la première. Dès que le véhicule se fut mis en mouvement, PJ posa la tête sur mon épaule et s'endormit aussitôt.

04. LE MAUVAIS NUMÉRO

Au fond, à bien y réfléchir, La Dette m'en avait appris plus long que les profs de mon bahut privé hors de prix. Sans elle, j'aurais tout ignoré de la production d'électricité, du trésor de Yamashita, de la conduite des bulldozers et du procédé de transmission des SMS.

Elle m'avait aussi appris à faire face aux événements les plus invraisemblables, sans me précipiter. PJ dormait, la tête posée sur mon épaule. À son réveil, peut-être lui demanderais-je qui était l'homme qui l'avait retenue prisonnière et pourquoi nous nous rendions à l'hôpital. Mais il n'y avait pas d'urgence. Ces questions trouveraient leur réponse tôt ou tard. Pour le moment, mieux valait me détendre et laisser mon taux d'adrénaline revenir à la normale. Je me sentais bien. Parfaitement calme.

— Vous êtes arrivés à destination, annonça le chauffeur.

Brutalement tirée du sommeil, PJ ouvrit des yeux ronds, comme si elle ne me reconnaissait pas. Puis ses idées se remirent en place, et son regard retrouva sa vivacité.

— Allons-y, Grammar Boy.

— Et la monnaie ? lançai-je à l'adresse du chauffeur.

— Tarif forfaitaire, répondit-il.

— Vous voulez dire que cette course nous a coûté cinquante dollars ? m'étranglai-je.

— Laisse tomber, on s'en fiche, dit PJ en descendant du taxi.

Surpris par son attitude très étrange vis-à-vis de l'argent, je la suivis à l'intérieur de l'hôpital. À en juger par la façon dont elle négociait couloirs et ascenseurs, elle connaissait les lieux comme sa poche.

Nous entrâmes dans une chambre pouvant accueillir quatre malades. Brandon, blanc comme un linge et plus maigre que jamais, occupait l'un des lits.

— Salut, frangine, dit-il dans un souffle. Tu en as mis du temps.

— J'avais un rendez-vous important, répondit-elle. J'ai été retardée.

Brandon esquissa un sourire, dévoilant une rangée de dents jaunâtres. Il me désigna d'un hochement de tête et dit :

— Qu'est-ce qu'il fait là, lui ?

— Il m'a filé un coup de main, expliqua PJ.

Elle se pencha à mon oreille et chuchota :

— Peux-tu lui tenir compagnie quelques minutes ? Je dois parler au médecin.

Demeurer en compagnie de Brandon n'avait rien de réjouissant, mais je n'avais guère le choix. Lorsque PJ eut disparu, j'étudiai la chambre. Seul un autre lit était occupé. Un homme d'une cinquantaine d'années, aux longs cheveux filasse, regardait *Qui veut gagner des millions ?* sur un poste de télévision portatif.

— Alors, vous êtes ensemble, ma sœur et toi ? gloussa Brandon.

Et dire que j'avais risqué ma vie pour sauver ce crétin de la noyade...

— Non, on est juste amis, répondis-je.

Je marquai une pause puis demandai :

— Et toi, pourquoi es-tu là ?

— Une maladie incurable, ricana-t-il. J'ai tiré le mauvais numéro.

— C'est grave ?

— Il paraît qu'il ne me reste plus que deux mois à vivre. Ensuite, mon cerveau explosera, et tout sera terminé.

L'homme aux cheveux longs se dressa sur sa couchette.

— Eh, les jeunes, vous ne pouvez pas parler un peu moins fort ? grogna-t-il. Je vous signale que vous n'êtes pas seuls dans cette chambre.

À cet instant, PJ poussa la porte.

— Brandon, ils ne veulent pas te laisser sortir, annonça-t-elle.

— Rien de nouveau sous le soleil, répondit son frère. Mais je trouverai bien une occasion de me faire la malle, comme d'habitude.

05. IL POLITICO

De retour à la maison, je trouvai mes parents, mon frère et ma sœur réunis dans la cuisine.

— Qu'est-ce que tu fichais ? s'exclama Toby. Je te rappelle que c'est la soirée ciné.

— Et que c'est à ton tour de choisir le film, ajouta Miranda.

J'envisageai de céder ma place et de les planter là, puis je me dis qu'une soirée en famille n'était pas une si mauvaise idée. Après la séance, nous irions dîner chez Taverniti. Et comme son propriétaire était lié à La Dette, peut-être en profiterait-on pour me confier mon dernier contrat. J'étais impatient d'en finir avec ce cauchemar.

Quand nous arrivâmes devant la salle, j'étudiai le grand panneau lumineux et choisis un film d'action baptisé *Plein gaz*.

— Hors de question que je regarde ce navet ! s'écria ma sœur.

— Miranda ! la rabroua ma mère. Je te rappelle que tu n'as pas ton mot à dire.

Elle faisait référence à la règle d'or de nos petites sorties en famille : il était formellement interdit de contester le choix du maître de la soirée.

— Au moins, ce film n'est pas sous-titré, fit observer mon père.

Il évoquait la dernière œuvre que nous avions vue tous ensemble, un drame psychologique coréen en version originale dont chaque plan était parasité par des lignes et des lignes de caractères.

Au bout du compte, *Plein gaz* se révéla plutôt divertissant. Contre toute attente, malgré son scénario creux, il me donna à réfléchir. J'étais frappé par la facilité avec laquelle mouraient les figurants. Ils explosaient. Ils se prenaient des balles de gros calibre. Ils étaient dévorés par des requins. Quand ils ne basculaient pas instantanément dans l'au-delà, leur agonie n'était jamais très longue. Dans la vie réelle, les choses étaient bien différentes.

Après la séance, nous tînmes une assemblée sur le trottoir afin de décider de l'endroit où nous irions dîner. Je savais ce qu'ils avaient en tête, tous les quatre : *pas chez Taverniti, pour une fois ; marre des calamars frits, du pain à l'ail et des spaghettis bolognaises.*

— Alors, où est-ce qu'on mange ? lança mon père.

Les suggestions fusèrent.

— Il y a ce restau mexicain qui vient d'ouvrir à Broadbeach, dit Toby.

— Je tuerais pour un plateau de sushis, soupira Miranda.

— J'irai où vous voulez, pourvu que je trouve des plats sans glucides, précisa ma mère.

Mon père leva les mains en l'air.

— Eh, une minute, dit-il. J'ai l'impression qu'on va avoir du mal à trouver un terrain d'entente.

Quant à moi, je ne lâchai qu'un mot :

— Taverniti.

Mon frère et ma sœur me fusillèrent du regard.

— Désolé, Dom, mais j'ai l'impression que tout le monde a envie d'un peu de nouveauté, dit mon père en posant une main sur mon épaule.

— Et moi, j'ai l'impression que vous oubliez les règles de la soirée, répliquai-je. Celui qui choisit le film choisit aussi le restaurant.

— Mais on va tout le temps chez Taverniti, pleurnicha Toby.

— C'est bien, comme ça, tu n'auras même pas besoin de lire le menu.

— Dom a raison, les règles sont les règles, sourit mon père. Allez, en route pour Taverniti !

Au bout du compte, nous reçûmes un accueil si chaleureux que chacun retrouva rapidement le sourire. Le serveur conseilla à Toby une nouvelle recette de *bocconcini*. L'œil fiévreux, ce dernier accepta la proposition sans se faire prier. Miranda, elle, méditait sa vengeance. Dans une semaine, ce serait à elle de choisir le film. Nous pouvions nous attendre à une sérieuse indigestion de sous-titres. Seule ma mère faisait grise mine devant ce menu ne proposant que des plats saturés de glucides.

— Pardonnez-moi, mais il faut que je m'absente un moment, annonçai-je lorsque j'eus terminé mon entrée.

Je quittai la table, passai devant la porte des toilettes et empruntai celle menant à l'allée de service du restaurant. Comme la dernière fois que je m'y étais aventuré, les lieux grouillaient de chats, mais aucune trace du vieux Taverniti. Furieux, je donnai un coup de pied dans la marmite sur laquelle je l'avais vu s'asseoir. Le récipient produisit un boucan d'enfer, et les félins apeurés s'éparpillèrent.

— *Sto arrivando!* fit une voix au fond de l'allée.

Puis celui que je cherchais sortit de l'ombre, marchant à petits pas en reboutonnant sa braguette.

— Je... je suis navré, bredouillai-je avant de remettre le récipient à sa place.

Le vieux me jaugea puis lâcha :

— *Il corridore*.

Je savais désormais que ce mot signifiait « coureur » en calabrais.

— *Si*, dis-je. C'est moi.

Mr Taverniti s'assit sur la marmite retournée, puis il sortit de sa poche un couteau et un morceau de salami. Ce qui restait de sa chevelure était en désordre et son pantalon était maculé de taches. Je me demandais s'il n'avait pas un peu perdu la boule. Les chats étaient réapparus. Ils se lovaient entre ses jambes.

— *Essere paziente gattini*, dit-il. *Voi tutti ottenere un pezzo.*

Tandis qu'il débitait la charcuterie en petits morceaux, j'observai son profil et fus convaincu que j'avais vu juste : c'était bien lui qui apparaissait derrière Mr Havilland, sur le fond d'écran de l'ordinateur d'Imogen. Le cliché ne datait pas d'hier, mais il n'avait pas beaucoup changé.

— Vous avez connu Mr Havilland ? demandai-je.

— Mr Havilland ? dit-il avec un accent aussi épais que ses rondelles de salami. *Il politico.*

— *Si*, dis-je.

— *Ha avuto troppo avidi, quello.*

Je sortis mon iPhone, lançai l'application *dictaphone* et appuyai sur *enregistrement*.

— Pardonnez-moi, mais je n'ai que de vagues notions de calabrais. Vous pouvez répéter ?

— *Il politico. Ha avuto troppo avidi, quello. Stava per rovinare tutto per tutti.*

— Que lui est-il arrivé ?

— Ho ottenuto i razzi a prendersi cura di lui. Gli hanno dato un'altra bocca. Rocco e Ron e Gnocchi.

— Est-ce qu'il est mort ? demandai-je.

Pas de réponse. Le vieil homme fixait un point situé derrière moi. Il leva son couteau à hauteur de la tempe puis, d'un geste sec, le lança droit devant lui.

Je crus d'abord qu'il m'avait pris pour cible et que la lame allait se ficher dans mon cou. Mais l'arme siffla à mes oreilles et poursuivit sa course. Un couinement se fit entendre dans mon dos. Lorsque je me retournai, je vis, perché au sommet d'un empilement de caisses, un énorme rat se raidir et basculer dans le vide.

Wooosh ! Un second couteau fila dans les airs. Il tournoya devant mon visage et embrocha l'animal avant qu'il n'ait atteint le sol.

Lorsque je fis volte-face, je découvris Rocco Taverniti debout à côté de son père, affichant son éternel air satisfait. Cette fois, il avait toutes les raisons de l'être : ce qu'il venait d'accomplir était proprement époustouflant.

Le vieil homme se leva, marcha vers le cadavre du rat, récupéra les deux lames, les essuya sur son pantalon et remit cet arsenal à son fils.

Les deux hommes s'entretinrent brièvement en calabrais avant de se tourner vers moi.

— Mon père est un vieil homme. Il ne sait plus tenir sa langue.

— Ne vous inquiétez pas pour ça, dis-je. Je ne parle pas l'italien.

— Pour ta gouverne, sache qu'il s'exprime en calabrais, pas en italien, sourit Rocco.

Sur ces mots, il me reconduisit jusqu'à la table familiale et échangea avec mes parents quelques banalités d'usage.

Après le dessert, mon père le rejoignit au bar pour une conversation qui, si je n'en entendais pas un mot, semblait beaucoup plus sérieuse.

Sur le chemin du retour, je trouvai son comportement très étrange. Pris d'une soudaine logorrhée, il évoqua toutes sortes de projets d'avenir. Lorsque nous franchîmes le portail de Halcyon Grove, il lança même :

— Vous savez quoi ? Je crois que je vais m'offrir cet avion dont je rêve depuis si longtemps.

En descendant de la voiture, je croisai le regard de Toby et de Miranda. Cette attitude les rendait perplexe.

Quand je fus seul dans ma chambre, je connectai mon iPhone à mon ordinateur et transférai les fichiers audio enregistrés dans l'allée de service du restaurant. Mais comment traduire le charabia du vieux Taverniti ? Comme moi, les nombreux logiciels de traduction disponibles sur Internet ignoraient tout du calabrais.

Je téléchargeai *TalkTrans*, un programme en open source, et optai pour une traduction depuis l'italien. L'application ne reconnut qu'un mot : *gnocchi*.

J'étais dans une impasse. Impossible de recourir à une aide extérieure. Tous ceux qui, à Gold Coast, comprenaient le calabrais étaient liés de près ou de loin à la famille Taverniti. Et sans doute à La Dette, cette pieuvre aux innombrables tentacules.

06. COMBAT DE COQS

Dormir ? Impossible. J'avais trop de sujets de préoccupation.

PJ. Le vieux Taverniti. Le contrat final.

J'essayai de compter les moutons. Sans succès. Je surfais sur Google comme un automate, espérant en vain que le sommeil me gagne.

Alors, je songeai à Imogen, à son dernier SMS plein de colère et à ses e-mails que je persistais à ignorer. Le moment n'était-il pas venu de les lire et d'affronter la réalité, quelle qu'elle fût ?

Je les ouvris l'un après l'autre. Leur contenu était presque identique : *Je regrette de t'avoir envoyé ce message. Il faut qu'on parle.*

Alors je lui adressai un SMS.

Salut, Im. Tu dors ?

Ce message demeura sans réponse. Rien d'étonnant. Il était deux heures passées.

Laisse tomber, Dom, me dis-je.

Mais Dom, cette foutue tête de mule, refusa bien sûr d'obtempérer.

Je m'habillai à la hâte et quittai la chambre sur la pointe des pieds.

Je ne m'attendais pas à trouver des membres de ma famille debout à deux heures dix du matin. Aussi, lorsque j'entendis la voix de mon père derrière la porte de son bureau, j'y collai l'oreille.

— Je te le dis, Rocco, il parle trop. Il est devenu incontrôlable.

Un silence, puis :

— Non, nous devons faire quelque chose.

De nouveau, une longue pause.

— C'est la meilleure solution, Roc. Laisse Art s'en charger.

Bon sang, était-ce du vieux Taverniti dont il était question ? Était-il celui que mon père qualifiait d'élément incontrôlable ?

Je quittai discrètement la villa et me dirigeai vers celle des Havilland. Alors, je réalisai à quel point mon plan était stupide. Croyais-je vraiment pouvoir m'introduire dans la maison d'une adolescente pendant son sommeil ?

Mon comportement était celui d'un dangereux pervers.

Je m'étais décidé à rebrousser chemin lorsque mon téléphone émit un signal sonore. Sur l'écran, je trouvai un SMS d'Imogen.

Non, je ne dors pas.

Moi : *On peut se voir ?*

Elle : *Maintenant ?*

Moi : *Je suis devant chez toi.*

Elle : *OK, passe par-derrière.*

Je contournai la villa et franchis la porte de service laissée déverrouillée. Tandis que je gravissais les escaliers menant à l'étage, je sentis mon cœur s'emballer. Il y avait si longtemps que je n'avais pas vu Imogen. Et voilà que j'allais me glisser dans sa chambre au beau milieu de la nuit. Je frappai discrètement à la porte.

— Tu peux entrer.

Je la trouvai assise sur son lit, vêtue d'une simple chemise de nuit, nimbée de la lumière tamisée diffusée par sa lampe de chevet.

À ses côtés, assis jambes croisées sur la moquette, Tristan.

Je ne me souvenais pas d'avoir éprouvé une telle surprise de toute ma vie. Bon sang, mais qu'est-ce qu'il fichait là, celui-là ? Et que signifiait cette expression satisfaite sur son visage ?

— Comment ça va, mon pote ? lança-t-il.

— Super, mentis-je.

Devant lui se trouvait une grande reproduction du fond d'écran d'Imogen, ce cliché pris le soir de l'élection de son père. Tout autour, des listes de noms, sans doute les documents que lui avait transmis Joy Wheeler, l'employée du Parti populaire. Sur la photo, les visages étaient rehaussés de surligneur jaune ou vert. Je me demandai à quoi correspondait ce code couleur.

J'étudiai les individus qui entouraient Mr Havilland, et reconnus l'un d'eux – l'homme à la tête entourée d'un trait vert qui se tenait à droite du disparu : c'était Art Tabori.

— Comme tu le vois, on a fait quelques progrès, dit mon rival.

— Tristan m'a beaucoup aidée, ajouta Imogen.

Le QI de certains êtres unicellulaires dépassait celui de Tristan Jazy. C'est un fait scientifiquement prouvé. Comment avait-il bien pu se rendre utile ?

Si quelqu'un avait apporté son aide dans cette affaire, c'était moi, qui avais fait chanter Joy Wheeler pour qu'elle lâche les informations indispensables à l'enquête d'Imogen.

De plus, Imogen ignorait que je disposais d'un disque dur bourré de données. Forcément, je ne les lui avais pas transmises. Comment lui expliquer que j'avais donné la priorité à mon travail au service de La Dette, alors qu'il m'était interdit d'en parler à qui que ce soit ?

— Je sais qui est ce type, dis-je en désignant l'individu que je venais d'identifier.

— Arturo Tabori, dit Tristan. Né en 1952 à Siderno, en Italie. Immigré en Australie en 1974 et…

— C'est bon, l'interrompis-je. Je vois que tu connais bien le dossier.

Imogen nous adressa ce regard lourd de reproches que je connaissais par cœur —*Arrêtez ce combat de coqs !* Alors, je me concentrai sur les visages cerclés de jaune.

Imogen bâilla à s'en décrocher la mâchoire. Par courtoisie, je jetai un coup d'œil à ma montre et dis :

— Il est tard. Je ferais mieux d'aller me coucher. On parlera de tout ça une autre fois, d'accord ?

Tristan, lui, ne dit rien. Quel imbécile j'avais été ! Avec mes foutues règles de politesse, je m'étais condamné à partir, alors que mon ennemi juré avait visiblement l'intention de s'incruster. Mais Imogen n'allait tout de même pas le laisser passer la nuit dans sa chambre ?

Je songeai à lancer une phrase pleine de sous-entendus, du style : « On ferait mieux de laisser Im se reposer », ou « Rentrons ensemble, mon pote ; il y a un truc dont je voudrais te parler seul à seul ». Mon Dieu, c'était absolument pathétique.

N'ayant guère le choix, je leur souhaitai bonne nuit et quittai la chambre la mort dans l'âme. Non, je ne pouvais les laisser seuls. Je rebroussai aussitôt chemin et frappai à la porte.

— Oui, Dominic ?

Lorsque j'entrai dans la chambre – quel soulagement ! –, je constatai qu'ils n'avaient pas changé de position, mais le visage d'Imogen traduisait un mélange de surprise et de contrariété.

— Je crois que je peux identifier une autre de ces personnes, dis-je.

— Ah vraiment ? s'esclaffa Tristan. Et pourquoi ne l'as-tu pas dit plus tôt ?

Une question légitime, je dois l'admettre, même si elle m'avait été posée par un individu dont le quotient intellectuel ne dépassait pas celui d'une palourde.

— Parce que j'avais la trouille, répondis-je.

— La trouille de quoi ?

Alors, j'abattis ma carte maîtresse.

Je me tournai vers la photo et désignai l'individu dont l'oreille et l'angle de la mâchoire m'avaient toujours intrigué.

— Mon père était membre du Parti populaire. C'est lui qui se tient dans l'ombre, derrière Graham Havilland.

Mardi

07. LE RAT DES SOUTERRAINS

En ce jour de rentrée scolaire, une foule compacte se pressait devant le portail de Coast Grammar. Accrochés au bras de leur mère, les petits nouveaux de sixième flottaient dans leur uniforme trop grand. Les anciens, beaucoup plus détendus, partageaient les événements marquants de leurs vacances. Les élèves qui s'apprêtaient à intégrer la classe de terminale roulaient des mécaniques et cherchaient du regard quelque proie facile à terroriser.

Moi, je n'avais qu'une préoccupation : quand allais-je enfin recevoir mon dernier contrat ? Les cours reprenaient, et je n'avais toujours que cinq lettres gravées sur la cuisse. J'avais la désagréable impression qu'on avait mis ma vie sur pause.

Tandis que je traînais les pieds en direction du bâtiment principal, une main se posa sur mon épaule.

— Du nouveau pour Im ? demanda Tristan Jazy.

Ce salaud osait prononcer le diminutif que j'avais inventé, et dont j'avais toujours cru posséder les droits exclusifs. Il faudrait que je songe à trouver autre chose.

– À vrai dire, j'ai récolté un paquet de données, mais il faut que je fasse le tri sur mon disque dur.

Tout individu normalement constitué aurait posé des questions. Quelles données ? D'où proviennent-elles ? Mais Tristan se contenta de ces explications.

– Tâche de faire un petit effort, mon vieux, dit-il. On a vraiment besoin d'un coup de main, Im et moi. Ces jours-ci, on bosse sur son enquête sept jours sur sept. On a même plus le temps de se bécoter.

Il ponctua ces mots par d'écœurants bruits de succion.

– Quoique... sourit-il. Je lui ai pratiquement bouffé la langue, l'autre soir.

À cet instant, même s'il mentait – il ne pouvait pas en être autrement –, je l'aurais volontiers décapité avec les dents.

– Si tu te décides à nous aider, je pense qu'on pourrait découvrir la vérité avant la fin du trimestre, conclut Tristan avant de tourner les talons.

Oui, j'aurais voulu voir sa tête rouler sur le gazon, puis un membre de l'équipe de foot la précipiter au fond des filets d'une magistrale reprise en demi-volée.

À hauteur des grilles de l'établissement, je tombai nez à nez avec Sheeds.

— Salut, coach ! m'exclamai-je. Comment ça va ?

— Très bien, champion, sourit-elle. Et toi ?

Champion ? Ce mot était aussi creux que les mues de cigales que je trouvais de temps à autre sur la pelouse de la villa. Il ne recouvrait plus aucune réalité. Je n'avais pas participé à la moindre compétition depuis plusieurs mois.

— Tu es prêt à reprendre l'entraînement ? demanda Sheeds.

Je considérais son visage anxieux. Ses rides paraissaient plus profondes qu'avant les vacances. Je savais ce qui la tracassait : comme moi, elle avait abandonné prématurément une carrière d'athlète prometteuse, et elle le regrettait amèrement. Il ne se passait pas un jour sans qu'elle pense à cette occasion ratée.

La Dette m'avait détourné de ce que j'aimais par-dessus tout. Car si je mettais de côté quelques détails désagréables, comme la photo-finish trafiquée lors de la course de qualification et la tyrannie de Mrs Jenkins, il était inutile de me voiler la face : j'adorais courir. Je n'allais pas les laisser me voler ça.

— Oui, je suis prêt, dis-je.

Et voilà, c'était tout simple. J'allais reprendre la compétition.

En entrant dans la salle de cours, je constatai que la composition de ma classe n'avait guère changé depuis l'année précédente. Tristan, Charles Bonthron et ce crétin de Bevan Milne étaient de la partie.

Puis je découvris une vieille connaissance.

— Rashid ! m'exclamai-je.

Bon sang, je n'en croyais pas mes yeux. Il avait couru pour l'Afghanistan lors des Jeux mondiaux de la jeunesse, et j'étais persuadé qu'il avait regagné son pays natal.

— On ne s'est pas vus après la finale, dit-il. C'était fantastique, pas vrai ?

— Ouais, on peut dire que tu as fait des étincelles, souris-je.

— Mais toi, tu as fait le meilleur temps pendant les qualifs. Quatre minutes pile.

C'était bien Rashid. À ma connaissance, il était le seul coureur à mémoriser les temps de ses adversaires.

— On se voit à l'entraînement, dis-je.

Mr Travers, notre prof principal, fit son entrée dans la salle.

Il me lança un regard noir. Je le lui rendis. Je crus qu'il allait prononcer quelque parole menaçante à mon égard, mais il se ravisa. Sans doute dut-il se mordre la langue pour garder ce qu'il avait sur le cœur. Mais il savait que j'avais des billes contre lui, depuis que j'avais découvert la façon dont il traitait ses élèves sur sa page Facebook.

— Alors, pauvre mec, on est de retour à la fabrique de cons ? dis-je à voix basse.

Le temps d'installer nos affaires dans nos cases, il nous fallut rejoindre l'auditorium pour assister au traditionnel discours de rentrée. J'y assistai en compagnie des autres élèves de seconde, plus près de la porte du fond que l'année précédente.

Vêtu de son costume de fabrication italienne, Mr Cranbrook débita son habituel laïus en détachant exagérément chaque syllabe : droits et devoirs, maintien des valeurs et des traditions, bla bla bla, c'était la cinquième fois que je supportais ce radotage. Lorsqu'il en vint au respect dû aux anciens de l'établissement, je pensai à Thor, l'ancienne star de Coast Grammar, qui avait basculé dans l'écoterrorisme.

— Et cette année, enchaîna le principal, nous avons le plaisir d'accueillir un nombre record d'élèves étrangers.

De maigres applaudissements saluèrent cette annonce.

— Allons, mes garçons, je suis certain que vous pouvez faire beaucoup mieux, insista Mr Cranbrook, tout sourires. Un tonnerre d'applaudissements pour les nouveaux venus !

Mais il se trompait. Non, nous n'étions pas capables de faire mieux. Seuls les plus jeunes, installés au premier rang, consentirent un petit effort.

— À présent, si les intéressés veulent bien se lever…

Les intéressés obtempérèrent. Et parmi eux, sur ma gauche, de l'autre côté de la travée, je reconnus Droopy.

Étais-je victime d'hallucinations ? Comment Droopy, le rat des souterrains de San Luca, pouvait-il se trouver sur mon territoire, dans l'auditorium de Coast Grammar ?

Je clignai plusieurs fois des yeux, espérant dissiper cette image, puis je compris qu'il était bel et bien là, en chair et en os, à quelques mètres de moi.

Il tourna la tête dans ma direction et esquissa un sourire.

Puis il porta une main à son cou, comme pour desserrer sa cravate.

Mais je faisais fausse route.

Non, il ne desserra pas sa cravate.

Il passa un doigt sur sa gorge, comme s'il s'agissait de la lame d'un couteau.

Mardi

08. MALÉDICTION

À la sortie des cours, je décidai de m'offrir un café, histoire de me remettre de cette rencontre avec Droopy. Mon corps exigeait sa dose de caféine, et il n'était pas du genre à parlementer.

J'empruntai un bus afin de me rendre au café *Cozzi*. Il était bondé d'élèves du lycée public de Miami State. Mon uniforme me valut un flot de remarques sarcastiques et plusieurs coups de coude dans les côtes. Mais après avoir échappé à des attaques à l'arme blanche, à des tentatives d'empoisonnement et à la morsure de requins mangeurs d'hommes, il en fallait bien davantage pour m'impressionner.

Quelques minutes plus tard, je poussai la porte du café et me présentai au comptoir, où officiait l'employé à la barbe d'un jour.

— Un triple expresso, comme d'habitude ? demanda-t-il avant que j'aie pu passer commande.

Ce type avait une mémoire d'éléphant ! À dire vrai, j'avais l'intention de commander un latte mais, craignant de décevoir mon hôte, je me gardai de le contredire.

– Oui, s'il vous plaît, répondis-je d'une voix aussi grave et virile que possible.

Ses lèvres s'écartèrent de quelques millimètres, et je supposai qu'il s'agissait d'un sourire.

– Allez vous asseoir, dit-il. Ferret viendra vous servir.

Je m'assis près de la vitrine, m'emparai de l'exemplaire du *Gold Coast Bulletin* posé sur la table et l'ouvris à la rubrique Sports. Rien de passionnant.

Je jetai un œil aux dessins humoristiques. Consternants.

Les sorties cinéma ? Aucun intérêt.

Finalement, un titre en dernière page attira mon attention : « La bulle immobilière est-elle sur le point d'exploser ? ».

À en croire cet article, le marché de l'immobilier australien, et en particulier celui de Gold Coast, menaçait de s'effondrer. Des prêts garantis avaient été accordés à des familles à revenus modestes mais, les taux d'intérêt s'étant envolés, les emprunteurs se trouvaient dans l'incapacité de rembourser leurs traites. En outre, le prix du mètre carré étant en chute libre, la valeur de leur habitation était désormais inférieure à celle de leur crédit.

Toute cette affaire était à mille lieues de mes centres d'intérêt, mais je me souvenais des paroles de Mr Jazy, lorsque nous nous trouvions sur Reverie Island. Selon lui, le marché de Gold Coast n'était qu'un énorme système de Ponzi, un montage financier artificiel condamné à s'effondrer, et cette situation pouvait mener à la catastrophe, à des émeutes comparables à celles qu'avait connues l'Australie durant la Grande Dépression des années 1930.

Ferret déposa mon café sur la table.

– Ça va te donner un bon coup de fouet, *amigo*, dit-il.

– Snake ne travaille plus ici ? demandai-je.

Avais-je provoqué son renvoi en mettant au jour sa complicité avec Guzman et Nitmick dans mon enquête sur le Cerberus ? Ce que j'avais accompli sur ordre de La Dette avait provoqué divers dégâts collatéraux, mais on ne fait pas d'omelettes sans casser des œufs, n'est-ce pas ? Seulement, leur nombre commençait à devenir préoccupant.

– Non, mais il n'est pas bien loin, dit Ferret en indiquant d'un hochement de tête un angle de la salle.

Trois individus y étaient attablés : Snake, Guzman et Nitmick, en grande conversation, penchés en avant comme des conspirateurs.

Au fond, j'étais un peu déçu. Nitmick n'avait-il pas promis de se détourner du crime, de s'installer avec la numismate Eve Carides et de devenir un citoyen modèle ?

Quelques minutes plus tard, ils quittèrent précipitamment l'établissement et empruntèrent des directions différentes. Je sirotai mon café en tâchant de faire le tri dans mon cerveau en fusion et réalisai qu'une question dominait toutes les autres : pourquoi Droopy avait-il fait sa rentrée à Coast Grammar ? Une coïncidence ? Quelle bonne blague… Cette hypothèse ne méritait même pas d'être envisagée. Non, il fallait voir les choses en face : il était venu me faire la peau.

— Sang Neuf ! fit une voix sur ma gauche.

Je tournai la tête et, sans grande surprise, découvrit Hound de Villiers planté à mes côtés. Comme à son habitude, il était caparaçonné de jean des pieds à la tête. Un crime vestimentaire qui, selon moi, aurait dû être puni d'une longue peine d'emprisonnement.

— Salut, Hound, dis-je.

Et je dois avouer que je n'étais pas mécontent de le revoir. Au fond, lorsqu'il se trouvait à mes côtés, la vie me paraissait plus excitante, plus électrisante.

— Alors, cette rentrée scolaire ? demanda-t-il en étudiant ma veste d'uniforme.

— Rien à signaler, répondis-je.

— Tu perds ton temps dans ce bahut, Sang Neuf.

— *Celui qui ouvre une école ferme une prison*, objectai-je, répétant une citation dont j'avais oublié l'auteur.

— Ce n'est pas dans les écoles qu'on apprend la vie, mon garçon. Ton cerveau est un ordinateur de compétition, et c'est pour cela que j'aimerais que tu travailles avec moi à plein temps.

Je lâchai un rire nerveux.

— Je suis sérieux, insista Hound. Le lycée n'est pas fait pour les garçons dans ton genre.

Travailler, à mon âge ? Certes, j'avais quinze ans, et la loi m'autorisait désormais à quitter le système scolaire, mais je n'avais jamais osé envisager cette option. Mais Hound, si. C'était un iconoclaste, un libre-penseur, un élément hautement subversif. Et maintenant que cette possibilité avait été évoquée, maintenant que ce génie maléfique était sorti de sa lampe, j'avais l'impression d'évoluer dans une autre dimension. Étais-je victime d'un excès de caféine ?

Non, en toute objectivité, une existence détachée des obligations scolaires présentait des avantages évidents, dont celui de pouvoir consacrer mon temps à mon dernier contrat.

— Sang Neuf, tu es toujours avec moi ?

— Oui, pardon. J'étais perdu dans mes pensées.

— Viens, je vais te présenter mes associés, dit Hound en indiquant deux individus attablés au fond de la salle. Tu devrais te joindre à nous. Nous sommes sur plusieurs coups juteux, et tes compétences nous seraient très utiles.

À mes yeux, ils ressemblaient davantage à des gangsters qu'à des collaborateurs.

— Juste une chose, dit-il en enlevant sa veste en jean. Peux-tu enfiler ça, histoire d'avoir l'air un peu moins… lycéen ?

Je m'exécutai. Le vêtement avait trois tailles de trop, et j'y flottais comme un poisson dans son bocal, mais je me sentais en effet beaucoup moins lycéen.

Je serrai la main des associés-gangsters, puis nous échangeâmes quelques propos de circonstance.

— Désolé, mais il faut que j'y aille, dis-je lorsque j'eus épuisé tout mon stock de banalités. J'ai un problème important à régler avant de rentrer chez moi.

— Bonne soirée, Sang Neuf, lança Hound. Et j'attends ta réponse à ma proposition dans les plus brefs délais.

— Oh, votre veste, dis-je en faisant mine de l'enlever.

— Elle est à toi, dit Hound.

De mon point de vue, les vestes en jean étaient à vomir, et celle-là, avec son effet délavé artificiellement, était sans doute la pire. Pourtant, contre toute logique, j'étais drôlement content de la porter.

Je quittai le café *Cozzi* puis me dirigeai vers le Spy Shop de Hanley. Chemin faisant, j'éprouvai la sensation qu'on m'observait. Hound me faisait-il suivre ? La Dette surveillait-elle mes déplacements ?

Je hâtai le pas jusqu'à la petite galerie marchande et poussai la porte de la boutique. J'y trouvai Hanley en conversation avec un couple de clients dont la peau, bronzée à l'excès, rappelait le cuir de vieux fauteuils clubs.

— Nous ne sommes pas tranquilles, avec la hausse de la criminalité, dit Mr Fauteuil.

— Les médias ont tendance à monter en épingle le moindre fait divers, dit Hanley avec son irrésistible accent néo-zélandais.

C'était totalement absurde. Il donnait l'impression de tout faire pour dissuader les clients de s'équiper dans son magasin.

— Mes voisins se sont fait cambrioler, intervins-je. Les types sont entrés chez eux en pleine nuit, pendant qu'ils dormaient.

Les clients pâlirent – enfin, très légèrement. Voilà, c'était déjà mieux.

— Une invasion de domicile ? s'étrangla Mrs Fauteuil.

Manifestement, elle mourait d'envie d'en entendre davantage.

— Ils sont entrés par une fenêtre, expliquai-je.

— Vos voisins ont-ils été maltraités ?

— Je ne connais pas tous les détails. Mais mon père a dit qu'il ne regrettait pas d'avoir fait installer ces alarmes périmétriques.

— Des alarmes périmétriques ? répéta Mr Fauteuil.

Je me tournai vers Hanley et lui adressai un clin d'œil discret. Il mit quelques secondes à comprendre que je lui passais le relais.

– Oh oui… Nous proposons d'excellents dispositifs périmétriques.

Dix minutes plus tard, Mr et Mrs Fauteuil lâchèrent quelques milliers de dollars en échange d'un kit complet puis, convaincus que leur sécurité était assurée, quittèrent le magasin le sourire aux lèvres.

– Bien joué, dit Hanley. Dommage que tu sois encore au lycée. J'aurais bien besoin d'un vendeur aussi doué que toi pour faire tourner la boutique.

– C'est drôle que tu dises ça, dis-je. Figure-toi que c'est ma deuxième proposition d'embauche de la journée.

Je repensai à Droopy, aux menaces de mort qu'il m'avait lancées, dans les souterrains de San Luca. *Il tuo sangue*.

– L'une de mes amies est harcelée par un type de son bahut. Elle cherche un moyen de se protéger, au cas où il deviendrait violent. Qu'est-ce que tu recommanderais ?

– J'ai d'excellentes bombes lacrymogènes. C'est le meilleur moyen de neutraliser un individu un peu trop pressant sans prendre le risque de l'envoyer à la morgue.

J'achetai l'article qu'il me proposait – à prix d'ami, cela va de soi – et le glissai dans la poche de l'abominable veste de Hound de Villiers.

Soudain, parmi les circuits imprimés, les pièces de rechange et les outils éparpillés derrière le comptoir, je remarquai un document intitulé *La Fusion de données multicapteurs en archéologie marine*. Je l'avais déjà vu, avant d'embarquer à bord de l'*Argo*, avant que Felipe ne parle de ce nouveau type de transducteur qui émettait simultanément des ondes acoustiques et électromagnétiques.

L'air innocent, je m'en emparai et le feuilletai, comme si je cherchais à tuer le temps. Chaque feuille était abondamment annotée. En marge de la page cinq, Hanley avait inscrit le mot *Cerberus*.

Cette découverte agit sur moi comme un électrochoc : Hanley travaillait pour La Dette ! Il était évident qu'il ne gagnait pas sa vie grâce au Spy Shop, mais en vendant son extraordinaire expertise en matière de technologie. Tout s'éclairait : le Cerberus, l'étrange ordinateur qu'on m'avait confié... La boutique n'était qu'une façade.

Hanley croisa mon regard et lut en moi comme dans un livre ouvert.

— Ce n'est pas ce que tu crois, Dom.

— Ne te fatigue pas. Je vois clair dans ton jeu.

J'aurais voulu lui vider au visage le contenu de l'atomiseur qu'il venait de me vendre.

— Je croyais qu'on était amis, dis-je.

— Mais c'est le cas, je t'assure.

Je me penchai au-dessus du comptoir, m'emparai de l'appareil sur lequel il était en train d'effectuer un travail de soudure et le jetai à l'autre bout de la pièce. Enfin, je lâchai une bordée d'insultes et quittai le magasin.

Était-il membre de La Dette ou le forçait-on à collaborer sous la contrainte ? Quoi qu'il en fût, tandis que je marchais dans Broadbeach, je bouillais de colère, et le sentiment d'être observé était plus vif que jamais. Étais-je en train de retomber dans la paranoïa ?

Je cherchai en vain un taxi disponible. En désespoir de cause, je me mêlai aux usagers qui patientaient à l'arrêt de la ligne 393. Un premier bus archiplein passa sans s'arrêter, puis un deuxième. Une vieille dame affirma haut et fort son intention d'adresser un courrier au journal local pour dénoncer ce scandale.

Je me remis en route.

Toujours pas de taxi disponible.

Toujours ce sentiment d'être observé.

À cet instant, du coin de l'œil, je vis deux individus traverser la chaussée et venir à ma rencontre. Je glissai une main dans la poche de ma veste et brandis ma bombe lacrymogène.

— C'est nous, Dom, dit Zoe Zolton-Bander.

— Du calme, ajouta Otto. Et range ce truc, s'il te plaît.

Non, c'était impossible, pensai-je. *Ça ne peut pas être eux. Ils ont volé l'or de Yamashita. En ce moment, ils prennent du bon temps sur je ne sais quelle île tropicale.*

— Dom, il faut qu'on parle, chuchota Zoe. Dans un endroit discret.

— Ça urge, ajouta Otto.

— OK, dis-je. Suivez-moi.

Nous marchâmes jusqu'à l'orée de la forêt du Prêcheur, puis nous empruntâmes un sentier jusqu'à l'entrée du réseau d'évacuation des eaux de pluie.

— Charmant, s'exclama Otto lorsque nous eûmes rejoint la planque de Brandon et PJ. Comment tu connais cet endroit ?

Je préférai tenir ma langue. Encore une chose que La Dette m'avait apprise : le savoir est une monnaie d'échange.

— C'est une longue histoire, dis-je.

Zoe retira son sweat à capuche. Otto ôta sa casquette et ses lunettes.

Je me trouvais en présence des deux des personnalités les plus recherchées d'Australie. Pourquoi diable avaient-ils renoué le contact ?

J'avais beaucoup de questions à éclaircir : le camp de Bones Zolton, la tempête, le vol du trésor. M'avaient-ils manipulé depuis le début ?

Le savoir est une monnaie d'échange. Les enchères étaient ouvertes.

— Alors ? lançai-je.

Zoe et Otto échangèrent un regard lourd de sous-entendus.

— Le trésor est maudit, lança ce dernier.

— Oh, sans blague ? souris-je. Comme dans *Pirates des Caraïbes* ?

— Nous sommes sérieux, dit Zoe.

Depuis le jour où je l'avais rencontrée, elle m'avait fait l'effet d'une fille pragmatique et rationnelle. Cette histoire de malédiction ne lui ressemblait pas.

— Le trésor a tué mon père, annonça Otto.

— Bones est mort ? m'étranglai-je.

Otto hocha tristement la tête.

— Mort... pour de bon ? demandai-je.

C'était une question tout à fait légitime, puisque nous parlions d'un homme qu'on m'avait déjà présenté comme décédé.

— Oui, pour de bon, confirma Zoe.

— Et notre mère est dans un sale état, ajouta Otto.

— Bon sang, qu'est-ce qui s'est passé ?

— Elle a eu un accident de voiture. Elle a fait cinq tonneaux.

— Elle est à Brisbane, en soins intensifs, précisa Zoe.

En effet, la famille Zolton-Bander traversait une mauvaise passe.

— Alors nous avons besoin de ton aide, dit Otto.

De mon aide ? Les adolescents les plus riches d'Australie avaient-ils vraiment besoin que je leur file un coup de main ? Et au nom de quoi leur ferais-je cette faveur, alors qu'ils s'étaient joués de moi depuis le début ?

— Pourquoi moi ?

— Tu es la seule personne en qui nous ayons confiance, répondit Zoe.

— Et probablement la plus machiavélique que nous connaissions, dit Otto.

— Il veut dire la plus intelligente, précisa sa sœur.

Otto s'éclaircit la gorge et annonça :

— Nous voulons restituer l'or de Yamashita à ses propriétaires. Il n'a attiré que le malheur sur notre famille.

C'était une sage résolution. Le seul problème, c'était que l'armée japonaise d'occupation des Philippines avait fait main basse sur ce trésor soixante-dix ans plus tôt, durant la Seconde Guerre mondiale. Comment le restituer à ses innombrables propriétaires ? Pour commencer, la plupart d'entre eux n'étaient plus de ce monde. Tout cela n'avait aucun sens.

— Et comment comptez-vous vous y prendre ? demandai-je.

De nouveau, les regards d'Otto et Zoe se croisèrent.

— C'est pour ça qu'on est venus te voir, dit cette dernière.

Ils ne m'inspiraient pas grande confiance, mais j'avais le sentiment que je pouvais tirer avantage de la situation. Aussi décidai-je de jouer le jeu.

— E Lee Marx a mentionné une personne, dis-je. Son nom est Roxas, si ma mémoire est bonne.

J'écartai délibérément un détail important : selon Marx, ce Roxas avait été assassiné sur ordre de Ferdinand Marcos, le président des Philippines.

— Et tu pourrais le contacter ? demanda Zoe.

— Oui, c'est envisageable, dis-je.

À l'instant précis où je prononçais ces mots, un commando d'individus encagoulés déboula dans la planque.

09. MÊLÉE OUVERTE

Aussi étonnant que cela puisse paraître, c'était ma seconde confrontation avec des criminels portant ce masque. La première fois, deux d'entre eux – dont Cameron Jamison – m'avaient torturé à l'électricité, choisissant la partie la plus sensible de mon anatomie. Et c'était une expérience que je n'étais pas près d'oublier.

Mais à en juger par la taille des cinq individus qui venaient de débouler dans la planque, Jamison ne se trouvait pas parmi eux. Il avait dépêché quelques-uns de ses complices, et je soupçonnais les frères Mattner, les pires crétins de Reverie Island, de faire partie du lot.

Ils se précipitèrent sur Otto.

Mais le Zolt n'avait pas échappé à la capture pendant trois ans par hasard : sa taille lui conférait une allonge phénoménale, et le combat rapproché n'avait pas de secret pour lui.

Le premier agresseur qui se trouva à sa portée encaissa un violent coup de pied circulaire en pleine tête. Le deuxième fut précipité au sol par un fulgurant mouvement de balayage à hauteur des chevilles. Cependant, compte tenu du nombre de ses adversaires, Otto finirait tôt ou tard par tomber entre leurs mains.

Je glissai une main dans ma poche et saisis ma bombe lacrymogène. Ce n'était pas à proprement parler une arme, et on n'avait jamais vu de soldats monter au front en brandissant un atomiseur. Seulement, c'était la seule dont je disposais.

Je m'approchai d'un des agresseurs qui se tenaient devant l'entrée et l'aspergeai à hauteur des yeux. Il poussa un hurlement déchirant et arracha son masque.

Gagné. C'était l'un des frères Mattner. Une seconde giclée de gaz le mit hors d'état de nuire. Il brailla de plus belle.

Plus que trois.

Je m'attaquai à l'individu qui retenait Zoe au moyen d'une clé de bras.

— Eh, vous me faites mal ! cria-t-elle.

J'employai la même méthode, mais il se montra plus combatif que ma précédente victime. Il lâcha son otage puis, à l'aveuglette, tituba dans ma direction en effectuant de grands moulinets avec les bras. Je n'eus aucun mal à parer ces coups lancés au hasard, et à inonder son visage de gaz. Il hurla à son tour, se laissa tomber sur le sol et s'y tortilla de façon plutôt comique.

À l'évidence, Hanley ne m'avait pas refilé de la camelote.

Dos tourné à la scène, les deux Warnies encore en état de se battre étaient aux prises avec Otto. J'avais l'avantage de la surprise.

Je me plaçai derrière le plus grand d'entre eux et lançai :

— Eh, toi !

Lorsque mon adversaire fit volte-face, je braquai l'atomiseur vers son visage et l'arrosai généreusement de gaz, mais il tourna vivement la tête et me désarma d'un coup de poing à l'avant-bras. La bombe tomba au sol puis se mit à rouler vers le puits d'accès au niveau inférieur.

Je me jetai à plat ventre, la rattrapai in extremis et me redressai d'un bond, mais le Warnie me ceintura, immobilisant mes bras le long de mon corps. Dans cette position, mon arme ne m'était plus d'aucune utilité.

À moins que…

Il me restait peut-être une infime chance, même si l'attaque que je m'apprêtais à porter n'avait rien de très orthodoxe. Car s'il m'était désormais impossible d'asperger le visage de mon ennemi, ma bombe se trouvait à portée de son entrejambe.

Alors je plaquai l'atomiseur contre sa braguette et maintins le bouton enfoncé jusqu'à ce qu'il n'y reste plus une goutte de gaz. L'homme ne réagit pas, et je crus que ma stratégie avait échoué.

Puis il desserra son étreinte, porta les deux mains à ses parties intimes et tomba à genoux. Derrière son masque, ses yeux exprimaient une profonde stupeur : *Comment toi, un homme, as-tu pu faire une chose pareille à l'un de tes semblables ?*

Plus qu'un.

Otto trahissait d'évidents signes de fatigue, et le dernier membre du commando était sur le point de prendre le dessus. Alors que je m'interrogeais sur la tactique à adopter, Zoe jaillit du recoin obscur où elle s'était retranchée, sauta sur le dos du Warnie et plaça les mains sur ses yeux. Otto lui porta alors une volée de directs à l'abdomen puis l'envoya au tapis d'un ultime crochet à la mâchoire.

Alors que nous nous apprêtions à célébrer notre victoire, une voix masculine résonna dans notre dos.

— Joli travail, les enfants, lança Cameron Jamison, planté devant l'entrée de la planque.

Il tenait un pistolet automatique braqué en direction d'Otto.

— Et maintenant, tu vas me suivre bien gentiment, mon garçon, ajouta-t-il.

Le Zolt balaya la salle du regard, à la recherche d'une échappatoire. Mais lorsque Jamison tourna son arme vers sa sœur, il sut qu'il devait obéir.

— Vous perdez votre temps, ricanai-je. Il vous échappera, comme d'habitude.

Bang !

Un coup de feu claqua, et la balle siffla à mes oreilles.

— D'autres commentaires, Silvagni ? dit Jamison en esquissant un sourire sinistre.

— Non, monsieur, bredouillai-je, le cœur battant à tout rompre.

— En ce cas, mettons-nous en route, conclut Jamison.

Je ne sais pas au juste ce qui se passa alors, car je redoutais qu'Otto ne se mette en tête de jouer les héros, et je ne le quittais pas des yeux.

Mais j'entendis des bruits de pas précipités et des sons confus évoquant une brutale empoignade. Puis, du coin de l'œil, je vis le pistolet glisser sur le sol. Lorsque je tournai la tête, Cameron Jamison se tordait de douleur, affalé sur le béton, les mains plaquées sur les yeux.

Puis je découvris PJ, armée de sa propre bombe lacrymogène, accompagnée de son frère.

— Dites-moi que je rêve ! s'exclama-t-elle en contemplant Otto avec émerveillement. Le Zolt, en chair et en os !

Otto hocha humblement la tête.

— Oui, c'est bien moi, dit-il.

— Je… je suis ta plus grande fan, bégaya PJ.

Une sonnerie de mobile retentit. Zoe dégaina son iPhone.

— Les flics vont débarquer, dit-elle. Quelqu'un a dû entendre le coup de feu.

Nous quittâmes la planque, puis nous nous éparpillâmes dans la forêt du Prêcheur.

Pas de panique. Je n'avais rien fait de mal. Je n'avais enfreint aucune loi.

Mais j'aurais été incapable d'expliquer aux policiers ce qui venait de se produire.

Lorsque je regagnai Halcyon Grove, je pensai aux Zolton-Bander. À quoi jouaient-ils, ces deux-là ? Au fond, cela importait peu. Tout ce que je savais, c'est que j'avais tout intérêt à me tenir éloigné d'eux si je voulais conserver une chance, le moment venu, d'accomplir mon dernier contrat.

10. SECRET DE L'INSTRUCTION

L'annonce de mon intention de quitter le lycée suscita des réactions diverses. Ma sœur me traita de loser. Mon frère ne prononça qu'un mot : « Catastrophe. » Ma mère, contre toute attente, éclata de rire.

— Ce n'est pas une blague, insistai-je.

— Mais mon chéri, tu ne peux pas quitter le lycée.

— Et pourquoi pas ? J'ai bien conscience que vous avez dépensé beaucoup d'argent pour ma scolarité, et que vous vous inquiétez pour mon avenir, mais...

— Tu es trop jeune, sourit ma mère. C'est contraire à la loi.

— Mais je croyais qu'on pouvait travailler dès l'âge de quinze ans.

— Ça, c'était avant. La réglementation a changé.

Et sans doute disait-elle vrai. Dans le cadre de sa fondation, elle s'occupait d'une foule de jeunes délinquants déscolarisés qu'elle s'efforçait de remettre sur le droit chemin.

Mon téléphone émit un bref signal sonore. Un message d'Imogen.

On peut se parler ?

Moi : *Bien sûr. Quand ?*

Elle : *Dès que possible.*

Moi : *Après le dîner.*

Elle : *OK.*

Ce soir-là, mon père rentra à la maison plus tôt que prévu.

— J'ai une mauvaise nouvelle à vous annoncer, dit-il, la mine grave, lorsque nous nous mîmes à table. Mr Taverniti, le père de Rocco, est mort aujourd'hui.

— Oh, c'est affreux, soupira ma mère.

— C'était un brave homme, lâcha Miranda.

— Il préparait les meilleurs gnocchis de l'univers, conclut Toby.

À vrai dire, ils n'avaient pas l'air réellement affligés. Après tout, le père Taverniti n'était qu'un vieil homme qui avait fini par casser sa pipe. Ce n'était ni une surprise, ni un cruel coup du sort. Cette disparition était dans l'ordre des choses.

Mais deux conversations me revinrent en mémoire.

La première, celle que j'avais enregistrée derrière le restaurant, ces mots en calabrais que je n'avais pas encore pu traduire.

La seconde, cet échange téléphonique entre mon père et Rocco Taverniti que j'avais espionné, l'oreille collée à la porte du bureau, celui où ils parlaient d'un type trop bavard devenu incontrôlable. Avaient-ils décidé du sort du vieux Calabrais ? Non, aucun fils ne ferait une chose pareille. J'avais dû comprendre de travers, forcément.

— Les obsèques auront lieu la semaine prochaine, dit mon père. Tout le gratin des ritals de Gold Coast y assistera.

Notre deuil fut de courte durée. Dès que nous eûmes terminé l'entrée, l'ambiance changea radicalement. Au meilleur de sa forme, mon père se mit à lancer blague sur blague. C'était tellement bon de le voir ainsi, comme au temps où nous étions enfants, Toby, Miranda et moi. Ma mère, elle, rayonnait.

— Et ce week-end, dit-il, je vais essayer l'avion dont je vous ai parlé. Qui veut m'accompagner ?

Nous nous portâmes tous volontaires.

Quand mon père était comme ça, nous l'aurions suivi au bout du monde.

Lorsque je quittai enfin la maison pour rendre visite à Imogen, il était beaucoup plus tard que je ne l'avais prévu.

La dernière fois que j'avais été dans sa chambre, Tristan le protozoaire m'avait pris par surprise, mais cela ne se reproduirait pas. Si je le trouvais de nouveau en compagnie d'Imogen, la clé USB qui était dans ma poche ferait taire ses railleries.

Je frappai à la porte de la villa.

— Qui est là ? demanda Mrs Havilland.

— Dominic Silvagni.

— Une petite minute.

Elle tira un nombre incalculable de verrous, ouvrit la porte puis, d'un geste las, m'invita à entrer.

La dernière fois que je l'avais rencontrée, sur Reverie Island, elle avait affirmé aller « beaucoup mieux », même si ça ne sautait pas aux yeux. Mais le simple fait qu'elle soit parvenue à quitter son domicile constituait une avancée majeure.

La femme qui se tenait à présent devant moi faisait peur à voir. Elle empestait l'alcool.

— Oh, Dom, dit-elle d'une voix pâteuse. Qu'est-ce que tu as grandi !

Sur ces mots, elle éclata en sanglots. Ne trouvant pas les mots pour la consoler, je la pris maladroitement dans mes bras et murmurai :

— Là, tout va bien…

Je me demandais si Imogen n'était pas complètement à côté de la plaque. Selon elle, il suffirait à sa mère de savoir ce qui était arrivé à son mari pour guérir instantanément de sa dépression et de son penchant pour la bouteille. Mais était-ce vraiment aussi simple que ça ?

Mrs Havilland fit deux pas en arrière et chassa ses larmes d'un revers de manche. Elle semblait profondément embarrassée par ce qui venait de se produire. Quant à moi, ne sachant que dire ni que faire, je priais pour qu'Imogen vienne à mon secours.

— Tu... tu sais que tu ressembles de plus en plus à ton père ? bredouilla Mrs Havilland.

Elle était bien la seule à soutenir cette théorie. En vérité, sur le plan physique, mon père et moi n'avions strictement rien en commun.

— Oui, c'est ce que tout le monde pense, mentis-je.

Une ombre voila son regard, comme ces orages soudains qui, durant l'été, balayent la côte en quelques minutes.

— Quelque chose ne va pas ? demandai-je.

À l'instant où elle ouvrit la bouche pour répondre, Imogen apparut en haut de l'escalier. Dès qu'elle vit l'état dans lequel se trouvait sa mère, elle passa à l'action.

— J'en ai pour quelques minutes, Dom, dit-elle en prenant sa mère par la main. Tu peux m'attendre en haut ?

Seul dans la chambre d'Imogen, j'en profitai pour jeter un œil aux coupures de journaux, aux photos et aux listes de noms éparpillées dans la pièce.

— Comment va-t-elle ? demandai-je lorsqu'elle me rejoignit.

— Pas terrible, répondit Imogen. Je lui ai fait son injection de Valium. Elle doit dormir, maintenant.

— Tu lui fais des piqûres ? m'étonnai-je.

— Vu la dose dont elle a besoin, c'est le moyen le plus efficace.

Un silence embarrassant s'installa entre nous. Soucieux de détendre l'atmosphère, je lançai la première banalité qui me passa par l'esprit.

— C'est formidable, tout le travail que tu as accompli.

Imogen ignora ce compliment et alla droit au but.

— Es-tu sûr que cet homme est ton père ? dit-elle en désignant l'individu qui se tenait dans l'ombre, sur la photo prise le soir de l'élection et de la disparition de Graham Havilland.

— Sûr et certain, dis-je. Au fait, Tristan ne viendra pas, ce soir ?

— Non, pas ce soir, répondit-elle.

Ce qui, soit dit en passant, pouvait laisser entendre qu'il lui avait tenu compagnie la nuit précédente et serait de retour dès le lendemain.

— Comment peux-tu être aussi formel ? demanda-t-elle.

— Je le reconnais, c'est tout.

Mais Imogen fit la moue, signe qu'elle avait besoin d'éléments plus probants.

— Il n'avait aucune raison d'être là. Selon toi, il se déclare violemment opposé aux thèses du Parti populaire. Qu'est-ce qui te permet d'affirmer qu'il en faisait partie ?

Je glissai la main dans ma poche et en sortis la clé USB. En apparence, elle n'avait rien de particulier. Capacité 2 Go. Achetée chez Woolworths pour quelques dollars. Un objet semblable en tout point à des millions d'autres vendus aux quatre coins du monde. Mais son contenu avait le pouvoir de bouleverser nos existences, de nous séparer à jamais.

Je la lui présentai. Elle l'étudia longuement avant de s'en saisir et de la connecter au port USB de son ordinateur.

La clé ne contenait qu'un fichier : un scan en haute définition de la liste des adhérents du Parti populaire en 1999.

Elle la parcourut à deux reprises avant de lâcher :

— OK, ton père était bien membre du parti.

Je hochai la tête.

— Et il se trouvait en compagnie du mien la nuit où il a disparu.

— Mais il n'était pas le seul, ajoutai-je. Il y avait beaucoup de monde, ce soir-là.

Imogen s'accorda quelques secondes de réflexion.

— Mais pourquoi s'est-il donné autant de mal pour effacer son nom des archives ?

— Il était probablement embarrassé par son passé. Aujourd'hui, il déteste le parti. Ce retournement de veste aurait pu lui causer du tort.

Imogen afficha une moue dubitative.

— Cette liste, où l'as-tu dénichée ?

Je pensai à tous les fichiers qui se trouvaient sur mon disque dur, à tous les documents que j'avais téléchargés sur la base de données du Parti populaire. Quelles informations explosives pourrais-je y découvrir ?

Puis je songeai à la bonne humeur de mon père durant le dîner, à son projet d'acquérir un avion privé, à l'existence confortable que je lui devais.

— Secret de l'instruction, souris-je en jetant un coup d'œil à ma montre. Bon, il faut que j'y aille.

Sur ces mots, je quittai la demeure des Havilland et me dirigeai vers la villa. Chemin faisant, le poids de la culpabilité s'abattit brutalement sur mes épaules. Qu'avais-je fait ? Pourquoi avoir lancé Imogen sur la piste de mon père ?

La famille restait la famille, et les liens du sang étaient plus forts que tout. Ces banalités me semblaient tout à coup pleines de sens.

Je m'étais promis de communiquer ce fichier à Imogen, mais je n'irais pas plus loin.

Lorsque je regagnai ma chambre, j'allumai mon ordinateur et accédai au répertoire où étaient stockées les archives du parti. Je téléchargeai un logiciel d'effacement de données sécurisées et fis disparaître les fichiers, jusqu'à ce qu'il n'en reste plus un seul octet.

Oui, les liens du sang étaient plus forts que tout.

Mercredi

11. SANS DÉFENSE

Le lendemain, à l'heure du petit déjeuner, je reçus un SMS provenant d'un correspondant inconnu. Il tenait en quatre mots :

On reste en contact.

Je compris aussitôt qu'il m'avait été adressé par Otto et Zoe Zolton-Bander. *Qu'ils aillent se faire voir*, pensai-je. J'avais mieux à faire que de les aider à se débarrasser de leur foutu trésor.

Puis mon iPhone sonna. De nouveau, les mots *numéro inconnu* s'affichèrent à l'écran. Ulcéré, je finis par décrocher, bien décidé à leur mettre les points sur les *i*.

— Dominic ? fit une voix de synthèse à l'autre bout du fil.

— Oui, c'est moi, dis-je, la bouche pleine de muesli. Qui est à l'appareil ?

— Nous souhaitons te rencontrer.

Nous ? La Dette, sans aucun doute.

— Bien sûr, répondis-je sur un ton faussement assuré. Quand ?

— Aujourd'hui, à onze heures.

— Mais je dois aller au lycée.

— Tu vas devoir te débrouiller.

— Entendu. Et où dois-je me rendre ?

— Au port de plaisance de Sanctuary Cove. Jetée numéro trois.

Mon interlocuteur raccrocha sans me fournir davantage d'explications.

— Tout le monde est prêt ? demanda ma mère. On part dans cinq minutes.

J'envisageai de simuler une maladie foudroyante mais ma mère n'étant pas née de la dernière pluie, je me résignai à me rendre au lycée. Coast Grammar pratiquait une politique de lutte contre l'absentéisme extrêmement rigoureuse, mais j'étais déjà parvenu à déjouer ces mesures à plusieurs reprises.

Je montai dans ma chambre pour récupérer l'ordinateur de La Dette et des vêtements de rechange.

— Dom ! cria ma mère depuis le rez-de-chaussée. On va vraiment finir par être en retard !

Tandis que nous roulions en direction de Coast Grammar, mon frère ne quittait pas des yeux l'écran de son smartphone. Ma mère reçut un appel. Elle activa la fonction *mains-libres*, un dispositif qui permettait d'entendre son interlocuteur via la sono de la voiture. Je tendis l'oreille.

— Tu es au courant ? dit un homme dont je ne reconnus pas la voix.

— Oui, Lee. Je vérifierai. Mais je suis certaine que ce n'est qu'un bug électronique.

— Mais l'argent...

— Oui, je sais que l'argent est important. Mais il n'y a pas grand-chose que je puisse faire.

Quelques secondes après avoir mis fin à cette brève communication, ma mère reçut un nouvel appel.

— Désolée, ma chérie, dit mon père à l'autre bout de la ligne. J'ai dû retarder le versement, et j'ai complètement oublié de te prévenir.

— Oublié de me prévenir ? répéta ma mère, incrédule.

C'était la première fois que j'entendais mes parents parler finances. Nous étions riches, très riches, et l'argent n'avait jamais été un problème.

Réalisant que nous n'avions pas à écouter cet échange, ma mère changea habilement de sujet, et la conversation se poursuivit sur un ton moins tendu. Mais quand mon père mentionna l'avion qu'il avait l'intention d'essayer durant le week-end, elle sortit de ses gonds.

— David, as-tu perdu le sens de la réalité ? dit-elle. Il est hors de question que tu t'offres ce jouet !

Alors, la communication fut coupée.

Plus tard, au cours d'une conversation orageuse, mon père jura avoir connu un problème de batterie, mais ni ma mère ni moi ne fûmes dupes. Il lui avait raccroché au nez, tout simplement.

Lorsque nous arrivâmes à destination, j'embrassai ma mère et descendis de la voiture avant même que Toby n'ait détaché les yeux de son smartphone. Et ce n'est que lorsque la BMW eut quitté la zone de desserte que je réalisai que, dans mon empressement, j'avais laissé l'ordinateur sur la banquette arrière.

— Et merde, lâchai-je.

La mort dans l'âme, je me joignis au flot des élèves qui se traînaient vers le portail. Privé de mon précieux couteau suisse informatique, je risquais fort de manquer mon rendez-vous avec La Dette et d'en payer chèrement les conséquences.

■ ■ ■

— Mr Silvagni, avez-vous entendu ce que je viens de dire ?

Je levai les yeux du cahier sur lequel j'étais en train de rédiger des plans d'évasion tous plus bancals les uns que les autres.

Devais-je feindre un état fiévreux ? Je risquais de finir bouclé dans l'infirmerie jusqu'à ce qu'un médecin détermine l'éventuel caractère contagieux de la maladie.

Devais-je prétendre qu'un grave événement familial requérait mon retour immédiat à Halcyon Grove ? Le principal et ses sbires effectueraient les vérifications d'usage et mon mensonge serait immédiatement percé à jour.

— Mr Silvagni, je vous ai posé une question.

— Je vous prie de m'excuser, mais je n'ai pas bien entendu.

— Je ne suis pas vraiment surpris... Je disais qu'un nouveau camarade va nous rejoindre ce matin.

— Vous m'en voyez ravi, monsieur.

J'étais fatigué de ces petits jeux, de ces profs bornés et autoritaires. J'étais de plus en plus décidé à quitter le lycée pour vivre une existence aventureuse auprès de Hound de Villiers.

Quelques secondes plus tard, on frappa à la porte.

— Ah, ça doit être lui, s'exclama Mr Travers. Entrez !

Alors, une vieille connaissance fit son apparition dans la salle de classe : mon cher ami Droopy.

Oh, je n'étais pas vraiment surpris. Depuis le jour de la rentrée, je savais qu'il avait débarqué à Coast Grammar pour régler définitivement la querelle Silvagni-Strangio. En toute logique, il avait manœuvré pour intégrer ma classe, de façon à garder un œil sur moi jusqu'à ce que se présente une occasion de me liquider.

Mr Travers ânonna un discours de présentation. Il confirma que mon ennemi mortel s'appelait en réalité Francesco Strangio, qu'il était un peu plus âgé que nous, et que la commission, considérant qu'il pourrait éprouver quelques difficultés d'adaptation au système scolaire australien, avait décidé qu'il intégrerait la classe 10T – comme par hasard. Enfin, il l'invita à se présenter.

Droopy s'exprima avec une franchise surprenante. Il expliqua qu'il venait de San Luca, une petite ville perdue dans les montagnes de Calabre, et nous parla brièvement de ses hobbies.

– Avez-vous des questions à poser à Francesco ? demanda Mr Travers.

Bevan Milne leva la main.

– Oui, Bevan ?

– Francesco, quelle est ta pizza favorite ?

– Tomate, fromage, ça me suffit, répondit Francesco.

– Pas d'ananas ?

– Ah non, pas d'ananas.

Les élèves se mirent à chuchoter. Une pizza sans ananas ? Aux yeux des habitants de Gold Coast, c'était une hérésie.

D'autres questions fusèrent.

– Tu sais surfer ?

– Non, mais j'ai hâte d'apprendre.

– Pourquoi les joueurs de foot italiens passent-ils leur temps à se rouler par terre ?

— Je ne sais pas trop, mais il faut croire que cette tactique n'est pas trop mauvaise, vu que nous avons remporté quatre Coupes du monde.

Je me décidai à lever la main.

— Mr Silvagni, une question ?

— Oui, monsieur.

— Nous vous écoutons.

— Francesco, que sais-tu de la 'Ndrangheta ? demandai-je. Est-il exact qu'en Calabre cette organisation est plus puissante que le gouvernement ?

— Ce n'est pas le genre de question que je... commença Mr Travers.

Mais Droopy lui coupa la parole.

— J'ai entendu parler de la 'Ndrangheta. Cette organisation appartient au passé. Pour nous, ce n'est plus que du folklore. Navré de te décevoir, mais tu as sans doute trop regardé *Les Soprano*.

Cette réponse souleva quelques rires. Mr Travers sourit. Il était ravi de la façon dont Droopy m'avait mouché.

La sonnerie annonçant le premier interclasse retentit. Je consultai mon emploi du temps : maths. Quel plan d'évasion pourrais-je mettre en œuvre, pendant un tel cours ? *Désolé, Monsieur, mais une équation à deux inconnues vient de me tomber sur le pied et je dois impérativement me rendre à l'hôpital.*

Troisième heure, chimie. C'était déjà mieux. Pour parvenir à mes fins, je devais m'infliger une blessure digne de ce nom. *Monsieur, j'ai une sérieuse migraine* ou *j'ai horriblement mal au ventre* ne m'emmèneraient pas plus loin que l'infirmerie. Évidemment, une jambe ou un bras cassés feraient l'affaire, mais il me serait alors difficile de mener à bout mon dernier contrat.

Mr Arvanitakis annonça que nous mettrions à profit cette première heure de chimie de l'année pour faire le tour du laboratoire. Il commença par nous rappeler les risques liés à l'utilisation des becs Bunsen. Et cet avertissement ne tomba pas dans l'oreille d'un sourd.

Tandis que les élèves se déplaçaient en troupeau derrière le professeur, je m'isolai au fond de la salle, m'emparai d'un allume-feu électrique et allumai un bec Bunsen. J'en étudiai la flamme bleue, sa forme pure, parfaite, presque engageante.

Je tendis le bras et la laissai frôler la paume de ma main. *Plus près*, pensai-je. Bientôt, le feu mordit ma chair puis la dévora. La douleur était différente de celle que j'avais éprouvée sous le fer de La Dette. Elle était plus soudaine, plus brutale. Elle semblait se nourrir d'elle-même, s'accroissait de façon exponentielle.

— C'est quoi cette odeur ? dit Bevan Milne, tandis que les autres élèves assistaient à une réaction chimique spectaculaire provoquée par la décomposition du peroxyde d'hydrogène.

J'éteignis la flamme du bec Bunsen.

— Monsieur, je crois que je me suis brûlé la main, gémis-je.

Sur ces mots, je me ruai hors du laboratoire pour épargner à Mr Arvanitakis, que je tenais pour un brave type, la vue de ma blessure.

Je me rendis à l'infirmerie, et le protocole d'urgence parfaitement huilé de Coast Grammar fit le reste. En moins de temps qu'il n'en faut pour le dire, on me fit grimper dans une ambulance en compagnie de l'infirmière scolaire, puis on me conduisit à l'hôpital.

— Entre le premier et le deuxième degré, annonça le médecin après un rapide examen. Tu ne t'en tires pas trop mal, jeune homme.

— Ta mère va venir te chercher, dit l'infirmière tandis que j'adressais un SMS à Luiz Antonio de ma main valide. Elle est déjà en route.

— Je peux aller aux toilettes ? demandai-je.

— Bien entendu, répondit le médecin.

Je remontai le couloir, franchis les portes automatiques de l'hôpital et embarquai dans le taxi de Luiz Antonio, qui patientait moteur en marche devant l'hôpital.

— Qu'est-ce que vous attendez ? criai-je. Roulez !

Luiz Antonio appuya sur le champignon.

— Où dois-je te déposer, cette fois-ci ?

— À Sanctuary Cove.

La sono diffusait ce sempiternel air brésilien. *J'en ai assez de tout ça*, pensai-je. *De ces énigmes, de ces petits jeux.*

– Comment connaissez-vous Gus ? demandai-je.

– Qui ça ?

– Ne me prenez pas pour un débile. Vous écoutez les mêmes bizarreries, tous les deux. Si vous étiez fans de Frank Sinatra, je mettrais ça sur le compte du hasard, mais de la samba, franchement ? Qui écoute ça, à Gold Coast ?

Luiz Antonio m'adressa un sourire las.

– Alors, tu crois que tu nous as tous percés à jour, pas vrai ?

– Non, pas exactement. Je crois juste que vous vous connaissez, et que Gus vous paye pour garder un œil sur moi, pour vous assurer que je ne m'attire pas trop d'ennuis.

– Tu avoueras que si c'était le cas, je ferais bien mal mon travail.

Il marqua une pause puis ajouta :

– Sans ton grand-père, je ne serais plus de ce monde, à l'heure qu'il est.

– *Carne fresca*, dis-je.

Quelques minutes plus tard, Luiz Antonio atteignit l'entrée de Sanctuary Cove, un domaine clos et surveillé qui ressemblait beaucoup à Halcyon Grove mais disposait d'un petit port de plaisance où les résidents pouvaient amarrer leur yacht. Le vigile qui surveillait le portail passa la tête à la fenêtre du poste de sécurité, dans le plus pur style Samsoni.

— Bonjour, dit-il. À qui rendez-vous visite ?

Et là, rien ne me vint. Le trou noir. Il continua à me fixer sans dire un mot. *Trouve quelque chose*, pensai-je. *N'importe quoi.* Puis, comme par miracle, je me souvins que l'un de mes camarades de classe vivait à Sanctuary Cove.

— Je viens voir Bevan Milne, dis-je.

Je m'attendais à ce qu'il me fasse observer qu'il se trouvait au lycée, ou que j'allais perdre mon temps en compagnie d'un parfait crétin, mais il nous fit signe d'avancer.

Luiz Antonio suivit les panneaux indiquant la direction du port puis il se gara à l'entrée de la jetée numéro trois.

— Aujourd'hui, je ne pourrai pas t'attendre, dit-il.

— Pas de problème, répondis-je. Je me débrouillerai.

Lorsque mon chauffeur eut quitté les lieux, je balayai le port du regard : personne. Je m'engageai sur la jetée. Perchée sur un poteau, une mouette m'observait d'un œil fixe.

Après ce que j'avais traversé durant l'accomplissement de mon dernier contrat, je m'étais juré de me tenir éloigné de tout ce qui ressemblait de près ou de loin à un bateau. Je n'avais pas à proprement parler développé une nouvelle phobie, mais je trouvais la vie beaucoup plus simple lorsque j'étais à terre. Les yachts amarrés à Sanctuary Cove étaient très différents de l'*Hispaniola*, avec sa coque rouillée, et de l'*Argo*, purement utilitaire. Autour de moi, tout n'était que cuir blanc et chromes étincelants.

J'atteignis l'extrémité de la jetée sans croiser âme qui vive, si bien que je commençai à me demander si je n'avais pas mal compris les instructions.

Je rebroussai chemin et lus à haute voix le nom de chaque yacht.

— Le *Golden Lady*. Le *Boganous*. Le *Stymphale*.

Je me figeai. Le *Stymphale* ? Ça me disait quelque chose. Où et quand l'avais-je entendu ? Comme par magie, le visage du professeur Chakrabarty se forma dans mon esprit. Mais dans quel contexte l'avait-il prononcé ? Allais-je devoir me repasser toutes ses péroraisons ?

Non, bien sûr. Google allait m'épargner cette torture. Je sortis mon iPhone, et découvris qu'il n'y avait pas de réseau. Comment était-ce possible ? Je me trouvais à Sanctuary Cove, au XXIe siècle ! Cette défaillance inacceptable me condamnait à stimuler les zones de mon cerveau où j'avais stocké, en vrac, les conférences improvisées du professeur Chakrabarty.

Après quelques minutes d'intense réflexion, tout me revint.

Les douze travaux d'Hercule. Récapitulons : le lion de Némée, l'hydre à neuf têtes, la Toison d'or, le sanglier au nom bizarre, les écuries d'Augias… et en sixième position, les oiseaux du lac Stymphale.

Tout collait : le sixième travail d'Hercule, le sixième contrat de Dominic Silvagni.

— Eh ! lançai-je. Il y a quelqu'un ?

Pas de réponse, rien que le clapot de l'eau contre la coque. J'empruntai l'échelle menant au pont arrière du *Stymphale*.

— Il y a quelqu'un là-dedans ? répétai-je.

Je franchis une baie coulissante et accédai à un vaste salon meublé d'un bar en bois précieux et de banquettes en cuir blanc. La décoration était impersonnelle, et je cherchai en vain un indice pouvant me renseigner sur le propriétaire du bateau. À l'instant où je poussais la porte située à l'autre bout de la pièce, le moteur gronda, puis le yacht se mit en mouvement.

Pas de panique, Dom. Il doit bien y avoir quelqu'un à bord.

Je longeai une galerie, gravis un escalier métallique et accédai à la passerelle.

— Il y a quelqu'un ? hurlai-je.

Toujours rien. L'équipage de ce bateau manquait du plus élémentaire sens de l'hospitalité. Je jetai un œil à la vitre panoramique et constatai que le *Stymphale* filait vers le large. Ou, plus précisément, droit vers une vedette de pêche au gros. Elle était si proche que je pouvais apercevoir son propriétaire harnaché à la proue, canne tenue à deux mains, casquette sur la tête et brioche proéminente. La collision semblait inévitable.

Mais à l'instant où je me précipitai vers la barre, je la vis tourner de quelques dizaines de degrés, puis le yacht changea de trajectoire. Oh, parfait. Il n'y avait pas d'équipage. Je me trouvais à bord d'un bateau piloté à distance, un drone des mers lancé à pleine vitesse vers une destination inconnue.

Une voix de synthèse jaillie d'un haut-parleur me fit sursauter.

— Alors, Dom, apprécies-tu cette petite croisière à bord du *Stymphale* ?

Je ne pris pas la peine de répondre.

— Il y a des boissons fraîches dans le réfrigérateur. N'hésite pas à te servir.

J'ouvris le frigo et pris une cannette de Coca. J'en bus une longue gorgée puis demandai :

— Vous m'entendez ?

— Je te reçois cinq sur cinq.

— Dans ce cas, vous pourriez m'expliquer ce que je fais ici ?

— Tu es ici pour prendre connaissance de ton dernier contrat.

Oh. J'avais beau attendre cet événement depuis des mois, ces mots me firent l'effet d'un coup de poing.

Plus qu'une épreuve, et je serais libéré de mon engagement envers La Dette.

Mais qu'allait-on exiger de moi, cette fois-ci ? Devrais-je remettre la main sur le trésor de Yamashita ? Ce serait pour moi un jeu d'enfant. Il me suffirait de contacter les Zolton-Bander, qui ne cherchaient qu'à s'en débarrasser.

— Je vous écoute, dis-je.

— Pour commencer, je souhaiterais que tu jettes un œil à une vidéo. L'écran se trouve sur ta droite, au-dessus des commandes.

Tandis que le *Stymphale* poursuivait sa course vers l'horizon, je m'installai sur le siège surélevé du capitaine.

Dès que les premières images en basse définition apparurent, je compris que le film n'avait rien d'une superproduction hollywoodienne. La caméra tremblait, et le cadreur faisait un usage immodéré du zoom.

L'objectif se tourna vers un panneau portant l'inscription *Réserve d'Ibbotson*, puis vers la une d'un quotidien daté du 12 octobre 1983. Le vidéaste amateur emprunta un sentier et déboucha dans une clairière où un camp de fortune avait été établi : un feu entouré de pierres et un abri constitué d'une bâche.

Qui était le cameraman ? Pourquoi me montrait-on cette vidéo dépourvue de tout intérêt ?

Un individu entra dans le champ de l'objectif, une créature aux longs cheveux ternes portant des vêtements déchirés. La caméra zooma sur son visage. C'était une femme, l'une de ces pauvres parmi les pauvres, réduite à camper en pleine forêt et à traîner ses maigres possessions dans de grands sacs en nylon.

Elle fixa la caméra et lui adressa un sourire édenté. Elle prononça quelques mots, mais la bande-son était de si médiocre qualité que je n'en compris pas le sens. Quoi qu'il en soit, elle semblait ravie de voir celui qui la filmait.

Elle se pencha pour saisir un objet que lui tendait le cameraman : un carton de pizza portant le logo de la pizzeria Big Pete. Elle en souleva le rabat, saisit une part et la fourra dans sa bouche. À l'évidence, elle n'avait rien mangé de tel depuis très longtemps. Elle était aux anges.

Ainsi, celui qui filmait ces images avait un cœur charitable. Mais pourquoi se donnait-il la peine d'immortaliser cette scène ?

La femme dévora une deuxième part de pizza. Ce spectacle n'était ni passionnant, ni très appétissant.

Je tournai la tête et jetai un œil à la vitre de passerelle. Sur ma droite, un vol de mouettes menait l'assaut sur un banc de poissons.

Lorsque je revins à l'écran, la femme, le regard vide, avait cessé de mastiquer. Une troisième part de pizza s'affaissait mollement dans sa main gauche. Puis un flot d'écume jaunâtre s'échappa de sa bouche et son corps fut secoué de convulsions.

Pourquoi le vidéaste n'intervenait-il pas ? Au contraire, il fit deux pas en avant afin de capturer les moindres détails. La femme s'écroula. Ses tremblements avaient cessé, mais la mousse continuait à s'écouler sur son menton.

Était-ce une mise en scène macabre ? Une espèce de film gore amateur du plus mauvais goût ?

Le visage de l'agonisante remplit tout l'écran.

Elle ferma les yeux.

Soit la femme jouait son rôle à la perfection, soit elle avait rendu son dernier soupir.

Le cameraman recula avant de réaliser un plan large de sa victime.

Oui, elle était morte, terrassée par le poison contenu dans la pizza. Bon sang, pourquoi La Dette m'avait-elle forcé à regarder cette scène de cauchemar ?

Soudain, la caméra se figea, et je compris que le cameraman l'avait posée afin de réaliser un plan fixe. Au second plan, on ne voyait que des buissons.

Quelques secondes de silence et d'immobilité, puis le visage d'un adolescent apparut devant l'objectif.

Un visage saisi d'effroi.

Un visage que je connaissais.

J'effectuai un rapide calcul mental.

La vidéo datait de 1983. Il était né en 1968. Il avait donc quinze ans à l'époque des faits.

Je ne pouvais plus me voiler la face : ce garçon était mon père. Et je venais de le voir tuer une femme sans défense.

Il passa une main sur son front perlé de sueur, puis ses traits grimaçants cédèrent la place à un masque d'impassibilité où brillaient deux yeux inexpressifs. Alors, il brandit six doigts en direction de la caméra, et la vidéo s'acheva.

La voix résonna dans le haut-parleur, plus robotique que jamais.

— As-tu été attentif ?

Je hochai la tête.

— Réponds-moi, Dom.

— Oui, j'ai tout vu.

— Pour accomplir ton sixième et dernier contrat, tu devras prendre une vie. N'importe laquelle, c'est sans importance. C'est l'occasion de débarrasser la société de l'un de ses déchets et de prouver ta valeur. Mais nous aurons besoin d'une preuve.

À cet instant, les moteurs cessèrent de fonctionner, puis un monstrueux coup de corne retentit. Je levai les yeux vers la vitre. Un navire de croisière se dirigeait droit vers le *Stymphale*.

Et après ? pensai-je. *C'est peut-être mieux ainsi. Ce bateau et moi allons être pulvérisés, et je serai délivré de La Dette. Parce que je ne peux pas faire ça. Prendre une autre vie. C'est tout simplement inconcevable.*

Tout était clair, désormais. Mon père avait rempli le dernier contrat, mais il n'avait pas retrouvé la liberté. Car ils possédaient une preuve du crime qu'il avait commis, une vidéo qu'ils pouvaient à tout moment transmettre aux médias australiens et diffuser sur Internet.

Je me sentais pris au piège, mais ce n'était rien en comparaison de la situation dans laquelle il se trouvait.

Un deuxième coup de corne me déchira les tympans. Le paquebot n'avait pas dévié sa course. Avec tout ce qu'elle a investi pour faire de moi un criminel, La Dette avait-elle décidé de se débarrasser de moi ? Ça n'avait aucun sens.

— Si vous comptez me foutre la trouille, il va falloir trouver mieux, dis-je.

Pas de réponse.

— Est-ce que vous m'entendez ?

Le silence. Un abîme de silence.

Et si quelque chose ne tournait pas rond ? Et si le système de radiocommande était tombé en panne ? Quelle ironie… Eux qui se croyaient omniscients et omnipotents, ma mort leur donnerait une bonne leçon. Elle leur apporterait la preuve que je n'étais pas leur pion.

Je n'appartenais plus qu'à l'océan sombre et insondable.

Mais pourquoi le paquebot ne déviait-il pas sa trajectoire ? Pourquoi ne faisait-il pas machine arrière ?

J'attendis en vain que les moteurs repartent et que la barre se remette à tourner. Sur ma droite, les mouettes s'étaient dispersées, comme si elles pressentaient une catastrophe. À leur vue, je repensai aux oiseaux du lac de Stymphale, au bec et aux serres de bronze, qui se nourrissaient de chair humaine. Hercule les avait chassés à l'aide de clochettes offertes par Athéna puis les avait criblés de flèches empoisonnées.

Joli travail, Hercule, mais rien dont je puisse m'inspirer.

Je me mis aux commandes du yacht. Et des commandes, il y en avait des centaines, des jauges, des cadrans, des manettes, des boutons...

Je fis tourner la seule clé du tableau de bord. Un gargouillement se fit entendre au fond de la cale puis les moteurs se remirent à gronder.

Je repérai deux manettes dont l'aspect rappelait celles du hors-bord de Mr Jazy. Lorsque je poussai celle de gauche, le yacht bondit en direction du paquebot. Je manipulai aussitôt celle de droite, et obliquai à bâbord, m'écartant de la trajectoire du paquebot.

– Allez, allez, allez ! répétai-je sans desserrer les dents.

Bientôt, la coque du navire, haute comme un immeuble de six étages, occupa tout mon champ de vision à tribord. Mais j'avais échappé à la collision d'une bonne vingtaine de mètres. Étrangement, ce sauvetage in extremis ne me procura aucun soulagement, comme si j'étais à court d'adrénaline.

Car une image gravée dans ma rétine ne cessait de me hanter : le visage épouvanté de ce garçon de quinze ans, un cadavre à ses pieds, au cœur de la forêt du Prêcheur.

Mercredi

12. PLEINE LUNE

Armé de puissantes jumelles trouvées sur le panneau de commande, je découvris deux policiers postés au bout de la jetée. Aussitôt, je coupai les moteurs. Qu'est-ce qu'ils fichaient là, ceux-là ? L'un des résidents m'avait-il vu monter à bord du yacht et prévenu les autorités ?

J'avais échappé au paquebot et ramené le *Stymphale* aux abords de Sanctuary Cove. Et maintenant ?

D'une part, je n'avais jamais manœuvré une embarcation aussi imposante, et je redoutais que l'accostage ne se révèle très compliqué. D'autre part, il était impossible de tromper la vigilance des flics.

J'envisageai de me laisser interpeller, puis estimai qu'il valait mieux éviter tout contact avec les forces de l'ordre.

Devais-je tenter de fuir par la mer ? Certes, le *Stymphale* était un bateau puissant, mais les gardes-côtes n'auraient qu'à surveiller ma progression sur leurs écrans radars ou me faire suivre par un hélicoptère jusqu'à ce que je tombe en panne sèche.

Autre chose ?

À court d'idées, je procédai à une rapide inspection du yacht, de la proue à la poupe en passant par la cale et l'antenne radar. Et au fil de mes découvertes, une stratégie audacieuse, pratiquement vouée à l'échec, germa dans mon esprit.

Je commençai par mettre en œuvre une opération de diversion : à l'aide d'un tire-bouchon déniché dans la cuisine, je pratiquai de larges trous dans un canot de sauvetage autogonflable, en déclenchai la balise de détresse et le lançai à la mer. Le dispositif se déploya puis, porté par un vent favorable, s'éloigna rapidement du *Stymphale* en prenant l'eau de toutes parts. Il ne demeurerait pas à flot plus de quelques minutes.

En attendant, il ne me restait plus qu'à trouver un endroit où me cacher.

■ ■ ■

J'étais recroquevillé dans un minuscule espace. Je n'en avais pas bougé quand les policiers avaient fouillé le bateau, ni quand ils l'avaient ramené à quai, et je commençais à avoir des fourmis dans les jambes.

Le *Stymphale* était immobile depuis plus d'une heure, et je n'avais aucun moyen de savoir où il était amarré.

Seul indice, je n'entendais pas le moindre son, ni bruits de pas à l'intérieur du yacht, ni voiture, ni conversation.

J'écartai les gilets de sauvetage sous lesquels je m'étais dissimulé puis, redoutant de tomber sur un policier en faction ou un membre de la brigade canine, je quittai ma cachette avec la plus extrême prudence.

Personne.

Il était trop tôt pour crier victoire, mais jusqu'ici, mon plan avait parfaitement fonctionné. Je me déplaçai à pas de loup, attentif au craquement de la coque et au clapot des vagues puis, au risque de m'exposer, je jetai un œil par la baie coulissante donnant sur le pont arrière.

J'étais en terrain connu : les policiers avaient reconduit le *Stymphale* à son port d'attache. Seulement, deux agents montaient toujours la garde au bout de la jetée. Je tendis l'oreille.

— J'en ai ras le bol, dit l'un d'eux.

— Qu'est-ce qui ne va pas ? demanda son coéquipier.

— Je me suis engagé dans la police pour échapper à la routine, mais je passe mon temps à faire le planton.

Cet échange n'était pas tombé dans l'oreille d'un sourd. Ils voulaient de l'action ? Parfait. J'allais mettre un peu de piment dans leur vie professionnelle.

Je rebroussai chemin, ramassai quatre fumigènes de détresse dans le placard et tirai les cordons de mise à feu. Aussitôt, ils dégagèrent une épaisse fumée rouge. Je les laissai tomber sur le plancher, ouvris une fenêtre puis me précipitai vers la poupe.

Les flics qui surveillaient la jetée continuaient à maugréer.

— L'autre jour, je suis resté posté durant tout mon service à un barrage routier, et il ne s'est strictement rien passé.

— T'as raison, c'est nul, commenta son collègue.

— Et le pire, c'est que…

L'homme n'acheva pas sa phrase. Il venait d'apercevoir les volutes écarlates qui s'élevaient à l'avant du yacht.

— Bordel, qu'est-ce que c'est que ça ? s'étrangla-t-il avant de se diriger vers le *Stymphale*, son collègue sur les talons.

Je me cachai dans les toilettes. J'entendis deux chocs sourds, signe qu'ils avaient sauté sur le pont du bateau, puis, à leur pas lourd et précipité, je compris qu'ils avaient foncé tête baissée vers la cabine de pilotage. Je quittai mon refuge, gravis l'échelle menant à la jetée puis pris mes jambes à mon cou. Un véhicule de patrouille était garé à l'entrée du port, mais je ne vis aucun autre policier.

Je n'avais plus qu'un problème à régler : Sanctuary Cove était un domaine sécurisé, et il était aussi difficile d'y entrer que d'en sortir. Et cette fois, Luiz Antonio ne me viendrait pas en aide.

En l'absence de tout plan d'évasion, je me dirigeai vers le portail. Le vigile, visiblement nerveux, quitta le poste de sécurité et vint à ma rencontre. Rien ne pouvant expliquer ma présence en ces lieux, je courus droit sur lui en hurlant à pleins poumons et en décrivant des moulinets avec mes bras.

Il me lança un regard affolé, fit un pas d'écart et me laissa quitter librement la résidence.

Et le plus étonnant, c'est que pendant que je détalais, j'éprouvai un sentiment de plénitude, comme si je laissais tous mes problèmes derrière moi. Je savais que mes poursuivants ne pouvaient rivaliser avec ma vitesse de pointe.

J'ignorai les taxis qui roulaient sur l'avenue. Certes, j'étais à court d'entraînement, mais j'avais l'impression de me retrouver sur la piste du stade olympique de Rome, le soir où j'avais pulvérisé ma meilleure performance personnelle.

J'atteignis Chevron Heights en un temps record. Je n'étais pas essoufflé. Je n'avais pas mal aux jambes. J'augmentai la cadence et ne ralentis que pour franchir le portail de Halcyon Grove.

Ce dernier effort me laissa plié en deux devant le poste de sécurité. Tandis que je tentais de récupérer, la BMW de ma mère s'arrêta à ma hauteur. Elle en descendit comme une furie et se mit aussitôt à brailler comme une possédée.

— Dom, qu'est-ce que tu as foutu, nom d'un chien ?

— Eh, quel est le problème ?

— Du calme, Mrs Silvagni, ajouta Samsoni. Inutile de vous énerver.

À dire vrai, je n'avais jamais vu ma mère dans un tel état. Elle qui s'efforçait de faire bonne figure en toutes circonstances, elle avait totalement perdu le contrôle de ses nerfs.

— On devait se retrouver à l'hôpital ! cria-t-elle. Qu'est-ce qui ne tourne pas rond chez toi ?

— T'inquiète, dis-je en levant ma main bandée. C'est moins grave que ça n'en a l'air.

— Mais où étais-tu ?

Je haussai les épaules. *Maman, crois-moi, tu ne veux pas savoir.* Elle s'effondra en larmes dans les bras de Samsoni.

La voiture de Mrs Jazy pila derrière la BMW. Elle donna un coup de klaxon. Mal joué.

Ma mère échappa à Samsoni, s'empara du parapluie rangé derrière la porte du poste de sécurité et se mit à marteler furieusement le capot. Puis, comme si elle avait épuisé toute sa colère, elle se figea, pantelante et éplorée. Épouvantée, Mrs Jazy actionna la fermeture centrale des portes.

— Ça va aller, maman ? dis-je en caressant ses épaules.

— Que va-t-on devenir, Dom ? gémit-elle.

À cet instant, pour la première fois depuis le jour maudit où La Dette avait débarqué dans ma vie, je réalisai que je n'étais pas le seul concerné, que les enjeux ne se limitaient pas à ma jambe, que toute ma famille était menacée.

— On va se sortir de tout ça, chuchotai-je.

— Vraiment ?

— Vraiment, confirmai-je.

Nous montâmes à bord de la voiture, sans même un regard pour la pauvre Mrs Jazy qui n'y comprenait rien. Puis ma mère, silencieuse et tremblante, roula au pas jusqu'à la villa.

— Je dois encore m'absenter un petit moment, annonçai-je.

— T'absenter ? Tu plaisantes, j'espère ?

— Je ne serai pas très loin. Je veux juste parler à Gus.

— Tu dois avant tout discuter avec ton père, dit-elle en sortant son iPhone de sa poche.

Mon père ? Il était parti pour Sydney, ou Melbourne, je ne me souvenais plus très bien, et ne rentrerait que le lendemain.

— S'il a besoin d'explications, il connaît mon numéro.

Sur ces mots, je tournai les talons et me dirigeai vers la maison de mon grand-père.

J'entendis la pulsation de la musique techno avant même d'avoir atteint le garage. Gus était en train de soulever de la fonte.

— Salut, c'est moi, dis-je en poussant la porte de la petite salle de gym.

Je le trouvai assis sur le banc, en train de soulever un haltère d'une seule main, le coude fléchi. Une série de *curls*, dans son jargon, destinés à entretenir le volume de ses biceps. Il portait son T-shirt préféré, celui avec le logo d'une marque de bière indonésienne, et un vieux short baggy de l'armée. Au plafond, le ventilateur tournait à toute vitesse, mais son effet était négligeable. L'atmosphère était irrespirable, chargée de sueur.

Mon iPhone sonna. Un appel de mon père. Je ne décrochai pas.

— Qu'est-ce qui t'est arrivé ? demanda Gus en désignant mon bandage.

— Rien de sérieux. Je me suis brûlé avec un bec Bunsen pendant une expérience de chimie. Je peux te parler une minute ?

— Si tu me promets de ne pas remuer la boue.

— C'est promis.

Je m'assis à ses côtés et saisis l'haltère.

Non, c'est impossible, je n'y arriverai jamais.

— Garde la tête droite, dit Gus.

Huit, me dis-je. *Si j'en fais huit, je serai un héros.*

J'effectuai les trois premiers *curls* sans aucune difficulté. Les deux suivants furent plus délicats. Au sixième, je commençai sérieusement à coincer.

— Tu ne te débrouilles pas trop mal, sourit mon grand-père. Accroche-toi.

Pas trop mal ? Sans blague ? Mon biceps était à l'agonie, et la douleur que m'infligeait ma brûlure n'arrangeait rien à l'affaire.

Et de sept. J'y étais presque. Gus me prodigua d'autres encouragements. Lentement, très lentement, je soulevai l'haltère jusqu'à ma poitrine.

J'avais atteint mon objectif.

— Continue, dit Gus. Encore deux. Tu en es largement capable.

Mais mon corps, qui ne partageait pas son point de vue, m'envoyait une multitude de signaux contraires.

— Allez, vas-y ! ordonna mon grand-père.

Je soulevai la barre, mais la gravité jouait contre moi. Ça faisait un mal de chien.

— Ne décolle pas les pieds du sol, avertit mon grand-père.

La barre continua à se déplacer vers le haut, mais ce mouvement, d'une extrême lenteur, était à peine perceptible. Malgré moi, j'émis une sorte de râle. Sans me vanter, ce n'était pas mon genre de produire des sons intempestifs lorsque je produisais un effort. Le grognement qui jaillissait de ma gorge était affreusement primitif.

— Encore un, dit Gus.

Neuf *curls* étaient amplement suffisants. Pourquoi m'infliger une telle torture ?

— Encore un.

Alors, presque contre ma volonté, la barre se souleva. Mon biceps était en feu, ct mon râle aurait pu rivaliser avec celui des tennismen cognant dans la balle lors des Internationaux de France. Mon bandage se teinta de sang.

— Tu y es presque, dit Gus.

Mais il était à côté de la plaque. L'haltère était dix fois trop lourd, la gravité était en train de l'emporter et j'étais bloqué aux trois quarts de mon dixième et dernier *curl*.

Alors, il plaça l'index sous la barre.

— Vas-y. Je sais que tu peux le faire.

Je puisai tout ce qui me restait d'énergie et produisis un dernier effort. L'haltère monta de quelques centimètres et toucha ma poitrine.

J'avais réussi.

Dix *curls*, c'était un exploit.

Je lâchai la barre. Gus m'ébouriffa les cheveux.

— Ça ne compte pas, haletai-je. Tu m'as aidé.

— Tu te trompes. Ma main ne touchait même pas la barre. Tout est dans ta tête, Dom.

Puis il contempla ma main sanglante.

— On ferait mieux de s'occuper de ça, dit-il. Je ne voudrais pas que ta mère s'affole.

Il fouilla dans une armoire métallique et en sortit une trousse à pharmacie.

— Je voudrais que tu me parles de ton dernier contrat, dis-je tandis qu'il changeait mon bandage.

— Tu tiens vraiment à savoir ?

Je hochai la tête.

— Bien. Comme tu voudras.

Gus prit une profonde inspiration avant de commencer son récit.

— C'était la dernière course de la saison. La finale nationale de l'épreuve du mile. Il ne me restait plus qu'une centaine de mètres à parcourir, et j'étais sur les talons du favori, un gosse de riches de Melbourne plus puissant et plus grand que moi. Il avait beaucoup de supporters dans les tribunes. À cinquante mètres, j'ai mis la gomme, et il a bu la tasse. Finalement, j'ai gagné assez facilement, avec plus de quatre secondes d'avance.

— Tu... tu as été champion d'Australie ?

Gus hocha la tête.

— J'ai été disqualifié quelques jours plus tard à cause d'une erreur dans mon dossier d'inscription. Mais oui, j'ai battu ce type à la régulière.

Il but une gorgée d'eau au goulot d'une bouteille en plastique.

— Bref, j'étais censé rencontrer un certain Mr Ippett après la course, l'un des sélectionneurs de l'équipe nationale. Il voulait m'interdire de passer pro, parce que ça m'aurait empêché de participer aux jeux Olympiques. Mais vu mon milieu social, je n'avais guère le choix.

— Wow, dis-je. Il voulait t'envoyer aux JO ?

— Sans doute, mais je ne suis pas allé au rendez-vous. J'ai simplement pris le bus pour rentrer chez moi.

— À Berang Valley ?

— Oui, à la ferme. Le bus m'a déposé en rase campagne, j'ai récupéré mon vélo dans le buisson où j'avais l'habitude de le cacher, et je me suis mis à pédaler.

Gus prit une autre gorgée et fit claquer ses lèvres comme s'il venait de s'envoyer une rasade de whisky.

— Tu te souviens de l'église du village ?

— Bien sûr.

— Quand je suis passé à sa hauteur, j'ai détourné le regard, parce que je ne voulais pas la voir. Mais un peu plus loin, au passage du pont, j'ai risqué un coup d'œil en arrière, et j'ai vu, comme je te vois, une croix de lumière flotter dans les airs. Je ne sais toujours pas si j'étais victime d'une hallucination ou s'il s'agissait d'une illusion d'optique, mais ça m'a glacé le sang. Et je me suis souvenu du jour où le père McGrane, le visage écarlate derrière son pupitre, avait braillé cet extrait terrible de la Bible : « Celui qui verse le sang de l'homme, par l'homme son sang sera versé ; car Dieu a fait l'homme à son image ! »

Pendant quelques secondes, j'avais cru entendre le Prêcheur. Mais Gus baissa d'un ton.

— Ensuite, je suis allé vérifier que Panda se trouvait chez lui.

— Panda ?

— Pandolfini, le coupeur de canne. Un salaud de première. Son fils était mon ami. Un jour sur deux, ce pauvre gamin débarquait avec des bleus sur tout le corps. Quant à sa sœur…

Il marqua une pause.

— Il lui réservait un autre traitement, bien pire encore. Je n'ai pas besoin de te faire un dessin.

À l'évocation de ces sombres souvenirs, Gus avait pâli. Je regrettais de l'avoir forcé à se replonger dans un passé qui lui faisait horreur.

— J'ai jeté un œil à la fenêtre. Cette ordure était bien chez lui, soûl comme un cochon, comme d'habitude. Je me suis remis en route et je suis rentré chez moi. Alessandro m'attendait sur le seuil de la porte.

— Ton frère ? dis-je.

Gus hocha la tête.

Je me souvins des paroles que le Prêcheur avait prononcées sur son lit de mort : *Alessandro, notre petit ange.* Et mon grand-père avait approuvé.

Lorsque Gus poursuivit son récit, je me promis de ne plus l'interrompre.

— Quand je lui ai annoncé que j'avais remporté la course, il était fou de joie, intenable. Il était tellement mignon, ce gosse...

Je pensai à la photo de la crypte des Tabori. Qu'était-il arrivé à Alessandro ? Voulais-je vraiment le savoir ?

— On est entrés dans la maison, et là, ça a été une autre histoire.

D'un trait, il vida la bouteille d'eau.

— Ma mère et Antonio étaient assis à table. Ils lisaient la Bible, comme d'habitude.

— Antonio ? Tu veux dire... le Prêcheur ?

Gus confirma d'un hochement de tête.

— Moi, je le détestais, ce sale bouquin relié de cuir noir. Je haïssais le pouvoir qu'il avait sur ces deux-là, le mur qu'il dressait entre nous. Alessandro leur a dit que j'avais gagné, que j'étais champion d'Australie, que j'étais le meilleur frère du monde. Mais ma mère ne m'a même pas regardé. Elle se moquait royalement de mes résultats sportifs. Tout ça était trop terre à terre pour elle, je suppose. Alors je suis sorti de la maison, j'ai emprunté le chemin qui traversait le champ de canne à sucre et j'ai trouvé mon père, derrière la baraque à outils. Il avait terminé d'aiguiser les machettes, et il soufflait dans son harmonica. Je lui ai annoncé que j'avais décroché la médaille d'or, alors il m'a serré contre lui. Et je crois bien que c'est la seule fois où il a eu un tel geste de tendresse à mon égard.

Gus marqua un temps d'hésitation puis ajouta d'une voix brisée :

— C'est à ce moment-là que je lui ai dit que le moment était venu de remplir mon sixième contrat. Et mon père, qui avait passé sa vie à couper des plants de canne à sucre avec un seul bras, a juste dit que j'étais plus courageux que lui.

Une larme roula sur sa joue.

— Tu n'es pas obligé de continuer, dis-je.

— Si, c'est important. Laisse-moi juste un moment.

Il observa quelques secondes de silence avant de poursuivre.

— Ce soir-là, j'ai quitté mon lit à deux heures du matin, je suis retourné à la baraque à outils et j'ai récupéré une machette. Ensuite, j'ai enfourché mon vélo puis je suis allé chez Panda. C'était la pleine lune, on y voyait comme en plein jour.

J'avais promis de ne pas l'interrompre, mais ce fut plus fort que moi.

— Qu'est-ce que tu éprouvais, à ce moment-là ? Est-ce que tu avais peur ?

— Non. J'étais concentré sur des questions pratiques. Est-ce que je devais cacher mon vélo ? La machette était-elle suffisamment aiguisée ? Comment allais-je me débarrasser du corps ?

Se concentrer sur des choses pratiques. C'était un conseil dont il était indispensable que je m'inspire.

— Je pouvais l'entendre ronfler depuis l'extérieur de son taudis. Je n'avais plus aucune excuse : il était là, je devais aller jusqu'au bout. J'ai poussé le rideau de toile de jute qui faisait office de porte, et je l'ai trouvé étendu sur un matelas dégoûtant, à même le sol. Près de sa tête, il y avait une bouteille de rhum vide. Il puait l'alcool à plein nez. Bref, un troupeau d'éléphants au galop n'aurait pas pu le réveiller.

Gus plissa le nez, comme si l'odeur fétide de Panda polluait encore ses narines.

— Je n'avais plus qu'un geste à faire pour me libérer de La Dette. Je pensais au petit Bill, au regard blessé de sa sœur. Si quelqu'un ne méritait pas de vivre, c'était bien lui. Et je savais que la police n'enquêterait pas trop sur la mort de ce monstre. D'un bout à l'autre de la vallée, tout le monde le détestait. Et je connaissais un paquet de types qui lui auraient volontiers fait la peau à ma place.

Gus joignit les poings l'un au-dessus de l'autre.

— Alors je me suis placé au-dessus de lui, jambes écartées, et j'ai levé la machette. J'avais déjà manié cet outil. J'étais même plutôt doué pour couper la canne et la tête des poulets. Pourtant, j'ai commencé à hésiter. Bien sûr, Panda méritait de mourir, et j'avais une occasion de rendre le monde meilleur, mais je ne pouvais pas m'empêcher de penser à la croix que j'avais vue briller dans le noir, près de l'église, et à l'avertissement du père McGrane.

Alors, joignant le geste à la parole, il baissa brusquement les mains.

— J'ai frappé à deux mains. Je m'attendais à sentir la lame pénétrer la chair, le cartilage et les os de cette ordure. Mais quelque chose a détourné mon bras, et la machette a éventré l'oreiller. Évidemment, Panda ne s'est pas réveillé. Alors, j'ai répété mon geste. Et à chaque fois, j'ai manqué mon coup. Je n'étais pas maladroit, Dom. Non, j'étais tout simplement incapable d'accomplir ce qu'on me demandait. Alors je me suis rué hors de la maison, j'ai enfourché mon vélo et pédalé au hasard une bonne partie de la nuit…

Assis l'un à côté de l'autre, nous observâmes un long moment de silence.

— Deux jours plus tard, ils ont mis leur menace à exécution.

Je connaissais cette histoire. Je n'avais pas besoin de plus amples détails.

— Et un mois plus tard, elle est morte, ajouta Gus.

— Qui ça ?

— La sœur de Bill, Elizabeth, celle dont tu as vu la tombe au cimetière. Panda l'a battue à mort. Tu te rends compte ? Sa propre fille ! Les flics l'ont jeté en prison, mais il n'y a passé qu'une semaine. Des codétenus lui ont ouvert la gorge. Et personne, à Berang Valley, n'a pleuré la mort de ce fumier.

Jeudi

13. SOMBRE ET LUGUBRE

Sombre et lugubre, la nuit s'écoulait avec une lenteur exaspérante.

Ma brûlure à la main, les images de l'assassinat commis par mon père et le récit de Gus ne me laissaient aucun répit.

Jamais je ne m'étais senti aussi seul. Mais à qui aurais-je pu me confier ?

Mon père était un tueur de sang-froid, et ma mère une inconnue dont je ne connaissais même pas le lieu de naissance. Californie ? Italie ?

Mes amis, eux, ignoraient tout du cauchemar que je traversais.

Sombre et lugubre, la nuit s'écoulait.

Le meurtre d'un être humain peut-il se justifier ?

Les intervenants des forums Internet que j'avais parcourus étaient partagés.

Les uns estimaient que les criminels méritaient la mort.

Les autres rejetaient catégoriquement ce châtiment.

Une troisième catégorie, très minoritaire, considérait que seul Dieu était en droit de juger ses serviteurs.

Le meurtre d'un être humain peut-il se justifier ?

Je pensai à Gus, éphémère champion d'Australie. Google conservait des traces de son exploit. Le garçon de Melbourne qu'il avait battu à plates coutures ce jour-là avait décroché la médaille d'argent aux Jeux du Commonwealth.

Je pensai à la pierre tombale, à la sœur de Bill qui reposait six pieds sous terre depuis tant d'années. Si Gus avait visé juste, si cette machette avait taillé la chair, le cartilage et les os de Pandolfini, elle serait encore de ce monde. Elle aurait surmonté les blessures de son enfance, et vivrait une existence tranquille, entourée de ses enfants et de ses petits-enfants. Avec un peu de chance, elle n'aurait pour l'heure pas d'autre préoccupation que la sauvegarde des animaux et la réussite d'une nouvelle recette de pâtisserie.

Puis je songeai à l'innocente empoisonnée par mon père dans la forêt du Prêcheur. Ce meurtre était-il justifié ? N'était-elle, comme l'avait dit la voix, qu'un déchet de la société ? Ne méritait-elle pas de vivre elle aussi ?

Sombre et lugubre, la nuit s'écoulait.

Le meurtre d'un être humain peut-il se justifier ?

Aux premières lueurs de l'aube, je sus qu'il me fallait prendre une décision.

M'enfuir ? La Dette était trop puissante. Je ne pouvais pas lui échapper. Je devais avant tout oublier toutes ces horreurs.

Piquer une tête dans la piscine ? Non, j'avais besoin de prendre l'air, quitter Halcyon Grove, où j'avais passé la nuit la plus désespérante de mon existence.

Je descendis au garage et considérai le bric-à-brac qui y était entreposé. Planche à voile, wakeboard, canoë, tout mon matériel se trouvait là où je l'avais laissé, couvert d'une fine couche de poussière.

Je me souvenais du jour où j'avais surfé pour la dernière fois, à Burleigh Heads, et avais été interrompu par une alerte aux requins.

De ce fatras, j'exhumai ma planche de surf. Tandis que je l'époussetais avec un vieux T-shirt, mon regard se posa sur mon VTT, un autre objet que j'avais depuis longtemps négligé.

Je gonflai les pneus, attachai la remorque, y fixai la planche puis me mis en route.

— Où vas-tu, Dom ?

La voix de ma mère. Je jetai un coup d'œil par-dessus mon épaule. Vêtue d'une simple chemise de nuit, elle se tenait sur le seuil de la villa.

— Ne t'inquiète pas, lançai-je. Je serai à l'heure au lycée.

Sur ces mots, je lançai mon VTT vers le portail.

— Vous allez surfer ? demanda Samsoni. À cette heure ?

— Oui, comme au bon vieux temps.

Avant de me lancer à corps perdu dans la pratique du demi-fond, j'avais éprouvé une véritable obsession pour le surf. J'avais participé à plusieurs compétitions importantes, et avais même décroché une précieuse troisième place.

— Vous avez mal choisi votre jour, dit Samsoni.

— Ah bon ? Qu'est-ce qui vous fait dire ça ?

— La marée est défavorable et le vent souffle vers le large.

— Oh, vous aussi vous surfez ?

— Je pratique le boogie, sourit-il. Le biscuit apéro des grands requins blancs.

— On devrait se faire une sortie tous les deux, un de ces jours, dis-je, même si je savais que ça n'arriverait jamais.

Je quittai le domaine et empruntai la rue bordée de bungalows qui menait au rivage. En longeant le front de mer, je ne croisais que le flot des joggeurs du matin. Et parmi eux, je reconnus Seb, short baggy et queue-de-cheval au vent. À sa vue, j'éprouvai un vif sentiment de colère.

De la colère pour la façon dont il m'avait manipulé.

De la colère pour la façon dont j'avais été jeté à la porte sans ménagement, lorsque je m'étais rendu à son domicile.

L'espace d'un instant, j'envisageai d'en faire ma cible. Après tout, la voix n'avait pas précisé qu'il m'était interdit de choisir l'un des membres de La Dette.

Mais je me contentai de crier son nom lorsque je passai à sa hauteur, puis de lui adresser un doigt d'honneur quand il leva la tête. Hélas, je roulais à une telle allure que je n'eus pas le plaisir d'observer sa réaction.

Devant moi, entre deux immeubles, j'aperçus une tache bleue, puis je débouchai sur l'océan. Samsoni avait vu juste. Aucune vague digne de ce nom, juste quelques ondulations privées d'énergie.

Mais je fis comme si de rien n'était. Je me déshabillai et défis mon bandage pour éviter qu'il ne s'imprègne d'eau de mer. J'attachai le cordon de sécurité à ma cheville, courus vers les flots puis me lançai à plat ventre sur mon surf.

L'eau était terriblement froide. Ma brûlure réagit vivement au contact de l'eau salée, mais la douleur disparut en quelques secondes. Et déjà, je me sentais renaître. Cette nuit sombre et lugubre appartenait au passé.

J'avais à peine commencé à crawler vers le large que mes muscles se mirent à protester contre ce traitement auquel ils n'étaient plus habitués. En dépit de l'heure matinale et des conditions défavorables, plusieurs surfeurs se trouvaient à mes côtés : une Japonaise à la peau presque noire ; deux gamins d'environ treize ans dont l'un ne m'était pas inconnu – un élève de Coast Grammar, sans doute – et un type d'une quarantaine d'années qui ne me semblait pas dans son élément.

Tous m'adressèrent un signe, au nom de la fraternité des surfeurs. Parvenu à l'endroit où se formaient les minuscules vagues, je cessai de nager, m'assis sur la planche et patientai. La planche tanguait au gré des flots, parfaitement synchronisée avec les battements de mon cœur. Les rayons du soleil réchauffaient mon dos. C'était divin. Pour quelle raison m'étais-je privé de ce plaisir aussi longtemps ?

Mais la mer était désespérément plate, et la Japonaise fut la première à renoncer, crawlant énergiquement vers le rivage. Les deux adolescents ne tardèrent pas à la suivre. Je me trouvais désormais seul en compagnie du quadragénaire.

J'attendis une bonne dizaine de minutes – une éternité quand on est assis sur une planche – sans que les vagues ne forcissent. Puis, à l'horizon, j'aperçus une ride qui ne tarda pas à gonfler et à se transformer en une vague digne de ce nom.

L'homme m'adressa un sourire complice. Bien décidé à profiter de cette occasion, il se lança vers le rivage. Une crête se forma, et il se trouva bientôt debout sur son surf.

Quant à moi, j'avais loupé le coche. La vague suivante se brisa trop tôt, mais la troisième semblait plus prometteuse.

Je m'allongeai sur la planche, crawlai vers le rivage puis, dès que je fus engagé dans la pente, je me redressai.

Je n'avais pas surfé depuis des siècles, mais je me sentais parfaitement à l'aise. Je ne tentai aucune manœuvre, et me contentai de me laisser porter jusqu'à la plage.

Lorsque la vague mourut, j'éprouvai un vif sentiment d'exaltation. Je brandis un poing vers le ciel et lâchai un cri triomphal.

Deux pensées me traversèrent alors l'esprit.

S'ils prennent ma jambe, je ne pourrai plus faire ça.

Puis, presque aussitôt : *Mais je ne les laisserai pas me mutiler.*

Tandis que je me rhabillais, je réalisai à quel point j'étais affamé. Je replaçai tant bien que mal le bandage autour de ma main, posai ma planche sur la remorque et empruntai la piste cyclable jusqu'au McDonald's de Surfers Paradise.

J'attachai mon VTT à un poteau et entrai dans l'établissement bondé. Devant les caisses patientaient des employés en chemisette et des joggeurs, mais aussi, comme c'était souvent le cas chez McDo, un bon nombre de routards et de marginaux. Je me joignis à l'une des files d'attente, commandai un McBreakfast puis me dirigeai vers le fond de la salle dans l'espoir de trouver une place disponible.

— Eh Dom, par ici ! lança PJ, qui occupait une table en compagnie de Brandon.

Je m'assis à ses côtés. Et je dois reconnaître que j'aurais adoré me trouver seul en sa compagnie, bavarder tranquillement de tout et de rien, comme le jour où nous avions emprunté le corbillard du Prêcheur. Mais son frère ne la lâchait pas d'une semelle.

Elle me questionna sur ma main blessée puis elle évoqua sa rencontre avec le Zolt, qu'elle tenait pour le moment le plus exaltant de son existence.

C'est juste un coton-tige avec une voix de canard qui passe son temps à se planter en avion, aurais-je aimé lui faire observer. Je me tournai vers Brandon.

— Et toi, ça va mieux ? demandai-je.

— Je suis au top de ma forme, ricana-t-il.

PJ leva les yeux au ciel.

— Je peux vous offrir quelque chose ? proposai-je.

— Je surveille ma ligne, ironisa Brandon, mais j'ai bien droit à un petit écart de temps à autre.

Brandon n'avait plus que la peau sur les os, et cette plaisanterie macabre m'arracha un sourire embarrassé.

— Ah, tu verrais ta tête ! s'esclaffa Brandon. Je vais prendre un double cheeseburger, des frites et un grand Coca.

— Et toi, PJ ?

Son mobile se mit à sonner.

— Non merci, je n'ai pas très faim, dit-elle en portant l'appareil à son oreille.

Je retournai me joindre à la file d'attente, derrière deux ados aux cheveux collés par le sable.

Je passai la commande de Brandon, mais lorsque je retournai vers la table, je le trouvai endormi sur la banquette. PJ était toujours au téléphone.

— Non, dit-elle, nous ne retournerons pas à Toowoomba. En tout cas, pas tant qu'il sera là-bas.

Une pause puis :

— Ouais, eh bien ça, je le croirai quand je le verrai.

Quand je posai le plateau sur la table, elle dit :

— Il faut que je te laisse.

Puis elle raccrocha.

— Tu n'as pas cours, aujourd'hui ? demanda-t-elle.

— J'ai plaqué le lycée, annonçai-je.

— Oh, on se la joue rebelle, Grammar Boy ? Je parie que ça ne durera pas longtemps, et que tu courras bientôt retrouver tes petits copains friqués.

Pour qui se prenait-elle, celle-là ? Elle se sentait supérieure sous prétexte qu'elle passait son temps à traîner dans les rues ? Ce comportement commençait sérieusement à me taper sur les nerfs.

Mais avant que je n'aie pu lui faire savoir ma façon de penser, le manager de l'établissement, un boutonneux aux cheveux gras et aux épaules tombantes, se présenta à notre table.

— Je vous ai déjà dit que ce restaurant n'était pas un motel, dit-il.

— Et je pense vous avoir répondu que ce foutu McDonald's n'avait rien d'un restaurant, répliqua PJ.

— Si votre camarade ne se tient pas assis, je me verrai contraint d'alerter la sécurité, dit-il en désignant Brandon.

— Écoutez-moi bien, espèce de… commença PJ.

— Notre ami ne se sent pas très bien, interrompis-je.

— Comment ça, « pas très bien » ? répéta le manager.

— Il est malade, pour être clair.

— Et ne pourrait-il pas être *malade* ailleurs ?

Il appuya sur le mot « malade » en mimant des guillemets avec les doigts.

— Vous avez déjà regardé *Today Tonight*[1] ?

— Évidemment.

— Ça vous dirait d'y voir un sujet sur la façon dont vous avez viré un client qui venait de sortir de l'hôpital ?

— Un malade en phase terminale, précisa PJ.

Le manager bredouilla quelques excuses, battit en retraite et nous fit servir une tournée de boissons et de frites gratuites.

---

1. Émission d'actualités diffusée par la chaîne de télévision australienne Seven Network. (NdT)

— Tu y es allé un peu fort, grommelai-je à PJ, la bouche pleine de frites.

— Je n'ai fait que dire la vérité.

— Pardon ?

— Brandon se bat contre le cancer. Il est atteint d'un lymphome. Il n'a plus que quelques mois à vivre, probablement moins s'il continue à mener cette vie de galère.

— Il n'y a vraiment rien à faire ? m'étranglai-je.

Jusqu'alors, j'avais attribué l'état de Brandon à une addiction aux drogues dures. Comme dans la chanson de Neil Young, *The Needle and The Damage Done*.

— Non, répondit PJ. Et c'est pour ça que les médecins parlent de phase terminale.

À ces mots, le McBreakfast que je venais d'avaler remonta dans mon œsophage.

— Je... je suis désolé, bégayai-je, le cœur au bord des lèvres, avant de quitter précipitamment le McDonald's.

Jeudi

14. RAGE COLLECTIVE

Je roulais comme un possédé, comme si cet effort extrême pouvait me faire oublier ce que PJ venait de m'annoncer. Excédé par le comportement des piétons qui encombraient la voie cyclable, je me lançai dans le trafic.

Les cyclistes étaient nombreux à Gold Coast, et certains professionnels en avaient même fait leur port d'attache. On aurait pu s'imaginer que les automobilistes étaient habitués à leur présence et faisaient preuve d'un minimum de bienveillance à leur égard. Faux. Ils leur auraient volontiers roulé dessus, si la loi les y avait autorisés. Ils me laissèrent en vie, mais j'essuyai des coups de klaxon, des insultes et des gestes déplacés.

Pour me soustraire à cette rage collective, je grillai tous les feux rouges jusqu'à Halcyon Grove, où j'arrivai furieux et ruisselant de sueur.

Je trouvai tous les membres de la famille, y compris Gus, rassemblés dans la cuisine. Ils me considérèrent en silence, l'air un peu coupable, et je compris que je venais d'interrompre leur conversation. Déduction logique, j'en étais le sujet.

– Je suis allé surfer, dis-je, anticipant l'interrogatoire auquel ils comptaient me soumettre. Les conditions n'étaient pas terribles, mais ça m'a fait un bien fou.

Ma mère affirma qu'elle s'était fait un sang d'encre et me rappela que je n'avais pas le droit de quitter le domaine sans mon téléphone. En vérité, je crois qu'elle redoutait que je ne mette ma menace à exécution et ne quitte définitivement le lycée. Je hochai docilement la tête et bredouillai quelques excuses. Si les choses pouvaient en rester là, je ne m'en tirerais pas trop mal. Mais il fallut que mon père mette son grain de sable.

– Tu es encore sous notre responsabilité, Dom, dit-il de sa voix blanche de présentateur de téléachat. Si une telle chose se reproduit, si tu refais ça à ta mère, je te garantis que tu le regretteras.

Il avait une petite tache de sauce soja sur le menton, un détail ridicule qui désamorçait totalement sa tentative d'intimidation. Je le regardai droit dans les yeux et lançai :

– Toi, ferme-la.

Ma mère, Gus, Toby et Miranda retinrent leur souffle.

— Qu'est-ce que tu viens de dire ? gronda mon père, les mâchoires serrées.

— Je t'ai demandé de la fermer.

Tous les membres de la famille demeurèrent pétrifiés.

Tous, sauf mon père, qui se précipita sur moi, me saisit par les épaules et me projeta violemment contre le mur. *Espèce de salaud.* C'était la première fois qu'il portait la main sur l'un de nous. Toby et Miranda semblaient saisis d'effroi.

— David ! s'exclama Gus.

— Lâche-le ! hurla ma mère en tirant frénétiquement sur un pan de sa chemise.

Seulement, mon père n'avait aucune intention d'obtempérer. Il attrapa mon T-shirt à pleines mains et approcha son visage du mien jusqu'à ce que nos nez se touchent. Mais il ne me faisait pas peur.

— J'ai vu ta petite vidéo, lui glissai-je à l'oreille.

Il me lança un regard vide. À l'évidence, il ne comprenait pas l'allusion.

— L'exploit que tu as accompli, quand tu avais mon âge, ajoutai-je.

Ses yeux brillèrent. Voilà. Il savait désormais de quoi il était question, cette espèce d'ordure. Pourtant, il se refusait à lâcher prise.

À cet instant, un craquement se fit entendre : sa chemise venait de céder aux assauts de ma mère.

— Tu lui fais mal, David ! gémit-elle.

Quelques secondes s'écoulèrent avant que Gus ne se décide à intervenir. Il referma ses bras aux muscles hypertrophiés autour de la taille de mon père et le tira à l'écart.

Je lissai calmement mon T-shirt, histoire de montrer à tout le monde que je n'étais pas ébranlé par cette confrontation.

— Maintenant, vous m'excuserez, dis-je, il faut que je me prépare pour aller au lycée.

Je quittai la cuisine dans le plus grand silence. Mais nous savions tous que quelque chose s'était brisé au sein de notre famille, une chose qui ne serait jamais réparée.

Jeudi

15. LA DERNIÈRE FOIS

Je ne sais plus exactement à quel moment j'ai pris ma décision.

Est-ce lorsque je suis monté dans la voiture ? Quand ma mère a ouvert la bouche à plusieurs reprises sans parvenir à prononcer un mot ? À mon arrivée à Coast Grammar, quand Tristan est venu me raconter des trucs salaces concernant Imogen ? Ou quand je me suis installé à ma table, et que j'ai vu Droopy assis de l'autre côté de la travée ?

Quoi qu'il en soit, après une demi-heure de cours, je ramassai mon sac et me dirigeai vers la porte de la salle de classe.

— Où pensez-vous aller, Mr Silvagni ? demanda Mr Travers.

— Je vais voir le principal, dis-je.

— Oh non, certainement pas !

— Si, je me tire de cette usine à cons, insistai-je,

évoquant un commentaire trouvé sur sa page Facebook. Ça devrait vous parler, non ?

Une nouvelle fois, je lui clouai le bec, et il me laissa quitter les lieux sans intervenir.

Je trouvai deux élèves dans la salle d'attente qui jouxtait l'antre de Mr Cranbrook. Et à en juger par leur attitude, ils n'étaient pas venus recevoir des félicitations.

La porte s'ouvrit, puis un garçon à la mine décomposée quitta le bureau.

— À votre tour, Mr Jacks, lança le principal.

Avant que l'intéressé n'ait eu le temps de se lever, je lui grillai la politesse, m'engouffrai dans la pièce et fermai la porte derrière moi.

— Je dois commencer à me faire vieux, mais il me semble avoir appelé Mr Jacks.

— Désolé de débarquer à l'improviste. C'est très important.

Si mon père n'avait pas été l'un des principaux donateurs de Coast Grammar, il ne fait aucun doute que j'aurais été chassé du bureau avec perte et fracas. Cranbrook se contenta de tirer sur ses manchettes et de réajuster sa cravate.

— Eh bien, de quoi s'agit-il, mon garçon ?

Il m'écouta sans broncher exposer mes projets d'avenir. Lorsque j'eus terminé, il lâcha un long soupir puis déclara :

— Je vois que tu as bien étudié la question. Je pourrais passer des heures à tenter de te dissuader, mais j'ai comme l'impression que je perdrais mon temps. Je me trompe ?

Je hochai la tête.

— Dans ce cas, poursuivit Mr Cranbrook, je vais simplement t'expliquer à quelles conditions un garçon de ton âge peut être autorisé à quitter le système scolaire.

Pendant près d'une demi-heure, il décrivit dans le moindre détail le système d'apprentissage professionnel.

— Voilà, tu sais tout, conclut-il. Ce soir, tu pourras en discuter avec ton père et ta mère.

Je voyais enfin où il voulait en venir. Il était convaincu que mes parents s'opposeraient à ma volonté de quitter le lycée. Eh bien, il ne tarderait pas à découvrir qu'il se trompait.

Lorsque retentit la sonnerie annonçant la fin de la première heure, je le remerciai et retournai en classe pour assister à mon dernier cours d'anglais.

■■■

— Aujourd'hui, nous allons entamer l'étude d'un nouveau roman, dit Mr McFarlane.

Je levai la main.

— Oui, Dom ? Tu as une question ?

— Connaissez-vous le poème *Invictus*, de William Ernest Henley ?

— Oui, bien sûr. À vrai dire, c'est l'un de mes préférés. Cependant, ce n'est pas ce que j'ai prévu de...

— De quoi parle-t-il, exactement ? insistai-je.

— Si je comprends bien, soupira Mr McFarlane, tu n'as pas l'intention de lâcher l'affaire.

— En effet, Monsieur.

— Très bien. Les garçons, à la demande très insistante de Mr Silvagni, nous consacrerons cette heure à l'étude d'*Invictus*, de William Ernest Henley.

Cette annonce souleva un concert de grognements parmi les élèves.

— Par pitié, dites-nous que ce n'est pas un poème consacré à l'athlétisme, dit l'un d'eux.

— Tu es un loser, Silvagni, gronda un autre.

— La poésie, c'est nul, conclut son voisin.

Mr McFarlane pianota sur le clavier de son ordinateur portable.

— Un peu de silence, s'il vous plaît. Je vais vous le lire à haute voix.

— Ne vous donnez pas cette peine, dis-je.

Je m'éclaircis la voix et déclamai avec conviction :

Dans cette nuit qui m'enveloppe,
Perdu dans ce puits de ténèbres,

Je loue les dieux qui m'ont donné
Une âme noble et indomptable.

L'un de mes camarades lâcha un hurlement de loup.

— Qu'est-ce que c'est que ce charabia ? dit un autre.

Entre les serres qui me tiennent,
Je n'ai ni failli ni crié.
Sous les coups cruels du destin,
Ma tête est en sang,
Mais jamais je ne l'ai baissée.

Cette fois, les élèves restèrent silencieux. On aurait pu entendre une mouche voler, ou un iPhone vibrer.

Passé la colère et les larmes
Me guette l'effroi de la mort.
Mais demain, quel que soit mon sort,
Je resterai sourd à la peur.

Les yeux de Mr McFarlane se mirent à briller. Il m'adressa un hochement de tête. *Continue.*

Aussi étroite soit la porte
Et lourd le poids des châtiments,
Je suis maître de mon destin
Et capitaine de mon âme.

Le silence se fit plus dense encore. C'était comme si, cette fois, je pouvais entendre mes camarades réfléchir.

Tout cela me faisait un peu penser à cette scène du film *Le Cercle des poètes disparus* où les élèves grimpent sur leur table pour s'exclamer : *Ô Capitaine, mon capitaine !*

Et comme par miracle, l'un d'eux – Charles, je crois – grimpa sur sa table et s'exclama :

– *Ô Capitaine, mon capitaine !*

Mr McFarlane l'observa avec des yeux ronds, et attendit qu'il regagne sa chaise avant de se tourner vers l'écran de son ordinateur.

– Commençons par parler de l'auteur, William Ernest Henley. Né en Angleterre en 1849, il a souffert de tuberculose osseuse dès l'âge de douze ans. Huit ans plus tard, il a été amputé d'une jambe, à hauteur du genou.

Il laissa cette information pénétrer nos esprits. Et notamment le mien, où elle résonna de façon très particulière.

– Mais ce poème ? intervins-je. Quel est son sens ?

Mr McFarlane activa la fonction *vidéoprojecteur*, et une page Internet apparut sur le mur, au-dessus du tableau.

– Tu le connais par cœur, Dom. Tu dois bien avoir une petite idée ?

Il venait de répondre à mon interrogation par une autre question. Un vieux truc de prof que je connaissais par cœur.

Je balayai la classe du regard. Tout le monde était suspendu à mes lèvres. Mon pire cauchemar. Mais après tout, c'était mon dernier jour de cours. Ces garçons, pour la plupart, je ne les reverrais jamais. Je pouvais partir en beauté.

Alors je me levai, m'éclaircis la gorge et déclarai :

— Ce que dit ce poème, c'est que quelles que soient les épreuves que nous inflige la vie, il est inutile de se tourner vers Dieu. Aucune force supérieure ne peut nous venir en aide. Chacun doit se débrouiller seul, être le capitaine de son âme.

Plusieurs bras se levèrent.

— Paul ? dit Mr McFarlane.

— Notre destin est entre les mains de Dieu, monsieur.

Cette affirmation souleva un murmure réprobateur. Manifestement, Paul était toujours en pleine crise mystique.

— Et toi, Derek, qu'en penses-tu ? demanda notre professeur.

Une heure durant, il vécut un rêve éveillé : une discussion ouverte menée par des élèves passionnés qui, même après le coup de cloche de la fin du cours, ne semblait pas devoir s'éteindre.

— Nous poursuivrons cet échange demain, dit-il, visiblement ravi. Peut-être Dom nous proposera-t-il un autre poème dont nous pourrons discuter.

Dans tes rêves, pensai-je. *Pour moi, dès ce soir, plus de cahiers, plus de devoirs, plus de règles.*

Tandis que mes camarades sortaient de la classe en file indienne en partageant leurs analyses d'*Invictus*, je m'attardai près de ma table. Devais-je adresser un dernier mot à Mr McFarlane ? C'était mon enseignant favori, après tout. Allais-je brailler un vibrant *Ô Capitaine, mon capitaine* ? C'était lui qui nous avait fait découvrir ce film. La référence ne pourrait pas lui échapper.

Mais je lâchai sobrement :

— Merci, Mr McFarlane.

— C'est moi qui te remercie, Dom.

Il rayonnait littéralement, tel un phare illuminant un océan d'ignorance.

— On se voit demain, dit-il en m'adressant un clin d'œil.

Eh non, pensai-je, mais je n'avais ni le cœur, ni les tripes de lui dire adieu.

Alors je me retirai, maître de mon destin et capitaine de mon âme.

Cours suivant, chimie. Et en toute logique, on ne me laissa pas approcher des becs Bunsen. Pauvre Mr Arvanitakis. Je lui assurai que ce qui s'était passé n'avait rien à voir avec lui et ses méthodes d'enseignement, que j'étais juste un peu pyromane et un peu masochiste.

À l'heure du déjeuner, je rendis une dernière visite à mon cher professeur Chakrabarty.

Lorsque je poussai sa porte, je repensai à tout ce qu'il m'avait appris. Grâce à lui, je savais que Philippidès avait couru quarante-deux kilomètres lors de la bataille de Marathon. Que le dieu Pan avait inventé la panique pour aider les Grecs à remporter la bataille. Que le grand tremblement de terre de 1349 avait rasé la moitié du Colisée.

Le bureau du docteur avait toujours été assez spartiate – un adjectif qu'il aurait approuvé – mais là, ça dépassait les bornes. Plus de livres, plus de photos de Gandhi punaisées aux murs, plus de poster de la Terre vue depuis l'espace.

– Qu'est-ce qui se passe ? dis-je en désignant les étagères désertées.

– Pas une seule inscription à mes options, ce trimestre, dit-il. Alors je débarrasse le plancher.

Il s'était toujours exprimé de façon emphatique, comme s'il s'adressait à un large public, mais il y avait de la tristesse dans sa voix.

– C'est dégueulasse, dis-je. Elles étaient très chouettes, vos options.

Le professeur Chakrabarty haussa les épaules.

— Même Peter Eisinger vous a laissé tomber ? demandai-je. Pourtant, il a toujours choisi les sujets les plus... décalés.

— Ses parents, dans leur immense sagesse, ont souhaité qu'il se concentre sur des disciplines plus utilitaires. Il s'est orienté vers le commerce et l'économie.

— Oh.

— Alors, qu'est-ce qui t'amène, Philippidès ?

Le visage du professeur Chakrabarty s'illumina, comme si cette question le ramenait à des temps plus heureux.

— Moi aussi, je quitte Coast Grammar, annonçai-je.

— Et dans quel établissement es-tu inscrit ? Brisbane Boys ?

— Non, je vais travailler.

— Tu as trouvé un emploi stable ?

— Oui. Je vais devenir enquêteur privé.

À l'instant où je prononçai ces mots, je me demandai si Hound de Villiers ne s'était pas payé ma poire.

— Et tes parents ont approuvé ton choix ?

— Ils ne sont pas spécialement ravis, mais ils respectent mon choix.

Ces mots sonnaient affreusement faux, comme les dialogues d'une série américaine à petit budget.

Ne sachant comment présenter les choses, je lançai :

— Cher professeur, sachez que vous êtes le maître de mon destin, et le capitaine de mon âme.

Sur ces mots, je tournai les talons et me dirigeai vers la porte.

— Attends, Philippidès !

Il s'accroupit, fouilla dans un carton et en sortit un livre de poche intitulé *L'Art de la guerre*, par Sun Tzu.

— Tiens, c'est pour toi, dit-il en me le tendant.

— Merci. De quoi ça parle ?

— De la guerre, principalement, comme l'indique le titre, dit-il. Mais aussi de beaucoup d'autres sujets.

Je lui serrai la main puis quittai le bureau pour la dernière fois.

L'après-midi traîna en longueur. Au fil des heures, je cessai de me dire que c'était la dernière fois que je faisais ceci ou cela. La dernière fois que je me rendais aux toilettes. La dernière fois que je me planquais dans la bibliothèque pour lire mes SMS.

Puis la sonnerie finale annonça la fin des cours, et tout fut terminé. Il me restait une personne à saluer. Je me dirigeai vers les vestiaires.

J'y trouvai quelques membres de l'équipe de demi-fond. J'essuyai mes dernières blagues lourdingues, mes derniers coups de serviette sur les fesses.

— Il manque pas mal de monde, fis-je observer en me changeant.

— Bailey s'est fait enrôler par l'équipe de foot, dit Charles.

— Jaxon se concentre sur la natation, dit le garçon qui occupait le banc voisin.

Nous rejoignîmes Mrs Sheeds près du sautoir en longueur. Elle était égale à elle-même. Elle portait son vieux survêtement. Son sifflet et son chronomètre étaient suspendus à son cou. Mais cette fois, je n'étais pas d'humeur à subir un énième speech à la *Hakuna Matata*. Alors je décidai de la prendre de vitesse.

— Une minute d'attention, lançai-je.

Tout le monde se figea.

— Chaque matin, en Afrique, lorsqu'une gazelle se réveille, elle sait qu'elle devra être plus rapide que le lion qui la prendra en chasse, ou elle mourra dévorée. Chaque matin, en Afrique, lorsqu'un lion se réveille, il sait qu'il devra courir plus vite que la gazelle la plus lente de la harde, ou il mourra de faim. Bref, que vous soyez lion ou gazelle, lorsque le soleil se lève, il va falloir cavaler.

J'essuyai quelques regards bizarres.

— Et souvenez-vous que si la douleur est inévitable, la souffrance n'est qu'une option, poursuivis-je, citant mot pour mot l'une des maximes favorites de Mrs Sheeds.

Cette dernière m'adressa un regard interdit, secoua pensivement la tête puis, sans faire de commentaires, distribua ses consignes d'entraînement.

La séance achevée, je n'avais toujours pas trouvé l'opportunité d'annoncer ma décision. Ce n'est que lorsque je vis Sheeds embarquer à bord de sa vieille Hyundai que je trouvais le courage de lui parler.

— Eh, coach ! lançai-je. Je peux vous parler une minute ?

— S'il te plaît, ne me dis pas que tu as l'intention d'arrêter l'athlétisme, dit-elle en levant les yeux au ciel.

— Non. J'ai l'intention de quitter Coast Grammar.

— Pour quel lycée ?

— Non, j'arrête ma scolarité. Je vais travailler.

Je m'attendais à la voir exprimer de la déception ou de la colère. Bizarrement, elle m'adressa un large sourire.

— Excellente nouvelle, dit-elle.

— Ah bon. Vous trouvez ?

— Bien sûr. Ça t'endurcira. Et tu pourras rejoindre un club de sport digne de ce nom. Tu n'arriveras à rien dans cette équipe d'amateurs. Un conseil : tu devrais rejoindre les Gold Coast Sharks. Nous nous entraînons le mardi et le jeudi soir, au stade de Carrara, derrière le stade de foot. Si tu veux, je t'enverrai un SMS pour te donner toutes les précisions.

— OK, répondis-je, sans grande conviction.

— Ton ami… ah, je ne me rappelle plus son nom… il s'est inscrit à notre club, et ses résultats sont assez prometteurs.

— Quel ami ? demandai-je. Seb ?

— Oui. Selon moi, ce serait le partenaire idéal pour progresser.

Merci, je suis déjà passé par là.

Mrs Sheeds grimpa dans sa voiture et quitta le parking. Il ne me restait plus qu'à remonter l'allée et à franchir le portail de Coast Grammar – oui, pour la dernière fois. Lorsque je me retrouvai sur le trottoir, je jetai un ultime regard vers le lycée. Contre toute attente, je sentis les larmes me monter aux yeux puis éclatai en sanglots.

Non, je ne voulais pas quitter Grammar School.

J'adorais cet endroit.

Mais je n'avais pas le choix.

J'avais plus important à faire, et les enjeux étaient considérables.

Je devais prendre une vie, et j'avais déjà choisi ma cible.

J'étais décidé à sacrifier Brandon.

Jeudi

16. CESSEZ-LE-FEU

C'est peu dire que les choses partirent en vrille, ce soir-là. Lorsque j'arrivai à la maison, mes parents n'étaient pas encore rentrés. Affalé sur le canapé du salon, Toby piochait dans un paquet de chips bios en regardant une émission de concours culinaire.

Nous échangeâmes notre traditionnel échange de piques.

— Ce programme est nul.

— Pas autant que toi.

Ce genre de trucs, que ni lui ni moi ne pensions vraiment. Puis je lui annonçai la grande nouvelle. Il s'empara de la télécommande et appuya sur la touche *pause* à l'instant où le jury s'apprêtait à désigner le vainqueur.

— Sans blague, tu as vraiment fait ça ?

— Ouais, j'ai plaqué Coast Grammar.

— Je ne te crois pas.

— Je t'assure, je suis sérieux.

Il s'accorda quelques secondes de réflexion.

— Tu crois qu'ils me laisseront quitter le lycée, moi aussi, quand j'aurai quinze ans, pour entrer en apprentissage dans une école hôtelière ?

Ça me semblait parfaitement justifié. Après tout, ses notes étaient pires que les miennes. Et puis, à quoi cela lui servait-il d'apprendre le calcul et les mécanismes de la photosynthèse alors qu'il se destinait à une carrière de chef ?

— Ils ne peuvent pas t'en empêcher, dis-je.

Il m'adressa un sourire radieux – ce qui ne lui ressemblait pas –, se tourna vers la télé et pressa le bouton *play*.

Je trouvai Miranda au bord de la piscine. Elle répétait ses enchaînements de tai-chi.

— J'ai un truc à t'annoncer, dis-je.

— Eh bien, il était temps.

— Pardon ?

— Tu es super bizarre, depuis un moment. Mais je savais que tu finirais par m'expliquer.

— OK. J'ai plaqué Coast Grammar.

Miranda se figea.

— Ça, Dom, ce n'est pas une explication, dit Miranda. C'est juste un truc encore plus bizarre.

Puis elle leva les yeux au ciel et reprit ses exercices.

Mais lorsque ma mère revint à la maison, les choses tournèrent au vinaigre.

Avant que j'aie pu dire un mot, elle se lança dans un interminable discours moralisateur concernant l'incident qui s'était produit le matin même. Il était évident qu'elle l'avait préparé toute la journée. Personne, sauf un comédien ou le professeur Chakrabarty, ne pouvait improviser un laïus aussi cohérent. Selon elle, mon père et moi étions également coupables ; nous avions totalement manqué de respect l'un envers l'autre. Une honte, pour deux membres d'une même famille. Et si elle souhaitait vivement qu'il me présente des excuses, elle attendait que je fasse le premier pas.

J'attendis qu'elle eût achevé son speech avant de déclarer :

— Maman, j'ai quitté le lycée.

— Je ne veux même pas entendre parler de ça ! rugit ma mère.

Elle se lança dans un deuxième discours confus et mal articulé.

— Maman, ma décision est prise, l'interrompis-je.

Elle se tut, dégaina son iPhone, composa le numéro de mon père et lui ordonna de regagner la maison illico.

Le cessez-le-feu dura une demi-heure durant laquelle nous nous regardâmes en chiens de faïence. Puis j'entendis le rugissement de la Porsche dans l'allée. Quelques secondes plus tard, quand mon père déboula dans le salon, je crus que les hostilités allaient reprendre, à deux contre un.

Contre toute attente, il resta très mesuré.

— Qu'il se lance dans la vie professionnelle, si ça lui chante, et voyons combien de temps il tiendra. Il ne se rend pas compte à quel point c'est difficile.

— Mais ce n'est encore qu'un enfant ! cria ma mère.

S'ensuivit une dispute interminable. Si longue que lorsqu'elle s'acheva je redoutai d'apprendre l'extinction d'une centaine d'espèces animales, la fonte définitive de la calotte glaciaire et la sortie de Windows 242.

Je ne fléchis pas. À bout d'arguments, mes parents acceptèrent ma décision, et précisèrent que je devrais en assumer les conséquences.

— Ce qui signifie que tu devras t'acquitter d'un loyer, dit ma mère. Je ne tolérerai pas la présence d'un pique-assiette sous mon toit.

— En fait, j'ai l'intention de m'installer chez Gus pendant quelque temps.

À vrai dire, cette solution venait de me traverser l'esprit. Après tout, elle me donnerait toute liberté d'accomplir mon ultime contrat. Gus n'était pas au courant, mais je savais qu'il m'accueillerait à bras ouverts.

Et c'est ce qu'il fit, dès que je franchis le seuil de sa porte. Je déposai mes bagages dans la chambre inoccupée, celle où il avait entassé des cartons remplis de magazines consacrés à l'athlétisme.

Le lit individuel était plutôt inconfortable. Le matelas n'était pas garni de draps en coton égyptien, comme à la maison. Pourtant, je ne tardai pas à sombrer dans un profond sommeil.

Un sommeil semblable à un rêve d'opiomane, peuplé de membres amputés, d'enfants assassinés et de femmes empoisonnées.

17. L'EMPLOYÉ DU JOUR

Il n'était pas question de laisser mon VTT sur le trottoir. Même attaché à un poteau, il ne survivrait pas plus de dix minutes dans cette rue du Block.

Je poussai du pied la porte de la boutique du prêteur sur gages puis entrai avec mon vélo. L'homme à la face de rat et à la queue-de-cheval qui se trouvait derrière le comptoir leva la tête.

— Nous avons assez de bécanes en stock, dit-il. Et le matos volé, ce n'est pas notre truc.

— Il est à moi, répondis-je. Je le monte au premier.

Je passai un bras sous le cadre puis gravis l'escalier. Dans la salle d'attente de l'agence, je trouvai deux hommes avachis dans de vieux sièges en cuir. Leurs bras étaient ornés de tatouages hideux.

— Navré, mais les vélos doivent rester en bas, lança la réceptionniste.

Elle portait une chemise et un pantalon en jean, comme si elle se conformait par devoir au style vestimentaire de son patron. Tout comme moi, qui avait docilement enfilé la veste que m'avait offerte mon nouvel employeur.

— Pouvez-vous prévenir Hound que je suis ici ?

— Ton nom ?

— Je m'appelle Dom.

Elle décrocha son téléphone fixe et annonça :

— Mr de Villiers, j'ai ici un certain Dom qui a monté son vélo à la réception.

Quelques secondes s'écoulèrent, puis elle raccrocha le combiné.

— Il t'attend, dit-elle, l'air mieux disposé à mon égard. Tu n'as qu'à laisser ton VTT ici, contre le mur.

J'abandonnai mon vélo, m'engageai dans le couloir puis frappai à la porte du bureau de Hound.

— Entre !

Lorsque j'entrai dans la pièce – ô surprise –, je le trouvai suspendu la tête en bas, sanglé à une planche.

— Mais… mais qu'est-ce qui vous arrive, Hound ? m'étranglai-je.

— Ne t'affole pas, Sang Neuf. C'est une table d'inversion. J'ai des problèmes de dos. Disques lombaires L4 et L5. Cette machine est censée faire des merveilles.

Je découvris alors à quel point il est difficile de converser avec une personne qui se prend pour une chauve-souris. Toutes ces expressions faciales indispensables à la communication étaient elles aussi inversées.

Souriait-il ou affichait-il sa mine des mauvais jours ? J ou L ?

Nous échangeâmes quelques banalités, puis j'allai droit au but :

— Vous étiez sérieux quand vous avez proposé de m'embaucher ?

— Le Hound est toujours sérieux, répondit-il.

Oh. C'était la première fois que je l'entendais parler de lui à la troisième personne. Était-ce la conséquence de sa position inversée ? Le sang était-il en train de lui monter à la tête ?

— Dans ce cas, je voudrais que nous nous mettions d'accord.

— Tu veux parler salaire, treizième mois et progression de carrière ? ricana Hound.

— Non. Je veux juste me barrer du lycée. Et pour cela, vous devrez signer un document officiel certifiant que je recevrai une formation professionnelle.

— Comme tu voudras, répondit-il. Alors, quand veux-tu commencer ?

— Maintenant.

— Ça me convient. Tout d'abord, pourrais-tu me détacher de cet engin de torture ?

Et c'est ainsi que je débutai ma vie professionnelle, en désincarcérant le Hound de sa table d'inversion.

— Parfait, dit-il, quand il reprit la position verticale. Maintenant, nous allons tâcher de te trouver un bureau.

Un bureau ? Oui, sans doute, techniquement. Objectivement, il s'agissait d'un box coincé dans un angle de la salle de réception, à un mètre de la porte des toilettes. Je disposais d'un PC datant de l'époque où Bill Gates n'était qu'un geek californien sur le chemin de la gloire. Mais j'avais un boulot et un ordinateur, et cela suffisait à faire mon bonheur.

Hound posa sur mon bureau une liste de trois noms imprimés sur une feuille de papier A4.

— Tu vas lancer des enquêtes de solvabilité sur ces gugusses. Pas de complexe, ce sont des salauds de première catégorie.

— Une enquête de solvabilité ?

— En clair, je veux connaître leurs revenus, et savoir combien ils ont de fric sur leurs comptes.

Sur ces mots, il tourna les talons et regagna son bureau.

OK, mais comment procéder ? Apparemment, j'allais devoir me débrouiller tout seul. Encore un test, sans doute.

En naviguant sur Google, je réalisai qu'il était plutôt facile d'obtenir les coordonnées bancaires de n'importe quel individu. Enfin, tant qu'on était titulaire du compte et en mesure de présenter une pièce d'identité.

Or, je ne me débrouillais pas trop mal sur Photoshop.

Après avoir réalisé de faux scans de documents officiels à l'aide de photos trouvées sur Facebook, j'accédai sans difficulté aux comptes des intéressés. Ils se trouvaient tous dans la même situation : prélèvements rejetés, banqueroute, arnaques en tous genres.

– Excellent, dit Hound, lorsque je lui présentai le résultat de mes investigations. Tu apprends vite.

Je passai la journée à effectuer d'autres recherches, et obtins à chaque fois les félicitations de mon patron. Je rayonnais. Pour la première fois depuis des mois, j'avais le sentiment d'avoir accompli quelque chose, d'avoir acquis de nouvelles compétences que mes profs de lycée n'auraient jamais pu me transmettre.

Mieux : pendant de longues heures, j'étais parvenu à oublier mon sixième contrat. Mais je ne devais pas perdre de vue cet objectif. Certes, on ne m'avait pas assigné de date limite, mais nul ne pouvait se jouer de La Dette. Tôt ou tard, je devrais passer à l'action, et prendre une vie, comme on m'en avait donné l'ordre.

À seize heures, Hound m'autorisa à prendre congé. Selon lui, j'en avais déjà fait bien assez pour une première journée de travail. Je récupérai mon VTT à la réception puis regagnai le rez-de-chaussée.

Lorsque je quittai la boutique, je trouvai plusieurs hommes adossés à la vitrine. Parmi eux, l'homme au bandana rouge. Je baissai la tête, espérant qu'il ne me reconnaîtrait pas.

Hélas, l'homme à la face de rat, depuis l'intérieur de la boutique, lança :

— Eh, Chop, ce n'est pas le gamin que tu recherches ?

Aussitôt, Bandana rouge saisit le col de mon T-shirt. Je lâchai mon VTT, qui bascula sur le trottoir.

— Oui, c'est bien lui… dit-il.

— Si j'étais vous, lançai-je, je lâcherais l'affaire vite fait.

Il me retourna un regard stupéfait. *Mais pour qui se prend ce morveux ?*

— Je travaille pour Hound, ajoutai-je. Et je ne pense pas qu'il apprécierait que l'on s'en prenne à l'un de ses employés.

Il ne me lâcha pas sur-le-champ. Il s'accorda quelques secondes pour digérer mes révélations.

Certes, la société Coast Surveillance ne proposait à son personnel ni bonus annuel, ni plan de carrière, mais travailler pour Hound offrait d'autres avantages.

Je me tournai vers Face de rat et lui lançai un regard qui se voulait menaçant. Puis j'enfourchai mon VTT et quittai le Block en quatrième vitesse.

N'étant pas d'humeur à regagner Halcyon Grove – je n'étais plus un lycéen, après tout –, je décidai de me rendre au cinéma. Cela me semblait révolutionnaire, totalement extravagant. Un film en pleine semaine, en fin d'après-midi ? Je dus me pincer pour me convaincre que je ne rêvais pas lorsque j'attachai mon VTT dans un parking à vélos de Pacific Fair.

À l'intérieur du multiplexe, je découvris beaucoup de garçons de mon âge, dont plusieurs élèves de Coast Grammar qui me saluèrent d'un hochement de tête. *Ils n'ont rien d'autre à foutre ?* pensai-je. *Leurs devoirs vont se faire tout seuls, sans doute ?*

J'empruntai un escalier mécanique puis m'engageai dans un couloir tapissé d'une épaisse moquette. Devant les caisses, je levai les yeux vers les panneaux lumineux sans voir un film qui me fasse réellement envie. Je choisis celui qui me semblait le moins navrant puis longeai les stands proposant pop-corn et sodas jusqu'à la salle numéro dix-huit. Je n'y trouvai qu'un seul spectateur, et m'assis aussi loin que possible de lui.

L'obscurité se fit, puis les bandes-annonces commencèrent à défiler. Du coin de l'œil, je vis deux individus entrer dans la salle et se diriger droit dans ma direction. Bon sang, qu'est-ce qu'ils me voulaient ? Il y avait des centaines de sièges libres, et ils avaient décidé de s'installer à côté de moi ?

— Dom, chuchota l'un d'eux.

Tous deux portaient une capuche rabattue sur le front et une paire de lunettes de soleil. Je compris aussitôt à qui j'avais affaire : Zoe, la reine du camouflage, et le Zolt, le criminel le plus recherché d'Australie.

Ses 1 265 234 fans Facebook auraient payé cher pour regarder le pire des navets à ses côtés. Mais pas moi.

— Il faut qu'on parle du trésor, murmura Zoe.

— Après le film, répondis-je.

— Dom, je...

— Après le film ! insistai-je.

L'œuvre en question était en effet un navet, l'un de ces films de lycéens présentant des situations irréalistes, et dont tous les acteurs avaient au moins dix ans de trop. J'aurais dû rapidement décrocher, mais je pris un malin plaisir à garder les yeux rivés sur l'écran. Pendant plus d'une heure et demie, Otto et Zoe se tortillèrent nerveusement sur leur siège.

Lorsque le générique de fin commença à défiler sur l'écran, Zoe se pencha à mon oreille.

— Ce Roxas dont t'a parlé E Lee Marx... commença Zoe.

— Chut ! l'interrompis-je. Je regarde toujours les génériques jusqu'à la fin.

Bon, d'accord, leur cause était noble : ils s'étaient mis en tête de restituer l'or de Yamashita à ses propriétaires. Cependant, j'avais un problème plus important à régler, et je doutais qu'ils soient prêts à m'aider à « prendre une vie ».

Ce n'est que lorsque j'eus lu le nom du bruiteur que je détachai les yeux de l'écran.

— Alors, qu'est-ce que tu en penses, Dom ? insista Zoe.

Je pense que vous devriez vous trouver un autre pigeon.

Je pense que vous devriez…

Je pense…

Je…

Certaines idées mettent un certain temps à se former. Des jours, des semaines, parfois des mois.

D'autres déboulent sans prévenir, et percutent nos neurones avec la violence d'un camion chargé de briques.

Jusqu'alors, j'avais cru être confronté à deux problèmes : celui de mon dernier contrat – le plus important – et le harcèlement de Zoe et Otto Zolton-Bander. Mais j'avais tort. En vérité, j'avais affaire à un problème et à une solution. À un yin et un yang.

— OK, dis-je. Retrouvons-nous demain pour parler de tout ça. Comment pourrai-je vous contacter ?

— C'est nous qui te ferons signe, répondit Otto.

— Ça marche.

— En attendant, garde ton calme, ajouta Zoe.

Eh, une minute, de quoi parlait-elle ? Je n'avais aucune raison de perdre mon calme. Et après tout, si j'acceptais de répondre à leurs questions, c'est moi qui leur ferais une faveur.

Quand ils quittèrent la salle de cinéma, le doute s'installa dans mon esprit. Au bout du compte, n'étaient-ils pas encore en train de me manipuler ? N'étais-je pas devenu un simple pion sur leur échiquier ?

Mardi

18. LES REQUINS DE GOLD COAST

Ma deuxième journée de travail ressembla beaucoup à la première. Je passai la matinée à effectuer des enquêtes de solvabilité puis, vu que je progressais vite, Hound me confia d'autres tâches plus complexes.

– Ce type est marié depuis trente ans, dit-il en déposant une feuille de papier sur mon bureau. Il a quitté le domicile familial pour s'installer avec une allumeuse rencontrée sur Internet. Évidemment, sa femme réclame le divorce et une prestation compensatoire, mais il prétend qu'il est fauché. Et à en croire sa déclaration fiscale, il n'a gagné que quarante mille dollars l'année dernière. Le seul problème, c'est qu'il n'a pas changé ses habitudes, et qu'il continue à boire du Moët & Chandon comme si c'était de l'eau minérale. Bref, il a sans doute planqué son magot à Singapour, en Suisse ou aux îles Caïmans... À toi de le retrouver, Sang Neuf.

En quelques heures, je mis au jour un montage financier constitué de sociétés écrans et de comptes en banque dans des paradis fiscaux. Hound avait raison : notre mari infidèle était plein aux as.

Ma journée achevée, très fier du travail accompli, je saluai Hound, enfourchai mon VTT et me rendis à Carrara pour faire connaissance avec les Gold Coast Sharks. Le bâtiment en briques rouges qui abritait les locaux du club d'athlétisme ressemblait étrangement à des toilettes publiques. Je poussai la porte et débouchai sur un couloir malodorant desservant les vestiaires et le bureau de l'entraîneur.

Il n'y avait pas âme qui vive, à l'exception de deux cafards qui cavalaient sur le carrelage. La porte donnant accès à la piste d'athlétisme s'ouvrit à la volée, et un jeune homme élancé d'une vingtaine d'années fit son apparition. Nous échangeâmes une poignée de main. Son visage m'était familier.

— Moi, c'est Dom. On s'est déjà rencontrés ? demandai-je.

— La course de Reverie Island ! s'exclama-t-il. Je m'appelle Nathan, tu te souviens ?

Oh, bien sûr. C'était le garçon auquel ce coureur pro avait fait un croche-pied alors qu'il essayait de le dépasser.

— Tu sais qu'un autre coureur de ton âge fait partie du club ? dit-il.

À cet instant, la porte pivota sur ses gonds, et Seb entra dans le vestiaire.

Il m'avait fait quelques coups fumants depuis que je l'avais rencontré : il m'avait attiré dans la forêt du Prêcheur, où j'avais reçu une fléchette tranquillisante ; il avait fait en sorte que mes parents l'engagent comme garçon de piscine ; il avait séduit ma sœur. Après tout, j'avais bien le droit, à mon tour, de lui réserver une petite surprise.

Et l'effet fut très réussi. Son visage exprimait une profonde stupeur.

— Dom, je te présente Seb.

— On se connaît, dis-je. Nous sommes d'anciens partenaires d'entraînement.

Mrs Sheeds entra à son tour. Pas de chronomètre, pas de sifflet suspendu autour du cou. Elle n'était pas là en qualité de coach, mais en tant qu'athlète amateur.

L'entraîneur des Gold Coast Sharks, qui la suivait d'un pas, se prénommait Colin. Il avait à peu près l'âge de Gus. Même silhouette, à une demi-jambe près.

— Bonjour, je suis Dom Silvagni, annonçai-je.

— Tu es de la famille de Gus Silvagni ?

— Oui, c'est mon grand-père.

— Ça alors ! Et maintenant que tu le dis, je dois admettre qu'il y a comme une ressemblance. Alors, comment va-t-il, ce vieux croûton ?

— Il est en pleine forme.

— C'était un excellent coach. En avance sur son temps dans bien des domaines.

Il posa une main amicale sur mon épaule et s'exclama :

— Bienvenue chez les Gold Coast Sharks ! Ici, les séances se déroulent par binômes. Et vu que vous avez le même âge, tu t'entraîneras avec Seb.

Et cela me convenait parfaitement.

— Allez, tout le monde au boulot ! lança Colin en claquant dans ses mains. On va commencer par quelques tours d'échauffement.

Dès que nous fûmes en piste, je m'inspirai de la stratégie des pros auxquels je m'étais frotté à Reverie Island et ne laissai à Seb aucun répit. J'empiétai sur son espace vital, marchai sur ses talons et lui bourrai les côtes de coups de coude.

— Eh, tu peux me lâcher une minute ? protesta Seb.

— Tu n'as plus le sens de la compétition, mon pote ? ricanai-je en désignant la ligne d'arrivée.

— Ce n'est qu'un échauffement, abruti.

Mais je ne le croyais pas capable de résister. Alors je lançai le sprint. Comme prévu, il se lança à mes trousses.

Nous franchîmes la ligne exactement au même moment, lançant le buste en avant, comme si nous participions à une finale olympique.

Je jetai un regard en direction de Colin, qui nous considérait d'un œil satisfait depuis le sautoir en longueur. Je pouvais lire dans ses pensées comme dans un livre ouvert : *rien de tel qu'un peu de rivalité pour susciter l'émulation.*

La séance se poursuivit par un exercice fractionné comprenant dix sprints de deux cents mètres entrecoupés de périodes de récupération d'une minute.

Seb et moi nous donnâmes à fond sur chacune de ces courses. Au dixième et dernier demi-tour de piste, nous étions tous deux à court d'oxygène.

— N'en faites pas trop, les garçons ! avertit Colin.

Mais je restai sourd à ce conseil. Je prenais un vif plaisir à mettre la pression sur Seb, à le forcer à repousser les limites de la souffrance.

L'épreuve achevée, le coach annonça :

— Pour terminer, mille cinq cents mètres par binômes.

Lorsque les autres membres du club eurent bouclé leurs trois tours trois quarts de piste, Seb et moi prîmes place sur la ligne de départ.

— Je vous en prie, les garçons, dit Colin. Calmez-vous un peu. Il n'y a aucun enjeu. Vous aurez de nombreuses opportunités de vous mesurer l'un à l'autre lorsque vous serez en compétition officielle.

Nous hochâmes la tête. Le coach fit un pas d'écart puis ajouta :

— À vos marques, prêt, partez !

De nouveau, je ne laissai pas assez de place à Seb pour développer pleinement sa foulée. Je lui piétinai les orteils. Je lui donnai des coups de coude. Je chassai la sueur de mon front de façon à ce qu'elle retombe en pluie sur son visage. Il lui aurait suffi de ralentir et de ne pas tenter de me dépasser pour mettre fin à ce supplice, mais il n'avait manifestement aucune intention de me laisser l'emporter.

Peut-être savait-il que j'étais à court d'entraînement, et qu'il avait toutes ses chances. Car en vérité, le rythme que j'avais imposé à la course était à peine tenable, et je commençais sérieusement à en baver.

Ce puits de souffrance dans lequel je voulais l'entraîner, j'étais sur le point d'y sombrer à mon tour. À l'entrée du dernier tour, du coin de l'œil, je vis Colin baisser les yeux vers son chronomètre. Les autres membres du club s'étaient rassemblés près de la piste pour profiter du spectacle.

Impossible de placer mon rush. Je me contentai de puiser dans mes réserves afin d'accélérer progressivement la cadence. Mais Seb ne se laissait pas distancer. Il ne me restait plus qu'une centaine de mètres pour accomplir ce que j'avais en tête : battre mon adversaire, le massacrer, l'humilier, lui montrer qui était le meilleur.

Je lui portai un discret coup de poing à la pommette. Il répliqua par un crochet à la mâchoire.

Battant des bras dans un style très peu académique, nous franchîmes la ligne. Qui arriva le premier ? Aucune idée. Tout ce dont je me souviens, c'est que nous roulâmes sur le sol, que je l'attrapai par les cheveux, approchai ma bouche de son oreille et chuchotai :

— Dis-leur que j'ai une proposition : s'ils laissent tomber le dernier contrat, je leur livrerai le trésor de Yamashita.

Seb hocha la tête.

— OK, je transmettrai, dit-il.

Je relâchai sa chevelure.

Les membres du club nous séparèrent, puis nous aidèrent à nous remettre sur pied.

— On dirait que vous avez un vieux compte à régler, tous les deux, dit Colin.

— On ne peut rien vous cacher, haletai-je.

— Eh bien sachez que je ne tolère pas ce type de comportement dans mon club, gronda-t-il. Je pourrais vous foutre à la porte.

Il consulta son chronomètre avant d'ajouter :

— Mais compte tenu du temps que vous avez réalisé, je suis disposé à vous offrir une seconde chance. Alors ne la gâchez pas.

19. RELIQUES

– Qu'est-ce que c'est, exactement ? demandai-je en avalant une cuillerée de la substance inconnue dont Gus m'avait servi une pleine assiette.

J'étais anxieux. Pourquoi La Dette ne m'avait-elle pas contacté ?

– Protéine de soja texturée, répondit mon grand-père. Maintenant que tu as repris l'entraînement, tu vas devoir surveiller ton alimentation.

Je ne pensais qu'aux lasagnes que le reste de ma famille devait être en train de partager. Et pas n'importe quelles lasagnes : leur recette, importée d'Italie, avait été améliorée progressivement au fil des ans, jusqu'à atteindre la quasi-perfection. Même Toby partageait ce point de vue.

Et voilà qu'en quittant la maison de mes parents, je m'étais condamné à avaler – ou à essayer d'avaler – de la protéine de soja texturée, des flocons agglomérés dont l'aspect et le goût évoquaient un mélange pour cochons d'Inde.

Pour couronner le tout, je reçus un SMS de Toby :

Tiramisu pour tout le monde !

De deux choses l'une : soit je lui manquais – et il essayait de m'attirer à la maison en évoquant mon dessert favori –, soit il venait de me porter un coup bas alors que je me trouvais à terre.

Après un court moment de réflexion, j'optai pour la première hypothèse. Je manquais à tout le monde, à la maison. Ma mère m'avait adressé deux SMS pour m'informer que du linge propre était à ma disposition et qu'elle m'avait pris rendez-vous chez le dentiste. Miranda m'avait laissé un message pour me demander où se trouvait le DVD de *True Blood*. Certes, tout cela n'avait rien d'affectueux, mais je pouvais lire entre les lignes.

J'avalai une seconde cuillerée de protéine de soja et révisai mon jugement : aucun cochon d'Inde n'aurait pu avaler une telle cochonnerie.

Lorsque Gus eut débarrassé l'assiette, je demandai :

— Qu'as-tu prévu pour le dessert ?

— Pour le dessert ? répéta mon grand-père, l'air interloqué.

— Oui, un truc sucré, quoi.

— Je ne consomme pas de sucre.

— Eh bien, moi si, grognai-je.

— Autant avaler du poison, dit-il.

— N'exagère pas, tout de même. Ce n'est pas une petite quantité de sucre qui va me tuer.

— Si, insista Gus avec le plus grand sérieux. À long terme, le sucre tue.

— C'est La Dette qui nous tuera, m'emportai-je.

— Ils ne sont pas allés jusque-là, fit observer Gus en désignant son moignon.

— Mais ils ont assassiné ton petit frère. Ils ont tué Alessandro.

J'avais lâché ce prénom comme on lance une grenade défensive, mais c'est une bombe thermonucléaire qui m'explosa au visage.

Gus s'empourpra, les veines dans son cou saillirent et tous les muscles de son corps se tendirent.

— Comment le sais-tu ?

— Parce que j'ai vu l'endroit où ils l'ont enterré.

La ferme, Dom.

Mais j'étais déjà allé trop loin. Il n'y avait plus moyen de faire demi-tour.

■■■

Je ne tardai pas à regretter amèrement de ne pas avoir su tenir ma langue.

— Ralentis, le suppliai-je.

Abandonnant sa prudence légendaire, Gus roulait à tombeau ouvert sur l'autoroute menant au nord de

Gold Coast, changeant sans cesse de file au risque de terrifiantes embardées. Je me souvins du jour où j'avais emprunté cette voie rapide, direction Diablo Bay, juché sur le scooter de livraison de la pizzeria Big Pete.

Je jetai un coup d'œil à mon iPhone : toujours aucune nouvelle de La Dette. Rien d'étonnant. Ils n'avaient pas l'habitude d'employer des moyens de communication aussi ordinaires.

Un ralentissement contraignit Gus à réduire l'allure. Il actionna frénétiquement l'avertisseur, s'engagea pare-chocs contre pare-chocs derrière un camion circulant sur la file la plus rapide et lança des appels de phare. Violence routière, version maison de retraite. Ce n'était pas beau à voir.

— Mais calme-toi, bon sang ! m'exclamai-je. Alessandro ne risque pas de s'envoler.

En entendant ce nom, Gus relâcha légèrement la pression sur l'accélérateur.

— Comment connais-tu son prénom ? demanda-t-il.

Éclairé par la faible lueur du tableau de bord, son visage était fermé, anguleux, comme taillé dans la pierre.

— Tu l'as prononcé, le jour où le Prêcheur est mort.

Gus quitta l'autoroute et nous nous retrouvâmes sur une route secondaire.

De nouveau, je pensai au deuxième contrat. Des images défilèrent dans ma tête, un film dont j'étais le simple spectateur. Le garçon qui avait trouvé refuge dans le cimetière, cette nuit-là, m'était presque étranger. J'avais tellement changé depuis que je me battais pour sauver ma jambe.

Un regard à mon iPhone : toujours rien.

Lorsque Gus se fut garé sur le bas-côté, devant le mur du cimetière, nous descendîmes de la camionnette puis franchîmes le portail. Le vent qui soufflait entre les tombes produisait un hurlement animal et lugubre. Nous empruntâmes l'allée de gravier qui menait au monument.

— Nous y sommes, annonçai-je en m'arrêtant devant la chapelle.

À l'aide d'une lampe de poche, Gus éclaira la plaque figurant sur le fronton.

— Tabori, gronda-t-il avant de cracher par terre et de lancer un juron en italien.

Il essaya de pousser la porte, mais elle était fermée.

J'examinai la serrure de plus près. Comme je m'y attendais, elle avait été changée récemment. Quelqu'un avait renforcé la sécurité de la crypte.

— Ne bouge pas, dit Gus. Je reviens dans une minute.

Rester seul dans cette nécropole ? Il fallait bien m'y résoudre, à moins de passer pour un lâche. Alors je fermai les yeux et respirai lentement jusqu'à son retour.

Il déposa un sac d'outils devant la porte de la chapelle.

— Tiens la lampe, dit-il en brandissant un tournevis.

Deux minutes plus tard, lorsqu'il eut fait céder la serrure, nous pénétrâmes dans le tombeau. À première vue, rien n'avait changé depuis ma première visite.

— Alors, qu'est-ce qu'on est venus voir ? demanda Gus.

Je me tournai vers le cliché sous verre vissé sur le mur. Sauf qu'il avait disparu.

— Il y avait une photo d'Alessandro, à cet endroit précis ! m'exclamai-je.

Il se pencha pour observer la paroi à la lueur de sa lampe.

— Aucune marque, dit-il. Pas de trous. Mais je te crois sur parole. Ils ont sans doute été rebouchés.

Ça me convenait parfaitement. Nous n'avions plus rien à faire dans ce cimetière. Il ne nous restait plus qu'à regagner la camionnette et à rejoindre Halcyon Grove. Mais dans ce cas, pourquoi Gus avait-il sorti un pied-de-biche de son sac ?

— Qu'est-ce que tu comptes faire de ça ? demandai-je.

— Je dois en avoir le cœur net.

Il considéra la trappe verticale derrière laquelle étaient entreposés les cercueils.

Il glissa l'extrémité du pied-de-biche entre le mur et le panneau métallique puis, pesant de tout son poids, l'arracha à ses gonds.

— Tu veux dire que tu n'as jamais eu la preuve qu'il était mort ? demandai-je.

Je pensai à Mrs Havilland, qui n'avait jamais pu faire le deuil de son mari. Et à Imogen, cela va de soi.

— Je sais qu'il est mort. Je le sens dans mes tripes. Mais on n'a jamais retrouvé son corps.

Il marqua une pause avant d'ajouter :

— Et c'est ce doute qui a tué ma mère.

Au-delà de la trappe, j'aperçus le coin d'un cercueil sobre, sans ornements, une longue caisse de bois brut.

— Pourquoi l'ont-ils assassiné ?

— Je suppose qu'Alessandro les a fichus en rogne, pour une raison ou une autre.

— Mais de là à le faire disparaître…

— Tu as l'air de découvrir de quoi ils sont capables.

— Et pourquoi repose-t-il ici ?

— Garde tes amis près de toi, et tes ennemis plus près encore. Qui aurait eu l'idée de le chercher ici ?

— Mais cette plaque qui a disparu, qu'est-ce qu'elle fichait là ? Ça n'a aucun sens.

— Rien ne prouve que ce sont eux qui l'ont placée ici.

Certes. Mais si La Dette n'avait pas posé cette plaque, alors qui ? La réponse était évidente : le Prêcheur.

— Maintenant, arrête un peu avec tes questions, dit Gus. File-moi un coup de main pour le sortir de là-dedans, tu veux bien ?

Il avait prononcé ces mots sur un ton parfaitement neutre, comme une vieille dame demande à un client de se saisir d'un paquet de céréales sur l'étagère la plus élevée d'un rayonnage.

— Et voilà, ce n'était pas plus difficile que ça, dit Gus lorsque nous eûmes exhumé le cercueil.

Il désigna le banc de pierre placé devant l'autel.

— On va le poser ici, dit-il.

La longue boîte ne pesait pas bien lourd, mais elle était délicate à manipuler dans un espace aussi confiné. Lorsqu'elle fut en place, Gus me confia la torche.

— Maintenant, je vais soulever le couvercle, annonça-t-il sans se départir de son calme.

Il y a le corps d'un être humain, là-dedans ! aurais-je voulu crier. *Et ce que nous nous apprêtons à faire porte un nom : c'est une violation de sépulture.* Mais je me tus. Je comprenais les motivations de Gus. Son frère avait disparu depuis plus de cinquante ans. Il avait le droit de savoir ce qui s'était passé.

D'un coup de pied-de-biche, il souleva la partie supérieure du couvercle.

— Passe-moi la torche, dit-il.

Au moment où il braqua le faisceau à l'intérieur du cercueil, je détournai le regard.

— Ce n'est pas mon frère, lâcha-t-il.

— Ah bon ?

— Non, c'est un adulte.

Oh. Pauvre Gus.

— Et maintenant ? Qu'est-ce qu'on fait ?

— Il n'y a plus qu'à remettre ce macchabée à sa place.

Excellente idée. Inutile de s'attarder dans cet endroit maudit. Mais quelque chose me chiffonnait. Cette photographie, je savais que je ne l'avais pas imaginée.

— Passe-moi la lampe, dis-je.

Je m'accroupis à quatre pattes puis éclairai l'intérieur du trou dont nous avions sorti le cercueil. Il y avait autre chose, tout au fond.

Sourd à la peur qui me serrait les tripes, je me glissai dans la cavité. Aussitôt, mon cœur s'affola. Moi, guéri de la coïmétrophobie ? J'avais été un peu optimiste. Elle frappait plus fort que jamais, me glaçant les entrailles et obstruant mes voies aériennes.

Je fermai les yeux, respirai lentement et rampai dans l'obscurité.

Le faisceau de la lampe éclaira une plaque de bois.

— Il y a un deuxième cercueil, là-dedans, dis-je.

— Un deuxième cercueil ? répéta Gus, incrédule.

— Je vais continuer à avancer. Mais je préférerais que tu me tiennes par les chevilles. Et si je crie, sors-moi de là en vitesse.

— Tu sais, Dom, tu n'es pas obligé de…

— S'il te plaît, fais ce que je te demande.

Je progressai en m'aidant des coudes, façon commando, et m'enfonçai plus avant dans le caveau. Enfin, mes doigts entrèrent en contact avec le bois.

– Passe-moi le pied-de-biche, lançai-je en plaçant le bras droit en arrière, le long de mon corps.

Sentant l'acier froid de l'outil dans ma paume, je le ramenai vers l'avant. J'enfonçai la partie pointue dans un flanc du cercueil, pratiquant dans le matériau cassant un trou suffisamment large pour y glisser quatre doigts.

Puis je restai hésitant. Ne risquais-je pas de toucher ce qui se trouvait à l'intérieur ? Pour me donner du courage, je repensai aux paroles de Gus. Ce n'était que l'enveloppe qu'un être humain avait habitée pendant son séjour sur cette terre.

Je passai les doigts dans le trou. Ils ne rencontrèrent que le vide. J'agrippai le bois aussi fermement que possible.

– OK, je l'ai, dis-je. Tire-moi en arrière.

Gus n'avait pas pratiqué la musculation en vain. Il nous tira, le cercueil et moi, hors du trou.

Nous le plaçâmes à côté du premier. Lorsque je remarquai qu'il était plus court d'une trentaine de centimètres, un frisson glacé courut dans mon dos.

Gus souleva le couvercle et jeta un coup d'œil à l'intérieur.

– C'est lui, dit-il. C'est Alessandro.

Sa voix exprimait une profonde tristesse, mais aussi un vif soulagement.

— Tu en es certain ? demandai-je.

— Il s'est cassé la jambe en tombant du tracteur, quand il avait neuf ans. La fracture est bien visible.

Je le laissai se recueillir pendant quelques minutes puis je dis :

— On ne devrait pas y aller, maintenant ?

Gus, qui avait toujours assuré n'avoir ni Dieu ni maître, ferma les yeux et marmonna quelques mots qui ressemblaient beaucoup à une prière.

— Oui, allons-y, dit-il.

Il sortit un sac-poubelle noir de sa sacoche à outils, se pencha au-dessus du cercueil et en retira un os.

— Bon sang, mais qu'est-ce que tu fabriques ?

— Pas question d'abandonner mon petit frère.

— Mais... mais... mais...

Puis je me répétai : *Ce n'est que l'enveloppe qu'un être humain a habitée pendant son séjour sur cette terre.*

Gus glissa l'os dans le sac.

À ce rythme, nous allions demeurer dans cette tombe toute la nuit. Alors je fis le vide dans mon esprit, et mis la main à la pâte. Mais je me refusai à toucher au crâne. Ça, c'était au-dessus de mes forces. Gus s'en chargea, le plaçant avec un luxe de précautions avec les autres reliques de son frère.

Lorsque nous eûmes achevé cette macabre opération, il ferma le sac puis nous poussâmes le petit cercueil dans le trou. Nous étions sur le point d'y replacer celui de l'inconnu quand une pensée terrible me traversa l'esprit. S'il ne contenait pas le corps d'Alessandro, de qui pouvait-il bien s'agir ?

Je m'emparai de la lampe, soulevai le couvercle et étudiai son contenu. Même si j'avais passé plusieurs minutes à manipuler des restes humains, cette vision me remplit d'effroi : un crâne aux orbites vides, à la mâchoire disloquée. Alors, parmi les ossements, je remarquai des mégots de cigarettes. Qui avait pu se montrer assez insensible pour traiter ainsi la dépouille d'un être humain ?

Puis un reflet argenté accrocha mon regard. Au poignet du squelette brillait une montre. D'une main tremblante, j'en détachai le bracelet et la fourrai dans ma poche.

Cette fois, j'avais bel et bien franchi la ligne jaune : je ne m'étais pas contenté de violer une sépulture, je l'avais également pillée.

J'ignore si Gus m'avait vu commettre ce forfait, mais il ne fit aucune observation.

– OK, finissons-en, dis-je.

Nous glissâmes le cercueil dans le trou, puis Gus referma tant bien que mal la cavité. Enfin, nous quittâmes la chapelle, tels deux vampires fuyant le lieu de leur festin.

Ce n'est que lorsque nous eûmes regagné l'autoroute que je m'autorisai à respirer librement. Je me repassai le fil des événements qui venaient de se dérouler. Une question dominait toutes les autres : pourquoi avaient-ils tué Alessandro ? La mort me hantait. Elle était partout. Son odeur imprégnait mes mains et mes vêtements.

Je jetai un coup d'œil à mon iPhone. J'avais reçu trois SMS. Un de ma mère, me rappelant mon rendez-vous chez le dentiste. Un de Miranda, qui avait retrouvé son DVD. Et un d'Imogen :

Tu as vraiment quitté le lycée ?

Au premier, je répondis : *OK.*

Au deuxième : *Super.*

Au troisième, très sobrement : *Oui.*

— Ça va, Gus ? demandai-je.

— Je suis crevé. Mais oui, ça va. Ça faisait si longtemps que j'attendais ce moment. Si longtemps.

Pourquoi ont-ils tué Alessandro ?

J'estimais que le moment était mal choisi pour aborder cette question.

À l'instant où nous nous engageâmes sur la bretelle de sortie d'autoroute, la sirène d'un véhicule de patrouille se fit entendre derrière nous. Puis les lumières d'un gyrophare illuminèrent la cabine.

— Je me demande après qui ils en ont, dis-je.

Le véhicule se porta à notre hauteur, et le policier nous fit signe de nous ranger sur la bande d'arrêt d'urgence. Gus fit la grimace :

— Je crois que c'est pour nous.

Violation de sépulture. Quelle était la peine encourue ? Aucune idée, mais il ne faisait aucun doute que cette histoire figurerait dès le lendemain dans les journaux.

« Un grand-père et son petit-fils se lancent dans le pillage de tombes. »

Je glissai une main dans ma poche et la refermai sur la montre. J'aurais pu la jeter par la fenêtre ou la glisser sous mon siège, mais je n'en fis rien : le squelette qui se trouvait à l'arrière de la camionnette avait déjà scellé notre sort.

Nous nous arrêtâmes au bord de la chaussée. Le véhicule de patrouille se gara derrière nous. Le policier quitta son véhicule et se présenta à la portière côté conducteur.

— Bonsoir, dit-il, un large sourire aux lèvres.

— Bonsoir, répondit Gus.

— Pourriez-vous me présenter les papiers du véhicule, s'il vous plaît ?

Gus sortit de son portefeuille son permis de conduire, sa carte grise et son attestation d'assurance. Le policier les étudia attentivement puis déclara :

— Tout me semble en règle, mais je dois vous signaler que l'un de vos feux arrière ne fonctionne pas.

— Oh, je l'ignorais, dit Gus. Je ne conduis pas très souvent la nuit, vous savez.

— Ah, vraiment ? lâcha l'homme en jetant un œil à l'arrière de la camionnette.

Nous étions cuits : il allait voir les outils et le sac-poubelle, et flairer quelque chose de louche.

— Tâchez de réparer ça dès demain, dit-il. Ce doit juste être une ampoule grillée.

— Dès demain, c'est promis, sourit Gus.

Le policier regagna son véhicule et reprit sa patrouille.

— Nom d'un chien ! dis-je. On a eu chaud !

Ce n'est que lorsque je fus seul dans ma nouvelle chambre que je pus étudier la montre trouvée dans le cercueil de l'inconnu. Au dos du boîtier, je découvris l'inscription :

De la part de Beth, pour Graham, mon seul amour.

Le doute n'était plus possible : j'avais retrouvé le corps de Graham Havilland, le père disparu d'Imogen.

Mercredi

20. ÉCHAFAUD OU PODIUM ?

Chose étonnante, malgré l'expérience affreuse que j'avais vécue dans la chapelle des Tabori, je ne fis pas le moindre cauchemar. Au contraire, je dormis comme un bébé. On aurait pu aussi penser que mon esprit allait entrer en ébullition après la découverte du corps de Mr Havilland. Mais non, je restais parfaitement calme. C'était comme si j'étais saturé d'horreurs et de révélations. Je ne ressentais strictement plus rien.

Le lendemain, je me rendis au bureau, comme si de rien n'était. C'était un immense soulagement de se livrer à une activité sans aucune relation avec les pompes funèbres et la violation de sépultures. En outre, je commençais à prendre la main, et parvenais à décortiquer des montages financiers de plus en plus audacieux. Hound semblait très satisfait de mon travail.

En milieu d'après-midi, je me trouvai à court de dossiers. Hound s'étant absenté pour assister à une audience au tribunal, j'étais totalement désœuvré.

Pour tuer le temps, je m'amusai à jeter un œil aux comptes bancaires de certaines personnes de mon entourage.

Mr Cranbrook, le principal de Coast Grammar : une petite fortune.

Pr Chakrabarty : étrange, pas de compte en banque.

Mrs Havilland : au bord du gouffre.

Puis me vint l'idée de me pencher sur le cas de mon père, avec ses bureaux déserts et poussiéreux. Et ces recherches me ramenèrent à une certaine humilité. Son montage financier, d'une rare complexité, était impénétrable, et chaque piste débouchait sur une impasse. Mais une société revenait systématiquement : Gold Coast Investissements, dont mon père était l'un des principaux actionnaires.

J'étais toujours penché sur ce problème quand Hound regagna le bureau.

— Suis-moi, Sang Neuf. On a une réunion de travail.

— Où ça ?

— Chez *Cozzi*, évidemment.

J'enfilai ma veste en jean et le suivis jusqu'au parking. Le café se trouvait à un quart d'heure à pied, mais Hound insista pour s'y rendre en Hummer. Il alluma l'autoradio. Pour une fois, pas de rap, mais un morceau folk, dans le style de Bob Dylan.

— C'est qui, ce chanteur ?

— Rodriguez, une star en Afrique du Sud, quand j'étais gamin.

— C'était comment, là-bas, pendant l'apartheid ?

— Pour un garçon blanc comme moi, c'était le paradis. Mais si j'étais noir, il est certain que je ne verrais pas les choses de la même façon.

Il se gara sur la place réservée aux livraisons puis nous traversâmes la terrasse sous le regard intrigué des clients. D'un côté, être l'objet de toutes les attentions était assez agréable ; de l'autre, cette arrivée en Hummer, tout comme la veste qu'on me forçait à porter, étaient plutôt embarrassantes. Au bout du compte, je me dis que Hound était mon employeur, et que je devais faire preuve d'un minimum de solidarité.

Après avoir commandé des boissons au bar – triple expresso pour moi, thé Earl Grey pour mon patron –, nous rejoignîmes trois individus attablés au fond de la salle – Nitmick, Guzman et Snake, le trio du Cerberus.

— Comment vous êtes-vous retrouvés associés ? demandai-je.

Pour toute réponse, Hound m'adressa un clin d'œil.

— Bonjour messieurs, lança-t-il lorsque nous les eûmes rejoints.

À l'évidence, les trois hommes ne me tenaient pas rigueur d'avoir ruiné leur projet. Même Nitmick m'adressa un large sourire.

— Comment va Eve ? demandai-je.

— Elle est en cloque, ricana Guzman, sans attendre la réponse de mon interlocuteur.

Ils lancèrent toutes sortes de blagues graveleuses où il était question de brioche au four et de polichinelle dans le tiroir, auxquelles je ne compris pas grand-chose.

Quelques minutes plus tard, les frères Lazarus, ces deux criminels notoires, se joignirent à nous. De nouveau, j'éprouvai une certaine nervosité : la dernière fois que je les avais rencontrés, Luiz Antonio leur avait collé une raclée mémorable.

— Ton ami, le chauffeur de taxi, il ne se débrouille pas trop mal en kung-fu, pas vrai ? sourit l'un d'eux.

— Techniquement, je crois qu'il s'agit de capoeira ou de ju-jitsu brésilien, répondis-je.

— Très bien, messieurs, l'heure est venue de parler affaires, dit Hound.

Il sortit son smartphone – un Styxx Charon –, actionna la fonction *dictaphone* et le posa sur le siège vide.

— Bien. Qui veut commencer ?

Personne ne se porta volontaire.

— Je peux vous laisser, si vous préférez, convaincu que j'étais à l'origine de ce malaise.

— Reste ici, Sang Neuf. Tu fais partie de l'équipe, à présent.

Il défia ses associés du regard.

— Et si l'un de vous n'est pas d'accord, on réglera ce différend à ma manière.

Il avala une gorgée de thé, fit craquer ses phalanges puis lâcha quatre mots :

— L'or de Yamashita.

À cet instant, j'étais tellement sous le choc qu'on aurait pu m'assommer avec une plume.

— Eh bien, quoi ? dit l'un des frères Lazarus. C'est de l'histoire ancienne. Les deux gamins se sont tirés avec le trésor.

— Mes informateurs ne sont pas de cet avis, sourit Hound. Selon eux, ils n'ont jamais quitté le pays.

De quels informateurs parlaient-ils, et que savaient-ils au juste ?

— Qu'est-ce que tu suggères ? demanda Guzman.

— Je vois pas mal de compétences rassemblées autour de cette table, surtout depuis que Sang Neuf se trouve avec nous. Alors, nous n'allons pas laisser cet or s'envoler sans tenter de nous en emparer.

— Avec tout le respect que je te dois, objecta Nitmick, on l'a cherché pendant un bon bout de temps, sans aucun succès.

— Un point pour toi, dit Hound. Mais là, c'est différent. Avant, nous courions après une légende. Maintenant, nous savons que ce trésor existe. N'est-ce pas, Sang Neuf ?

Que savait exactement Hound de mon implication dans cette affaire ? Avait-il appris que je me trouvais à bord de l'*Argo* quand les Zolton-Bander s'étaient envolés avec le gros lot ?

— Je ne sais pas trop, dis-je. L'histoire était dans tous les journaux, mais je ne m'y suis pas vraiment intéressé.

À cet instant, mon téléphone émit un signal sonore. Je venais de recevoir un SMS adressé par un correspondant inconnu.

Marché conclu. Or de Y contre contrat n° 6.

Délai 48 heures.

C'était le message que j'attendais. J'eus l'impression de quitter ma chaise et de m'élever à cinq mille mètres d'altitude au-dessus de la table. La Dette m'offrait une chance de m'en tirer sans commettre l'acte monstrueux prévu par mon sixième contrat.

Je regagnai ma place en planant et revins à la réalité. Avais-je la moindre chance de mener mon plan à bien, d'aligner toutes les planètes nécessaires à sa réussite ?

Soudain, Snake dit à voix basse :

— Nous avons de la compagnie à six heures, les mecs.

Je jetai un œil dans la direction indiquée. Deux clients étaient attablés à quelques mètres de nous. Cheveux courts, blousons de cuir, lunettes de soleil. Bref, des flics en civil.

— Je suggère que nous étudiions le sujet chacun de notre côté puis que nous nous retrouvions dans quelques jours, dit Hound.

Tous les associés hochèrent la tête, puis nous quittâmes le café pour grimper à bord du Hummer. Mon patron avait l'air d'excellente humeur.

— Je crois qu'ils ont mordu à l'hameçon, sourit-il.

Quelle remarque étrange... Parlait-il d'associés ou de rivaux ?

Devant le bureau, il me donna quartier libre.

— J'ai encore un peu de boulot, dis-je.

Il me donna une grande claque dans le dos.

— Comme tu voudras, Sang Neuf. En tout cas, sache que j'apprécie beaucoup ton comportement.

Je regagnai mon box et composai le numéro de Zoe. Une annonce enregistrée m'informa qu'il n'était plus attribué. Logique. Les Zolton-Bander étaient les criminels les plus recherchés d'Australie. Ils devaient utiliser des mobiles prépayés et en changer régulièrement. Selon Hanley, les téléphones portables n'étaient rien d'autre que des mouchards, des balises semblables à celles que les zoologues collent sur les baleines pour étudier leurs déplacements.

Je me connectai à la page Facebook du Zolt. 1 267 987 fans.

Et les commentaires étaient innombrables. La plupart étaient élogieux. *J'espère que tu mènes la belle vie* ou *Tu les as bien eus, mec, tu es un héros*. D'autres étaient beaucoup moins enthousiastes.

Zolt, j'espère que tu crèveras, sale merde.

J'éprouvais comme une sensation de déjà-vu. *Et c'est reparti*, pensai-je. *Retour au contrat numéro un.* Sauf que cette fois, je ne cherchais pas à craquer leur code, mais à communiquer avec eux. Pouvais-je leur adresser un message, en espérant qu'ils le remarquent parmi des milliers de commentaires ? Non, les chances étaient trop minces.

Je devais trouver autre chose.

Et rapidement.

Mais quoi ?

— Bon, je me rentre, lança le Hound en enfilant sa veste.

Il m'expliqua que sa femme lui avait préparé une spécialité sud-africaine, du zèbre rôti, ou quelque chose comme ça.

— Tu peux continuer à bosser aussi longtemps qu'il te plaira, ajouta-t-il. N'oublie pas de fermer la porte en partant.

Lorsqu'il eut débarrassé le plancher, je me creusai la cervelle. Comment contacter les Zolton-Bander ?

À l'heure où le gérant de la boutique du rez-de-chaussée tira son rideau de fer, j'adressai un SMS à Gus pour le prévenir que je rentrerais tard et lui demander de me garder un peu de protéine de soja.

Réfléchis, Dom. Réfléchis.

La nuit était tombée. Les rues du Block devaient être désertes. J'effectuai quelques recherches sur Google, sans résultat. Puis une idée me traversa l'esprit. Il me suffisait de lancer un avis de recherche, comme les enquêteurs de la police. Bien sûr, il n'était pas question d'avoir recours à des procédés dépassés, comme les journaux ou la télévision. YouTube ferait l'affaire. Il me fallait y diffuser une vidéo qui, si je m'y prenais correctement, deviendrait rapidement virale et attirerait l'attention des Zolton-Bander.

Si seulement j'avais eu la présence d'esprit de les filmer, lorsqu'ils s'étaient tirés en hélicoptère avec l'or de Yamashita, mon succès aurait été assuré.

Cependant, à bien y réfléchir, je n'avais pas besoin d'une vidéo authentique. Un fake ferait très bien l'affaire.

Sur Google, je réunis des extraits appropriés : un plan serré sur des lingots d'or, un hélicoptère en vol stationnaire et même de véritables images de l'*Argo*. Je téléchargeai *FileLab*, un logiciel de montage gratuit, et me mis au travail.

Le travail fut long et laborieux, mais je finis par aboutir à un résultat satisfaisant. Pour bande-son, je choisis le générique d'un vieux James Bond, *Goldfinger* par Shirley Bassey. Il ne me restait plus qu'à me connecter à YouTube et à trouver un titre choc. J'intitulai la vidéo *Le Zolt s'envole avec l'or de Yamashita : les images exclusives.* En guise de tags, j'ajoutai tous les mots en rapport avec l'affaire qui me passèrent par l'esprit.

Enfin, je cliquai sur *mettre en ligne*. Dès que la mise en ligne fut achevée, je rédigeai le premier commentaire en respectant le code établi par Otto et Zoe, celui qui m'avait permis d'entrer en contact avec cette dernière, lors de mon premier contrat : première lettre du premier mot, dernière lettre du deuxième, première lettre du troisième, et ainsi de suite.

Comme Zorro, net et adroit. Impec. Tout le Zolt ! Échafaud ou podium ?

CONTACTEZ DOM

Parfait.

Je jetai un coup d'œil à ma montre. Vingt-deux heures passées. Nom de Dieu, cette opération m'avait pris un temps fou !

Je regardai par la fenêtre et commençai à avoir la trouille.

La nuit précédente, j'avais manipulé des restes humains. Après tout, malgré la peur qu'ils nous inspirent, les morts sont parfaitement inoffensifs. Dehors, dans les rues obscures du Block, traînaient des êtres réellement malveillants. Des criminels qui, à mes yeux, étaient de vrais vampires, d'authentiques loups-garous. Et je parlais d'expérience, car j'avais croisé plusieurs d'entre eux, le soir où j'avais perquisitionné le bureau de Hound, lors de mon premier contrat.

Pas de panique. Il n'y avait rien à craindre. Il me suffisait de grimper sur mon VTT et de pédaler aussi vite que possible.

Je suivis les instructions de Hound, fermai les locaux à clé puis descendis au rez-de-chaussée, vélo sur l'épaule. Je franchis la porte donnant sur la rue et me tournai pour la fermer à clé.

— Eh, gamin, tu as besoin de quelque chose ? fit une voix dans mon dos.

Je fis volte-face et me trouvai nez à nez avec une vieille connaissance : c'était l'individu que j'avais blessé avec un outil de serrurier, lors de mon intrusion clandestine dans le bureau de Hound. Me reconnaissait-il ?

— Non merci, tout va bien, répondis-je.

À l'instant où j'enfourchai mon VTT, il écarquilla les yeux : aucun doute, il venait de retrouver la mémoire.

— Eh, je te connais, toi ! dit-il.

Je pesai de tout mon poids sur les pédales. Le VTT bondit en avant.

— À la prochaine, et ravi de t'avoir revu ! lançai-je, certain qu'il n'avait plus aucune chance de me rattraper.

Alors, la roue avant se bloqua, le cadre bascula en avant et j'effectuai un vol plané au-dessus du guidon. Je connaissais bien le phénomène dont je venais d'être victime. J'en avais déjà fait les frais, il y a longtemps, à l'école primaire, quand Bryce Snell avait glissé un bâton dans les rayons de mon vélo.

J'effectuai un roulé-boulé qui me permit d'amortir le choc, mais lorsque je me redressai, je sentis la pointe d'un couteau dans mon dos. Je levai lentement les mains au-dessus de ma tête. Trois autres individus émergèrent d'un recoin obscur. Suceurs de sang, loups-garous et autres créatures de la nuit.

— Ton portefeuille, ordonna le vampire qui tenait le couteau.

Au moment où je glissai une main dans ma poche, le taxi de Luiz Antonio pila à notre hauteur. Mon ange gardien en descendit, puis se dirigea vers le vampire en chef.

— Casse-toi, le vieux, grogna ce dernier. Mêle-toi de ce qui te regarde.

— Si j'étais vous, je surveillerais mon langage, l'avertis-je.

Luiz Antonio entama une valse étrange avec l'un des agresseurs, puis le précipita au sol d'un ample balayage des jambes. Il disposa de son deuxième adversaire d'un unique jab à la mâchoire. Le troisième se contenta de prendre ses jambes à son cou.

Il ne restait que le vampire qui me menaçait de son arme. Il se tourna vers Luiz Antonio et effectua des moulinets avec son couteau.

— Je vais te saigner, papy, sourit-il.

Tandis que les deux hommes se jaugeaient, j'attrapai mon VTT par le cadre, le soulevai au-dessus de ma tête et le laissai tomber aussi fort que possible sur le crâne du vampire. Et de quatre.

D'un coup de pied, Luiz Antonio poussa le couteau dans le caniveau. J'attachai mon vélo à un poteau et grimpai dans le taxi.

— Merci, dis-je.

Nous n'échangeâmes pas un mot avant d'avoir quitté le Block.

— Comment saviez-vous que j'étais là ? demandai-je.

— Tu prends trop de risques, *amigo*, dit Luiz Antonio.

— Pourquoi vous ne répondez pas à ma question ? m'agaçai-je.

Luiz Antonio resta muet. Certes, il m'avait sauvé la mise à de nombreuses reprises, mais je ne supportais plus de me savoir pisté en permanence, traqué comme un gibier. Je devais régler ce problème sur-le-champ.

— Vous pouvez me déposer à l'hôpital ? demandai-je.

— La blessure s'est réveillée ? demanda-t-il en jetant un coup d'œil à ma main bandée.

— S'il vous plaît, faites ce que je vous demande. Je vais envoyer un SMS à Gus pour le prévenir. D'ailleurs, je suppose qu'il est déjà au courant.

Dix minutes plus tard, Luiz Antonio me débarqua devant l'entrée des urgences.

— Vous pouvez vous en aller, dis-je. Je rentrerai par mes propres moyens.

— Je préfère attendre.

— OK, comme vous voulez. J'espère que ça ne prendra pas des heures.

Mais je me faisais des illusions. Je traversai la salle d'attente bondée et me présentai au guichet.

— Alors, qu'est-ce qui ne va pas, ce soir ? demanda l'infirmière chargée du tri des patients. Ta main te fait mal ?

— Non, je viens pour autre chose.

— Pourrais-tu être plus précis ?

Il n'était pas question de lui dire que je soupçonnais La Dette d'avoir implanté un mouchard dans ma main, le jour où j'avais perdu connaissance pendant ma séance d'entraînement matinale, que les portails d'aéroport sonnaient fréquemment lorsque je les franchissais et qu'un tas de gens semblaient connaître ma position en temps réel. Elle m'aurait immédiatement orienté vers le service psychiatrique.

— J'ai un problème... interne, dis-je.

À cet instant, je réalisai que j'aurais dû étudier les symptômes d'une grave maladie avant de me rendre aux urgences, un truc contagieux et potentiellement mortel qui m'aurait permis de griller la politesse aux autres patients.

— En fait, la douleur est terrible, ajoutai-je, à court d'imagination.

L'infirmière pianota sur son clavier – peut-être ajoutait-elle à mon dossier une mention faisant état de mon déséquilibre mental – puis elle m'invita à patienter dans la salle d'attente.

L'équipe chargée de l'accueil des malades et des blessés ne faisait aucun cas de leur ordre d'arrivée, et privilégiait les cas les plus alarmants.

Après une heure d'attente, j'envisageai de regagner Halcyon Grove et de remettre ce problème à plus tard, puis je me dis qu'il était idiot de baisser les bras après avoir patienté aussi longtemps.

Après deux heures d'attente, je décidai de changer de stratégie : dès le lendemain, j'étudierais une grave pathologie interne et me rendrais dans un autre hôpital pour en simuler les symptômes.

C'est alors qu'on prononça mon nom. On me conduisit dans un box d'examen où officiait une interne âgée d'une vingtaine d'années.

— Alors, ta main te fait mal ? dit-elle en regardant le bandage à ma main gauche.

— Non, c'est l'autre qui me tracasse, répondis-je en levant le bras droit.

— Ah ? Qu'est-ce qui t'arrive ?

— Pour le savoir, je crois que vous devriez faire une radio. Je pense qu'il y a quelque chose à l'intérieur.

Elle me lança un regard fuyant. Je ne pouvais pas le lui reprocher. Cette jeune femme avait sans doute obtenu des notes exceptionnelles durant sa scolarité, décroché le bac avec mention puis passé six ans à la fac de médecine à disséquer des cadavres et à étudier des affections abominables. Et maintenant, elle se retrouvait enfermée dans un box d'examen en compagnie d'un adolescent au discours incohérent.

Elle se tourna vers l'écran d'ordinateur et étudia mon dossier.

— Tu es de la famille de Celia Silvagni ?

— Oui, c'est ma mère.

— Ça alors, c'est incroyable ! Figure-toi que c'est grâce à elle que je suis ici. J'ai dû quitter l'école à quinze ans…

Rien de mal à ça, pensai-je.

— … mais sa fondation m'a attribué une bourse d'études. Sans elle, je ne sais pas ce que je serais devenue.

— Wow, soupirai-je. Le monde est vraiment petit.

Cette révélation me mit du baume au cœur. Si j'avais de sérieux doutes concernant mon père, sur la nature de ses activités et l'origine de sa fortune, j'avais toujours été très fier de la façon dont ma mère, à travers sa fondation, dépensait une partie de cet argent.

— Alors, vous pouvez me la faire, cette radio ?

— Ta main a l'air en parfait état, Dominic.

Je pris une profonde inspiration et jouai le tout pour le tout.

— Bon. Je sais que ça va vous paraître complètement dingue, mais je suis convaincu qu'il y a une sorte d'implant dans ma main. Attention, je ne dis pas que ce sont des extraterrestres qui l'ont placé là. C'est à la fois plus simple et plus compliqué que ça. Et je sais que vous pensez que je suis cinglé, mais je vous assure que ce n'est pas le cas. Tout ce que je vous demande, c'est de jeter un coup d'œil. Si vous ne trouvez rien, parfait, je ne reviendrai plus jamais sur le sujet. C'est promis.

Elle me dévisagea longuement. Que pouvait-elle bien penser en cet instant ? *Dois-je recommander une évaluation psychiatrique ? Faire ce qu'il demande pour m'en débarrasser au plus vite ? Contacter sa mère ?*

— Attends-moi ici, dit-elle.

Puis elle me laissa seul dans le box. Allait-elle revenir avec : *a)* un appareil d'imagerie médicale ? *b)* un psychiatre ? *c)* un vigile ?

Par chance, ce fut la réponse *a)*.

Elle brancha la machine, pressa le bouton *on/off* et appliqua du gel sur ma main. Puis elle y fit glisser un instrument ressemblant vaguement à un rasoir électrique. Sa voix et ses mouvements étaient très doux. Bref, j'étais ravi que ma mère lui ait accordé une bourse.

— Tout m'a l'air parfaitement normal, Dominic, annonça-t-elle.

Je me demandais si elle avait appris ça à la fac de médecine, cette façon charmante d'annoncer à un patient qu'il est sans doute bon pour l'asile.

Plus elle fronça les sourcils et tourna un bouton de la machine.

— Cette chose implantée dans ta main, de quoi pourrait-il s'agir, selon toi ?

— D'une sorte de puce électronique, expliquai-je. Elle doit être minuscule.

— À peu près de cette taille ? dit-elle en désignant un rectangle sombre sur l'écran.

— Bon sang, je le savais ! m'exclamai-je. Je le savais !

L'interne secoua la tête.

— Ça alors ! J'étais persuadée que tu étais victime de ton imagination.

— Vous pouvez l'enlever ?

— Non, pas ici. Elle est profondément enfoncée dans ta main. L'opération nécessitera une anesthésie. Si tu le souhaites, je peux te prendre un rendez-vous avec un chirurgien.

Voulais-je qu'on m'enlève cette puce ? Voulais-je échapper à l'emprise de ceux dont j'étais devenu le jouet ? Évidemment. Mais je n'avais pas oublié toutes les fois où ce dispositif m'avait sauvé la vie. Grâce à lui, Luiz Antonio était toujours intervenu à point nommé, j'avais été secouru au beau milieu de l'océan et j'avais évité de peu d'être transformé en sashimi par les hélices d'un supertanker.

Oui, je voulais qu'on me retire ce mouchard, mais la question méritait d'être étudiée.

— Pourriez-vous me faire une copie d'écran? demandai-je.

— Bien sûr, dit-elle avant d'appuyer sur une touche du clavier.

Un son aigu se fit entendre, puis une feuille A4 atterrit dans le panier de l'imprimante.

— Merci beaucoup, dis-je en me levant. Je vais appeler ma mère pour qu'elle vienne me chercher.

— Une seconde, intervint la jeune femme. Je préférerais qu'un de mes supérieurs t'examine avant que tu ne quittes l'hôpital.

Je fis la sourde oreille, quittai le box et traversai la salle d'attente d'un pas vif. Je franchis les portes automatiques et grimpai dans le taxi de Luiz Antonio.

— Alors, quel dispositif utilisez-vous pour me localiser? demandai-je dès que nous nous fûmes mis en route.

Il se pencha sur la gauche et ouvrit la boîte à gants. À l'intérieur, je découvris un écran affichant une carte GPS. Un point rouge se déplaçait sur Cascade Street, en direction de l'ouest.

Et ce point rouge, c'était moi.

Tout était plus clair, désormais. L'intérêt de Gus pour la petite bosse sur ma main, les articles concernant les implants biologiques trouvés sur son bureau, le fait que Luiz Antonio savait toujours où j'étais.

Mon grand-père avait compris ce qui m'était arrivé, le matin où j'avais perdu connaissance et fait, sans le savoir, connaissance avec La Dette. Il savait qu'on m'avait implanté une puce dans ma main. Et il avait décidé de s'en servir à son tour pour me protéger. Il avait réussi à la pirater, ce vieux renard.

— Fantastique, dis-je. Et j'émets à quelle portée ?

— Environ deux cents kilomètres, dit-il.

— Donc, vous passez votre temps à me suivre ?

— Oui, et ce n'est pas toujours facile.

Je savais qu'il disait vrai, mais La Dette disposait d'une technologie dernier cri. J'étais certain qu'ils espionnaient mes conversations, et peut-être mes pensées.

Je me souvins du matériel aperçu près de la piscine. Sans doute avait-il quelque chose à voir avec la surveillance que mes maîtres exerçaient sur moi.

Luiz Antonio ferma la boîte à gants.

— Vous me passeriez une petite samba ? demandai-je en me calant confortablement dans mon siège.

Luiz Antonio pressa un bouton. Quelques accords de guitare accompagnant une mélodie mélancolique.

Tristeza não tem fim, felicidade sim.

La tristesse n'a pas de fin. Le bonheur, si.

Jeudi

21. DEUX HÉROS

Il était deux heures trente-cinq du matin quand nous regagnâmes Halcyon Grove. Je remarquai un rai de lumière sous la porte de la chambre de Gus. En tendant l'oreille, j'entendis le plancher craquer et compris qu'il faisait les cent pas, rongé par l'anxiété.

— Sors de là, criai-je. Je suis avec quelqu'un qui veut te rencontrer.

Quelques secondes plus tard, mon grand-père, vêtu d'un short et d'un débardeur portant le logo du Canggu Club de Bali, se traîna hors de la pièce.

— Je crois que vous vous connaissez, dis-je.

Gus fusilla Luiz Antonio du regard. Ce dernier haussa les épaules. *Je n'ai rien pu faire*, semblait-il plaider.

— Il m'a tiré d'affaire, une fois de plus, expliquai-je.

— Tant mieux. C'est pour ça que je le paye.

— Que tu me payes ? répéta Luiz Antonio. Et c'était quand, la dernière fois que j'ai vu la couleur d'un dollar ?

À la façon dont ils se lançaient des piques, je compris que j'avais vu juste : ces deux-là se connaissaient bien, et depuis longtemps.

— Je pense que j'ai bien mérité quelques explications, lançai-je.

— Oh, c'est une longue histoire, répondit Gus.

Puis il ajouta quelque chose dans une langue étrangère.

— Ah, parce que tu parles espagnol, maintenant ?

— Non, portugais. C'est la langue nationale du Brésil.

— Décidément, plus rien ne m'étonne. Bon, voulez-vous que je vous serve un verre de whisky, histoire de vous délier la langue ?

Gus et Luiz Antonio échangèrent quelques mots en portugais.

— Avec des glaçons, s'il te plaît, dit ce dernier.

Je préparai les verres, puis nous nous assîmes à la table de la cuisine.

— Qu'est-ce que ton père t'a raconté au sujet de son enfance ? demanda Gus.

— Pas grand-chose. Tout ce que je sais, c'est que vous n'aviez pas beaucoup d'argent.

— Pas beaucoup d'argent ? C'est le moins que l'on puisse dire. La vérité, c'est que nous vivions dans la misère, parce que je buvais tout l'argent du ménage.

— Comment ça, tu le buvais ?

– J'étais alcoolique, Dom, dit Gus en étudiant d'un œil fasciné le contenu de son verre. Et je le suis toujours. On ne guérit jamais de cette maladie-là. Mais maintenant, je parviens à garder le contrôle.

Il resta longtemps perdu dans ses pensées avant de poursuivre sa confession.

– Ma femme – la mère de ton père – a mis fin à ses jours. Et j'ai définitivement sombré. Quand ton père a eu quinze ans, quand ça a été son tour de servir La Dette, je ne lui étais plus d'aucun soutien.

Il marqua une pause puis dit :

– Pourtant, il y est arrivé. Il a rempli les six contrats. C'était un garçon remarquable, tenace et déterminé. S'il avait eu nos qualités athlétiques, son mental lui aurait permis de décrocher l'or olympique.

Mon téléphone vibra, mais je résistai à la tentation de lire le message.

– Lorsqu'il a été libéré de La Dette, il a quitté la maison.

– À l'âge de quinze ans ? m'étonnai-je.

Gus hocha la tête.

– Et je ne peux pas lui donner tort. J'entraînais tout le monde dans ma chute.

– Et où est-il allé ?

Gus ignora délibérément la question.

– Alors, une nuit, j'ai décidé que je devais disparaître, moi aussi, et cesser de faire souffrir mon entourage. J'ai pris la vieille pétoire de mon père, celle dont il se servait pour chasser les rats dans le champ de canne à sucre, j'ai fourré le canon dans ma bouche et là…

— Nom d'un chien ! m'étranglai-je.

— … clic, dit Gus en pressant une détente imaginaire. Rien. Le fusil n'a pas fonctionné. On dit souvent qu'il faut toucher le fond pour pouvoir remonter à la surface. Le lendemain, je me suis rendu à une réunion des Alcooliques Anonymes, mais j'ai vite compris que toutes leurs références à Dieu n'auraient aucun effet sur un vieux mécréant comme moi. Le soir même, quand j'ai allumé la télé, je suis tombé sur ce vieux film où Ronald Reagan incarne un personnage amputé des deux jambes. Et là, je l'ai entendu réciter ce poème.

— *Invictus* ?

Gus me lança un regard interdit.

— Tu le connais ?

— *Aussi étroite soit la porte, et lourd le poids des châtiments, je suis maître de mon destin et capitaine de mon âme*, déclamai-je.

Mon grand-père but une gorgée de whisky.

— Pour moi, ce poème est devenu un guide, un soutien quotidien. C'est sans doute grâce à lui et à la philosophie qu'il m'inspirait que j'ai réussi à remonter la pente et à remettre ma carrière d'entraîneur sur les rails. Et vu que mes méthodes étaient jugées trop avancées pour ce pays, je suis parti pour l'Europe. J'ai travaillé en Hollande, en Allemagne puis en Italie, où je me suis occupé de la préparation de Roberto, un gamin originaire du Brésil au talent très prometteur. Malheureusement, le pauvre gosse a dû abandonner la compétition à cause d'une blessure récidivante. Mais grâce à sa famille, avec laquelle j'avais noué des liens d'amitié, j'ai obtenu un poste à Rio de Janeiro.

— La *Cidade Maravilhosa*, dis-je.

— Une ville merveilleuse, en effet. Bref, l'un des cadres du club d'athlétisme est venu me chercher à mon arrivée à l'aéroport. Et cet homme n'était autre que…

— … Luiz Antonio ?

— Gagné. Le courant est tout de suite passé entre nous, et il m'a proposé d'habiter chez lui, avec toute sa famille. J'adorais vivre à Rio. Les athlètes que je fréquentais étaient d'un excellent niveau, mais c'était aussi des gens modernes qui professaient des idées modernes. Hélas ! le pays était dirigé par une dictature militaire. Durant ces années noires, les opposants étaient liquidés ou disparaissaient corps et biens du jour au lendemain.

Gus avala une deuxième gorgée de whisky et esquissa un sourire.

— Ce que j'ignorais, c'est que Luiz Antonio était un des opposants au régime les plus actifs. Un révolutionnaire qui cherchait à sortir du *statu quo*. Le Brésil était alors un pays très riche, mais profondément inégalitaire.

— Était ? dit Luiz Antonio. Comment ça, « était » ?

— Disons que c'était bien pire avant. Et au moins, maintenant, les Brésiliens peuvent voter librement pour élire leurs représentants. À l'époque, si tu n'avais pas quitté le pays, les militaires auraient fini par t'embarquer dans un hélicoptère puis ils t'auraient balancé dans l'océan.

— C'est vrai, Dom. Si ton grand-père ne m'avait pas aidé à m'enfuir, je ne serais plus de ce monde.

J'éprouvais un immense sentiment de fierté à l'égard de Gus. J'avais toujours su qu'il avait quelque chose de spécial, mais j'ignorais jusqu'alors qu'il était un héros.

— Alors quand il m'a demandé si je pouvais garder un œil sur toi, forcément, j'ai accepté.

Je jetai un œil à la pendule de la cuisine et constatai qu'il était quatre heures vingt-trois. Comment était-ce possible ? Aussitôt, je fus saisi de vertige, comme si tout mon corps était sur le point de passer en mode veille.

— Il faut que je dorme, dis-je, malgré les innombrables questions que j'aurais voulu leur poser.

Je leur souhaitai bonne nuit et les laissai évoquer leur passé commun en terminant leur whisky.

Avant de me mettre au lit, je me connectai à YouTube : mon fake totalisait déjà 22 345 vues. Je lançai une recherche Google. Il avait été reposté sur une multitude de sites Internet.

En quelques heures, ma vidéo était devenue virale.

Jeudi

22. ÉCRAN NOIR

Cette nuit-là, je rêvai de cadavres, de rivières de sang et d'opposants politiques jetés dans l'océan depuis un hélicoptère militaire. C'était comme si un réalisateur de films d'horreur avait jeté dans son scénario ses fantasmes les plus extrêmes. Un être hybride, mi-goule, mi-zombie, me saisit par le cou, prêt à me dévorer vivant.

Puis l'image du monstre s'estompa, et je trouvai Gus penché au-dessus de moi, me secouant doucement par les épaules.

— Dom, dit-il, il faut que tu te lèves.

— Non, gémis-je. Je suis crevé. Je serai en retard au boulot, mais Hound s'en fiche royalement.

— Lève-toi, je te dis, insista Gus. Il y a des gens qui veulent te parler.

Otto et Zoe ? Est-ce qu'ils débouleraient chez moi sans prévenir ?

— Ce sont des policiers, précisa mon grand-père.

– Tu n'as toujours pas remplacé le feu arrière de la camionnette ?

OK, je n'étais pas très bien réveillé.

– Non, ce sont des enquêteurs. Ils n'ont pas de mandat. Je peux les virer, si tu préfères, mais je pense qu'il vaudrait mieux que tu leur parles.

Complètement dans le cirage, je me glissai hors du lit et me précipitai sous la douche. Eau chaude, eau froide, eau chaude, eau froide, je commençai à émerger. J'enfilai un short et un T-shirt puis descendis au rez-de-chaussée.

Je trouvai trois hommes assis autour de la table de la cuisine. Deux d'entre eux jouaient avec leur smartphone. Le troisième, dont les joues étaient ornées de favoris d'un autre âge, feuilletait un exemplaire de *Running World*.

– Dominic, dit-il, je suis le détective Westaway. Je te présente mes collègues, les détectives Truscott et Monroe.

Il sortit un portable du sac qui se trouvait à ses pieds et le posa sur la table. Il pressa quelques touches puis le tourna dans ma direction.

Il avait ouvert une page YouTube. Ces images, je les connaissais par cœur.

Shirley Bassey entonna *Goldfinger*. Je jetai un œil au compteur : 88 421. C'était plus qu'une vidéo virale. C'était une peste numérique d'ampleur biblique.

La vidéo s'acheva par l'image d'un hélicoptère filant vers l'horizon.

— C'est toi qui as mis ça en ligne ? demanda le détective Monroe.

J'aurais pu leur dire la vérité, qu'il s'agissait d'un fake fabriqué par mes soins, mais j'étais trop fier du résultat pour lâcher le morceau aussi facilement. Avaient-ils mordu à l'hameçon ? Dans le doute, quelque chose me disait que j'avais tout intérêt à laisser planer le mystère aussi longtemps que possible.

— Oui, c'est bien moi.

— Mais dans quel but ? insista le détective Monroe.

— Je ne sais pas. Je voulais juste poster un truc qui génère un maximum de vues.

— Eh bien, c'est plutôt réussi, dit le détective Truscott.

— Et comment t'es-tu procuré ces images ? demanda le détective Westaway.

— Sur un site de torrents. IsoHunt, si je me souviens bien. Ou sur Pirate Bay.

Les détectives Truscott et Monroe échangèrent un regard interdit. À l'évidence, ils ignoraient que la vidéo était en ligne depuis des lustres. Westaway pianota sur son clavier.

— Il dit vrai. La vidéo est disponible sur Pirate Bay depuis deux semaines.

Évidemment, car c'est moi qui l'avais mise en ligne et que La Dette m'avait appris à couvrir mes traces.

Contrairement à YouTube, le site Pirate Bay autorisait toutes sortes de bricolages, et notamment le trucage des dates de transfert.

– J'ai fait quelque chose d'illégal ? demandai-je d'une voix innocente. Oui, je sais que je n'aurais pas dû utiliser le générique de James Bond, mais ça collait trop bien aux images.

Le détective Westaway adressa un large sourire à ses collègues, et je compris qu'il n'avait jamais été favorable à cet interrogatoire. Sans doute devraient-ils lui payer une tournée, la prochaine fois qu'ils se rendraient au pub.

– Désolé de t'avoir dérangé, dit-il. Je crois que nous avons fait fausse route.

Il brandit le magazine et ajouta :

– Tu cours ?

– Oui. Gus est mon entraîneur. Je pratique le demi-fond.

– Sur mille cinq cents mètres ?

Je hochai la tête.

– Oh. Et quel est ton meilleur temps ?

– Quatre minutes pile.

Il siffla entre ses incisives.

– J'imagine qu'on te verra bientôt aux jeux Olympiques, sourit-il.

Avec ses invraisemblables favoris, il ne ressemblait pas vraiment à un policier, mais plutôt au guitariste d'un groupe rockabilly. Il sortit une carte de visite et la posa sur la table.

— Si tu as besoin d'un mercenaire. J'anime les mariages, les anniversaires et les bar-mitsvah, mais pas les funérailles animalières.

Lorsqu'il eut franchi le seuil de la maison en compagnie de ses collègues, j'étudiai attentivement son comportement. Il avait cette démarche élastique propre aux athlètes. Était-il coureur, lui aussi ? Je regardais la carte. Elle portait le blason de la police du Queensland. Je la glissai dans la poche arrière de mon short.

— Je ne veux même pas savoir de quoi il était question, dit Gus en entrant dans la cuisine.

— Oui, je crois que c'est mieux comme ça, répondis-je, en me connectant sur YouTube via mon iPhone.

Ma vidéo totalisait 89 111 vues. Mais qu'est-ce qu'ils attendaient pour me contacter ?

La visite des policiers avait prouvé une chose : j'étais dans leur collimateur. Je redoutais que les Zolton-Bander ne m'aient déjà adressé un signe par un moyen trop discret, et d'avoir raté leur signal.

Je parcourus les commentaires de la vidéo. À l'exception du mien, aucun message codé. La plupart des internautes mettaient en question son authenticité.

Gus alluma la radio. Le journaliste évoquait la crise de l'immobilier. À l'en croire, une société de prêts immobiliers baptisée Top Emprunts avait déposé le bilan, et ses clients manifestaient à l'extérieur du siège de Brisbane. Le mouvement avait rapidement dégénéré, et les bureaux avaient été saccagés.

Tandis que j'avalais un petit déjeuner composé exclusivement d'*ugali*, je reçus une salve de messages provenant de la villa Silvagni.

Ma mère me rappela une nouvelle fois mon rendez-vous chez le dentiste. Miranda, de retour à sa phase vampire, cherchait son DVD de *Twilight*. Toby, lui, m'adressa un simple J.

Mais rien de la part de mon père. Cet homme dont la mère s'était suicidée, dont le père avait jadis sombré dans l'alcoolisme, qui avait grandi dans un taudis. Comment avait-il pu se sortir de ce cauchemar ? En commettant un meurtre gratuit à l'âge de quinze ans ?

Chaque matin, en Afrique, lorsqu'un lion se réveille, il sait qu'il devra courir plus vite que la gazelle la plus lente de la harde, ou il mourra de faim.

Lorsque j'eus terminé mon *ugali*, mon téléphone émit un signal sonore.

Oui, maman, je suis au courant. J'ai rendez-vous chez le dentiste à quinze heures quarante-cinq.

Oui, Miranda, le DVD est dans le lecteur, comme d'habitude.

Oui, Toby, J.

Je cliquai sur le nouveau message. Il ne m'avait pas été adressé par mes chers voisins, mais par La Dette.

Tu as jusqu'à demain dix-neuf heures, ou tu devras prendre une vie.

Un frisson glacé courut le long de mon épine dorsale. Je le relus, encore et encore, puis il disparut de mon écran. Et vérification faite, de la mémoire de mon iPhone. Comment pouvaient-ils faire un truc pareil ? Faire disparaître un SMS ?

À cette heure, ma vidéo figurait à la huitième place des vidéos les plus consultées sur YouTube au cours des dernières vingt-quatre heures. Trois vues de plus, et elle se placerait à la septième place, doublant une mariée tombant jambes par-dessus tête lors de sa cérémonie de mariage. Que pouvais-je faire de plus ?

Je décidai de me rendre au bureau, où je disposais de nombreux moyens d'investigation. Accessoirement, je comptais récupérer mon VTT. Cependant, compte tenu de ce qui s'était passé la nuit dernière, je me sentais un peu nerveux. Par chance, Gus proposa de me déposer.

Nous grimpâmes à bord de la camionnette et remontâmes l'allée menant au portail. Samsoni nous interpella depuis le poste de sécurité.

– Rien à signaler chez vous ? demanda-t-il.

Faisait-il allusion à la visite des enquêteurs ?

– Non, répondit Gus. Pourquoi cette question ?

– Nous avons quelques petits soucis avec le système de sécurité. Les caméras et les détecteurs de mouvement ne répondent plus. Le technicien est en route. Il devrait régler le problème très rapidement, mais je voulais être sûr.

— Tout va bien, dit Gus. Il n'y a aucune raison de s'inquiéter.

Après s'être traîné avec une lenteur exaspérante dans les rues de Gold Coast, il me déposa devant la boutique de prêts sur gages. Mon VTT avait disparu. C'était une demi-surprise, mais je n'en étais pas moins furieux. Pourquoi avait-il fallu que Hound s'établisse dans ce trou perdu oublié des dieux ?

J'avais plus d'une heure de retard, mais il ne m'en tint pas rigueur.

— Oh, Sang Neuf, tu as vu la vidéo sur YouTube ?

Si je l'avais vue ? Évidemment, c'est moi qui l'avais mise en ligne, mais à l'évidence, les compétences de Hound en matière d'Internet étaient extrêmement limitées. Et je n'allais pas m'en plaindre.

— Tu as des infos les concernant ?

— Pardon ?

— Ne me prends pas pour un imbécile, gamin. Je sais que tu les connais. Le trésor est forcément quelque part, et je parie qu'il se trouve toujours dans le pays. Mes contacts en Afrique du Sud me disent que rien n'a émergé sur le marché de l'or. Alors il n'y a qu'une question à se poser : où ces morveux se cachent-ils ?

Une seule question, vraiment ?

— Je ne te demande pas grand-chose, Sang Neuf. Je veux juste que tu réfléchisses à l'endroit où ils auraient pu planquer le magot.

Je m'étais déjà longuement interrogé à ce sujet, et j'avais élaboré diverses théories. Mais quelque chose me disait qu'elles étaient trop évidentes, qu'une fille comme Zoe devait avoir déniché une cachette infiniment plus ingénieuse.

Non, je n'avais aucun moyen de savoir où se trouvait l'or de Yamashita. Il fallait que je les contacte sur-le-champ.

Lorsque Hound quitta l'agence pour se livrer à je ne sais quelle activité douteuse, je me connectai à YouTube. Je tombai sur un écran noir portant une mention faisant état de violation des droits d'auteur, bla bla bla. La vidéo avait été supprimée.

Je lançai la page Facebook du Zolt et n'y trouvai rien qui ressemble à un message personnel, codé ou pas. Puis je pensai que les Zolton-Bander n'étaient sans doute pas en mesure de communiquer avec moi.

Ou qu'ils me testaient, de façon à vérifier que j'étais assez fiable et assez malin pour les aider à restituer l'or à ses propriétaires.

À l'heure du déjeuner, je pris la décision ferme et définitive de sécher ma séance de torture chez le dentiste. Malheureusement, en milieu d'après-midi, ma mère m'adressa un énième SMS :

N'oublie pas le dentiste.

OK, elle n'était peut-être pas née en Californie, mais elle partageait l'obsession des Américains pour l'hygiène dentaire. Au bout du compte, je me dis que ça me faisait une bonne raison de quitter l'agence.

À cet instant, il ne me restait que quatre heures avant la fin de l'ultimatum fixé par La Dette.

L'idée de me balader à pied dans les rues du Block, même en plein jour, me collait une frousse bleue. Alors, je demandai à Face de rat s'il ne pouvait pas me prêter l'un des vélos mis en dépôt dans sa boutique. Il se montra réticent, bien entendu, et m'encouragea à foutre le camp. J'insistai.

Après d'interminables palabres, il accepta, moyennant une caution de cinquante dollars, de me louer un VTT hors d'âge au cadre hâtivement barbouillé de peinture noire. Contre toute attente, ce vélo était très convenable. Son dérailleur répondait au doigt et à l'œil.

Je me rendis chez le dentiste. Le Dr Miller avait deux passions dans l'existence : la dentition de ses clients et la pêche. Et à l'en croire, la seconde dominait largement la première. Les murs de la pièce étaient ornés de photos sous cadre représentant des poissons de toutes espèces. En guise de musique d'ambiance, son ordinateur diffusait des podcasts consacrés à son activité favorite où il était question de cannes, d'appâts et de moulinets.

— Ah, Dom ! s'exclama-t-il. Où en étions-nous, la dernière fois ? Nous parlions du barramundi, si ma mémoire est bonne.

En effet, Dr Miller, vous parliez du barramundi, ce poisson hypercoriace, et moi, je faisais des *oh* et des *ah*, vu que ma bouche était pleine de machins métalliques, et que je n'avais pas l'usage de ma langue.

J'endurai sans ciller le récit de sa dernière escapade en hélicoptère à la pointe nord de l'Australie, et de la façon dont il avait liquidé le plus imposant barramundi de toute sa carrière de tueur de poissons.

— Ah, dis-je.

À l'en croire, l'une de mes dents présentait une cavité inquiétante dont l'extraction exigeait une anesthésie locale.

— Un peu de gaz hilarant ? suggéra-t-il.

L'assistante plaça un masque sur mon nez et ma bouche.

— Respire profondément, dit-elle.

Le protoxyde d'azote remplit mes poumons, envahit mon système sanguin puis prit mon cerveau d'assaut, jonglant joyeusement avec mes neurones. Enfin, le Dr Miller planta une seringue dans ma mâchoire.

Et soudain, j'eus un flash : je visualisai une tortue.

Et pas n'importe quelle tortue. Non, l'une de ces énormes bestioles originaires des îles Galápagos. Mais qu'est-ce qu'elle pouvait bien faire dans mes pensées, celle-là ? Tandis que le dentiste maniait la roulette, je me concentrai sur la voix suave du spécialiste qui évoquait avec délice le massacre organisé des barramundi.

Pourquoi une tortue ?

Qu'est-ce que mon subconscient essayait-il de me dire ?

Puis, j'eus une illumination : j'avais déjà retrouvé Zoe au zoo, près de l'enclos des tortues des Galápagos.

— Hon heu héhihé hu oheu hoi ? lâchai-je.

Une phrase qui, si ma bouche n'avait pas été partiellement paralysée, aurait sans doute sonné comme : « On peut terminer une autre fois ? »

— J'en ai presque fini, dit Mr Miller.

— Je… je dois y aller, parvins-je à articuler.

— Je n'en ai plus que pour quelques minutes, insista-t-il.

Je bondis du siège articulé, quittai précipitamment la pièce puis traversai au pas de course la salle d'attente.

— Mr Silvagni ! lança la réceptionniste.

Je me figeai.

— Quoi ?

— Vous oubliez le règlement.

— Contactez ma mère, dis-je. C'est elle qui s'occupe de ça.

— Je suis navrée, mais elle m'a informée que vous étiez salarié, et que vous n'étiez plus couvert par son assurance.

— Attendez... elle veut que je paye la facture ?

— Je crois que c'est ce que nous voulons toutes les deux.

Alors je réglai les honoraires du dentiste, pour la première fois de mon existence.

Et en découvrant le chiffre imprimé en bas de la facture, je compris comment le Dr Miller pouvait s'offrir des sorties de pêche en hélico dans le Top End, la région la plus septentrionale de l'Australie.

Cette douloureuse transaction achevée, j'enfourchai mon vélo puis roulai à tombeau ouvert en direction du zoo, prenant des risques absurdes et empruntant des raccourcis périlleux. Hors d'haleine, je me présentai au guichet à seize heures quarante-trois, plus d'un quart d'heure avant la fermeture.

— Une entrée, s'il vous plaît.

L'employé consulta sa montre.

— Malheureusement, je crains qu'il ne soit trop tard.

— Vous êtes censés fermer à dix-sept heures.

— Ça, c'est l'heure à laquelle tous les visiteurs doivent avoir quitté le zoo. Pas d'entrées après seize heures quarante-cinq.

— Eh, je suis arrivé il y a deux minutes ! protestai-je.

L'employé avait une trentaine d'années. Pratiquement dépourvu de menton, il tentait vainement de cacher sa calvitie en rabattant sur son crâne l'interminable mèche qu'il avait laissée pousser à hauteur de sa tempe droite.

— Revenez demain, et vous aurez toute la journée pour observer les animaux.

Il fallait se rendre à l'évidence : je ne le ferais pas changer d'avis.

Derrière moi se présenta un individu vêtu d'un treillis militaire. *Un gardien*, pensai-je. *Je vais me glisser derrière lui.*

Lorsqu'il se présenta devant le portail réservé au personnel, il y glissa une carte magnétique. Pas moyen de se faufiler.

Au même instant, un pick-up bâché se gara le long du trottoir. Sur la portière latérale figurait le logo d'une société baptisée *Zoo Poo, fumier d'origine animale*. D'un pas tranquille, je marchai jusqu'à l'arrière du véhicule. Lorsque le chauffeur enfonça la pédale d'accélérateur, je sautai sous la bâche.

L'espace réservé au chargement était vide, mais il y flottait une odeur pestilentielle, un fumet évoquant tout à la fois les déjections de chimpanzés et de flamant rose. Quelques secondes plus tard, je me trouvai à l'intérieur du parc zoologique.

Le véhicule roula pendant quelques secondes, puis s'immobilisa dans une zone interdite au public. Les deux hommes assis à l'avant descendirent de la cabine.

— Ça m'a l'air un peu trop mûr, non ? dit l'un d'eux.

— Tu as entendu ce qu'a dit le patron. En ce moment, la demande dépasse l'offre. On ne peut pas se permettre de faire les difficiles.

Ils commencèrent à rouler vers l'avant la bâche sous laquelle j'étais caché. Redoutant d'être découvert, je reculai vers le fond de l'espace de chargement. Armés de pelles, les employés se mirent au travail.

Il existe incontestablement des expériences pires que d'être bombardé de déjections animales – comme recevoir des décharges électriques à l'entrejambe, par exemple –, mais je vécus l'un des moments les plus pénibles de mon existence. Car ces déjections, comme l'avait signalé l'un des employés, étaient particulièrement fétides.

Lorsque l'opération fut achevée, la camionnette se remit en route.

Il n'était plus question de discrétion. Ne songeant plus qu'à fuir ce tas d'immondices, je sautai du véhicule. Par chance, aucun membre du personnel ne remarqua mon manège, et je pus rejoindre tranquillement l'enclos des tortues.

Leur comportement n'avait pas changé depuis ma dernière visite : elles ne faisaient strictement rien. C'était une scène assommante, d'une léthargie contagieuse.

Je m'assis sur un banc et regardai autour de moi. Si Zoe m'avait laissé un message, il était plutôt discret. J'étudiai le panneau pédagogique placé devant l'enclos.

La tortue des Galápagos (nom vernaculaire de diverses espèces menacées, dont la Chelonoidis darwini*) est la plus grande espèce de tortue connue. Son poids peut largement dépasser 400 kg et sa longueur atteint fréquemment 1 m 80. Avec une durée de vie en liberté de plus d'un siècle, sa longévité est l'une des plus importantes du règne animal. Les trois spécimens en exposition ont une cinquantaine d'années.*

Je vivrais longtemps, moi aussi, pensai-je, *si je passais ma vie à glander dans cet enclos.* Puis je remarquai que certaines des lettres étaient signalées par de discrets points tracés au marqueur.

Sentant mon taux d'adrénaline grimper en flèche, je sortis mon iPhone, lançai l'application *notes* et commençai à noter la suite de caractères. J'en étais aux trois quarts de l'opération lorsque j'entendis des pas dans mon dos.

— Le zoo est fermé, lança le gardien que j'avais rencontré lors de ma première visite.

Je l'ignorai et continuai à pianoter sur le clavier virtuel.

— Eh, vous êtes sourd ? Je vous dis que le zoo est fermé !

Il posa une main sur mon épaule puis, comme frappé d'horreur, recula en se pinçant le nez.

— Qu'est-ce que c'est que cette puanteur ? gémit-il.

Je pensais que les employés du zoo étaient accoutumés aux odeurs d'origine animale, mais il semblait au bord de l'asphyxie.

Je tapai la dernière lettre et rangeai mon iPhone dans ma poche.

— Désolé, dis-je. Je sors immédiatement.

Je regagnai la sortie au pas de course. Miracle, mon vélo se trouvait toujours à l'endroit où je l'avais attaché.

Lorsque j'eus pédalé pendant une dizaine de minutes, je m'arrêtai sur le bas-côté afin d'étudier calmement les circonstances. Une personne placée dans ma situation aurait sans doute été pressée de prendre une douche, mais j'avais d'autres priorités. Le temps m'était compté. Je devais déchiffrer ce message et entrer en contact avec les Zolton-Bander. J'étudiai la série de lettres.

R V D R M W R L D T R D L T R R R S X

Bon sang, Zoe ! Pourquoi fallait-il toujours qu'elle complique les choses ? Pourquoi ne m'avait-elle pas adressé un simple message, du style : *Retrouvons-nous à vingt et une heures au café Cozzi.* Non, avec elle, tout finissait par des trucs du genre RVDRMWRLDTRDLTRRRSX.

OK. Concentration. J'étais parvenu à déchiffrer les précédents messages d'Otto et de Zoe, ainsi que ceux de Nitmick et Guzman. Je n'avais aucune raison de douter de mes capacités.

RVDRMWRLDTRDLTRRRSX ?

Première constatation, aucune voyelle. Il ne restait plus qu'à les retrouver et à les mettre à la bonne place.

Voyons voir…

RV ? *Rendez-vous*, sans aucun doute.

À ce stade, j'obtenais donc :

RENDEZ-VOUS DRMWRLDTRDLTRRRSX

DRMWRLD ? La solution me sauta aux yeux : *Dreamworld*, le plus célèbre parc d'attractions de Gold Coast.

Récapitulons :

RENDEZ-VOUS DREAMWORLD TRDLTRRRSX

Je calai sur les lettres suivantes, et décidai de prendre le code à l'envers.

SX ? *Six*, l'heure du rendez-vous.

Restait à découvrir le sens des lettres TRDLTRRR. Dans le contexte, la solution était évidente : *Tour de la Terreur*.

Tous les jeunes de Gold Coast connaissaient cette attraction, officiellement classée parmi les dix plus terrifiantes de la planète.

Il est vrai que j'aime la vitesse, tant qu'elle reste linéaire et fidèle aux lois de Newton. Mais la Tour de la Terreur, c'était une autre histoire. J'étais déjà monté sur cet engin de torture, et j'y avais passé les pires minutes de mon existence – du moins, avant que La Dette ne s'occupe de mon cas.

C'était une courte montagne russe en forme de L. Démarrage à l'horizontale, cent soixante kilomètres à l'heure en sept secondes, un sacré coup de pied aux fesses. Puis décollage à la verticale à quatre-vingt-dix degrés, jusqu'à cent quinze mètres de hauteur. Décélération, puis descente en marche arrière procurant une sensation d'apesanteur pendant très exactement six secondes et demie. Un véritable cauchemar.

Bref : *Rendez-vous à Dreamworld, Tour de la Terreur, à six heures.*

Du soir, cela allait de soi, vu que le parc ouvrait ses portes à dix heures du matin.

Et c'est à cet endroit que les Zolton-Bander m'avaient donné rendez-vous ?

Franchement, n'auraient-ils pas pu m'adresser un simple SMS ?

Jeudi

23. LA TOUR DE LA TERREUR

Je fonçai vers Broadbeach afin de grimper à bord d'une des navettes qui desservaient le parc d'attractions situé à une trentaine de kilomètres du centre de Gold Coast. J'empruntai des voies piétonnes, traversai un centre commercial, grillai une centaine de feux rouges et interceptai in extremis un minibus arborant le logo de Dreamworld.

Le chauffeur pila puis ouvrit la portière. Il se tourna vers les passagers qui avaient déjà pris place à bord du véhicule.

— Vous avez vu ça ? s'exclama-t-il, tout sourires. Certains sont prêts à se faire écraser pour se rendre à... Dreamworld !

Les touristes, des Chinois et des Coréens pour la plupart, le considérèrent d'un œil vide.

J'attachai mon vélo et montai à bord. Dès que la puanteur qui m'environnait parvint aux narines du chauffeur, son visage se décomposa. Je m'installai dans le seul siège inoccupé. Aussitôt, les passagers se mirent à discuter avec animation. Certes, j'ignorais tout du chinois et du coréen, mais j'étais convaincu qu'ils s'interrogeaient sur l'origine de l'odeur pestilentielle qui avait envahi la cabine.

Nous traversâmes Surfer's Paradise, franchîmes le pont menant à Southport puis filâmes sur l'autoroute du Pacifique. Lorsque la navette s'arrêta sur le parking du parc d'attractions, les touristes jouèrent des coudes pour s'en échapper.

Lorsque je me joignis à la foule qui patientait devant les caisses, je pus une nouvelle fois constater l'effet de trouble, de détresse et d'interrogation que provoquait mon odeur.

Quand vint mon tour, je tendis ma carte bancaire à l'employé et pensai à la fortune que mes mésaventures avaient coûté à mon père en bus, taxi, tickets de train et billets d'avion : selon mes calculs, environ un an du salaire moyen d'un travailleur australien.

Dès que j'eus franchi les portes automatiques, je me précipitai vers la boutique de souvenirs où je fis l'acquisition d'un short et d'un T-shirt frappé du logo de Dreamworld. Je me changeai dans les toilettes publiques puis observai mon reflet dans le miroir des lavabos. Le résultat n'était pas aussi catastrophique que je ne l'avais imaginé.

Un coup d'œil à ma montre : dix-sept heures cinquante-quatre, l'heure de me rendre à la Tour de la Terreur.

Quand je me trouvai dans la file d'attente, je cherchai vainement Otto et Zoe du regard. Cette dernière avait-elle enfin fait quelque progrès dans l'art du déguisement ?

À mesure que je progressais dans la queue, je constatai que de nombreux visiteurs se défilaient, vaincus par la trouille, et empruntaient la sortie de secours située à l'entrée de la zone d'embarquement.

Les touristes qui venaient d'affronter l'attraction quittaient les lieux dans un état pitoyable. Leur visage décomposé évoquait *Le Cri*, le célèbre tableau d'Edvard Munch.

Machinalement, j'espionnai un garçon qui, à mes côtés, composait un SMS.

Tour de la Terreur, décollage immédiat.

La réponse lui parvint quelques minutes plus tard :

Je pourrai récupérer ton skateboard, quand tu seras mort ?

Enfin, ce fut mon tour d'embarquer en compagnie de treize autres passagers. Désespéré, je jetai un ultime coup d'œil en arrière : bon sang, mais où étaient-ils passés ?

— Bon, vous avancez, oui ou non ? grogna l'employé chargé du placement des passagers.

— Oui, ça va, j'arrive… m'étranglai-je.

Quelques secondes plus tard, je me retrouvai sanglé à un siège puis propulsé sur les rails à une vitesse invraisemblable. Mes compagnons d'infortune criaient à s'en rompre les cordes vocales. Quant à mes organes internes, ils glissaient lentement mais sûrement vers mon œsophage.

Par pitié, arrêtez de hurler comme ça ! pensai-je, avant de réaliser que le son perçant qui me blessait les tympans sortait de ma propre gorge.

Le wagonnet se figea au sommet de la tour puis entama une vertigineuse descente en marche arrière.

Au secours. Faites que ça s'arrête.

Lorsque je posai le pied sur le quai, mes jambes étaient aussi fermes que des spaghettis trop cuits.

— Dom ? lança une voix féminine.

— Pas maintenant, dis-je, pressé de quitter au plus vite ce lieu de cauchemar.

— Dom ! répéta la voix, plus insistante.

Je jetai un coup d'œil par-dessus mon épaule. Zoe se trouvait derrière moi, grimée en poupée punk-emo.

— Dom, tu ne te sens pas bien ?

Je lui lançai un regard épouvanté.

— Tu es monté sur ce truc ? s'étonna-t-elle.

— Évidemment ! braillai-je. C'est ici que vous m'avez donné rendez-vous !

— Eh, arrête de crier, dit-elle.

Elle saisit mon poignet et me tira jusqu'à la cafétéria qui jouxtait l'attraction. Elle commanda des boissons, puis nous nous assîmes dans un angle de la salle.

J'avais retrouvé ma contenance et rangé mon escapade sur la Tour de Terreur au rayon des mauvais souvenirs. Mais les Zolton-Bander étaient particulièrement tordus et manipulateurs, et je redoutais d'avoir perdu quelques neurones lors de mon excursion à la verticale. Je devais à tout prix rester concentré.

— Tu as contacté Roxas ? demanda Zoe.

— Oui, et il m'a conseillé de contacter une certaine Cory Morales, une employée de l'ambassade des Philippines de Brisbane.

En vérité, j'avais trouvé ce nom sur Google.

Évidemment, je n'avais jamais contacté Roxas, puisqu'il n'était plus de ce monde. Et je n'avais pas contacté Cory Morales. Mais Zoe sembla gober ces mensonges, les premiers d'une longue liste qu'il me faudrait lui servir pour mener mon plan à bien.

— Et ? demanda Zoe.

— Elle dit que c'est faisable.

— Ils vont récupérer le... hum... chargement ?

— Oui.

— Et ils l'utiliseront pour une bonne cause ?

— Ouais. Écoles, hôpitaux, ce genre de trucs. Elle a dit que cette aide serait la bienvenue pour un pays pauvre comme les Philippines.

N'étais-je pas en train d'en faire un peu trop ?

Zoe marqua une pause.

— Dom, je peux te faire confiance ?

Elle ose douter de moi ? pensai-je. *Franchement, c'est l'hôpital qui se fout de la charité.*

— Évidemment. Donc, voilà le topo : légalement, l'ambassade se situe en territoire philippin. Dès que le chargement s'y trouvera, les autorités australiennes ne pourront rien faire pour le récupérer.

Zoe s'accorda quelques secondes de réflexion. Elle sortit son mobile, ôta le capot arrière, retira la carte SIM et la remplaça par une puce FunTel. Elle composa un numéro – celui de son frère, sans l'ombre d'un doute –, puis s'éloigna de la table pour entretenir une conversation privée.

Cinq minutes plus tard, elle revint s'asseoir à mes côtés.

— Ça marche, dit-elle.

— Alors, quand ? demandai-je.

— C'est quoi, cette question ? demanda-t-elle, l'air suspicieux.

— Mon contact doit se trouver sur les lieux pour réceptionner la marchandise. Sinon, elle pourrait tomber entre de mauvaises mains.

— Demain, à midi, lâcha Zoe.

— Excellent. Et quel véhicule allez-vous utiliser ?

— Pour les détails, je t'enverrai un SMS, sourit-elle. Ça dépendra de ce qu'Otto pourra emprunter.

Lorsque nous nous séparâmes, j'eus l'impression de flotter à dix centimètres du sol : mon plan était sur les rails.

Désormais, il ne me restait plus qu'à avertir La Dette.

Et la séance d'entraînement des Gold Coast Sharks avait lieu le soir même. C'était plutôt étrange : pour entrer en contact avec mes employeurs, il me fallait enchaîner les tours de piste, car Seb était mon seul contact avec eux.

La navette me déposa à Broadbeach à dix-huit heures trente. Je détachai mon vélo et me rendis au club d'athlétisme, où je me présentai avec une dizaine de minutes de retard. Dans les vestiaires, je tombai sur Mrs Sheeds.

— Eh, tu ne serais pas allé à Dreamworld, des fois ?

Un trait d'ironie surprenant de sa part, vu qu'elle n'avait strictement aucun sens de l'humour.

— Non, qu'est-ce qui vous fait dire ça ?

Elle désigna mes vêtements portant le logo du parc d'attractions.

Colin fit son apparition, sifflet et chronomètre autour du cou.

— Salut, Dom. Dépêche-toi de te changer, s'il te plaît.

— À vrai dire, je vais courir comme ça, dis-je.

— Très drôle.

Jusqu'alors, je n'avais jamais remarqué à quel point ses dents énormes et jaunies ressemblaient à celles d'un cheval.

— Je ne plaisante pas, insistai-je. Désolé, mais j'ai eu une journée compliquée.

— Comme tu voudras, Dreamworld. Allez, en piste.

J'allai droit à la rencontre de Seb, mais il détala comme un lapin. Peut-être avait-il été refroidi par notre dernière séance d'entraînement ; peut-être était-ce ma puanteur qui le repoussait. Quoi qu'il en soit, son comportement me compliquait la vie. Sans lui, sans l'accord de La Dette, mon plan n'avait aucune chance de fonctionner.

Sur ordre de Colin, nous nous réunîmes à hauteur de la ligne de départ.

— Entraînement fractionné, annonça-t-il. Par binômes, dix fois quatre cents mètres, temps de récupération d'une minute. Seb, tu feras équipe avec Dreamworld, comme la dernière fois.

Notre binôme s'élança en quatrième position.

Je détestais le quatre cents mètres. De mon point de vue, cette discipline était réservée aux masochistes. Ce n'était ni un sprint, comme le cent ou le deux cents mètres, ni une épreuve d'endurance, comme le huit cents ou le mille cinq cents mètres, où tout est affaire de rythme et de stratégie. C'était un entre-deux, une torture, un martyre.

Seb mit le turbo dans la première ligne droite. Je lui collai au train.

— J'ai un message à leur faire passer, dis-je à l'amorce du premier virage.

Il resta muet.

— Tu m'as entendu ? J'ai un message pour eux.

Pas plus de réaction. Seb gardait les yeux braqués droit devant lui. Et il courait comme un dératé. À l'issue du tour de piste, je buvais sérieusement la tasse, mais nous franchîmes la ligne en même temps puis nous regagnâmes la ligne de départ au petit trot.

Lorsque Colin eut lancé le deuxième quatre cents mètres, Seb imposa un rythme encore plus soutenu. Je n'avais pas beaucoup de souffle à gaspiller, mais j'avais impérativement besoin d'une réponse.

— L'or de Yamashita sera à vous demain si vous suivez mes consignes, dis-je, espérant susciter une réaction de sa part.

Pour toute réponse, il durcit la cadence. Je n'avais aucune raison de m'accrocher. Après tout, ce n'était qu'une course d'entraînement. Pourtant, il était hors de question de laisser Seb me battre. Hors de question.

Pour la seconde fois, il fut impossible de nous départager. Seb tourna les talons pour rejoindre la ligne de départ. J'étais à bout de forces, et il me restait huit quatre cents mètres à avaler. C'était humainement impossible.

— Go ! aboya Colin.

J'eus beau remettre la gomme, Seb refit rapidement son retard. Comment pouvait-il tenir une telle forme ? Il franchit la ligne en tête, avec plus d'un mètre d'avance.

Laisse tomber, pensai-je. *Ça n'a aucune importance.*

Dès que je repris position sur la ligne de départ, je changeai radicalement de point de vue. L'enjeu était immense : une livre de chair !

— Vous êtes à fond, les gars, sourit Colin. Allez, c'est reparti !

Une fois de plus Seb donna tout ce qu'il avait. J'étais décidé à faire front. J'avais mal, je vivais l'enfer.

— Le trésor… haletai-je. Il… sera… livré… à l'ambassade… des Philippines… de Brisbane… demain… à midi…

La course se solda par un match nul.

Allez, encore un sprint, et je pourrais laisser tomber.

— Go ! répéta Colin.

Seb me faisait l'effet d'un être hybride, mi-Ben Johnson, mi-Formule Un. À quoi pouvait-il carburer ?

Laisse filer ce salaud, pensai-je.

Mais il y avait encore une chose qu'il devait savoir. Alors je puisai dans mes ultimes ressources, et refis mon retard.

— Je t'enverrai un SMS avec la description et la plaque minéralogique du véhicule.

Voilà, c'était dit. Maintenant, je pouvais lâcher l'affaire. Sauf que Seb trahissait quelques signes de fatigue. Sa foulée était moins fluide, sa respiration hachée. Il était sur le point de craquer.

— Je te tiens, soupirai-je, parvenant avec beaucoup de difficulté à aligner ces trois mots.

Et ce sont eux, je crois, qui grillèrent mes dernières cartouches.

Seb me battit sur la ligne. Oh, pas de grand-chose. Un centimètre ou deux, pas plus.

Nous nous attardâmes longtemps sur la ligne d'arrivée, pliés en deux, les mains posées sur les genoux.

— Eh, venez un peu par là ! lança Colin. L'entraînement n'est pas terminé !

Mais nous n'avions plus rien dans les jambes. Lorsque nous eûmes parcouru les derniers tours de piste au petit trot, il nous prit à l'écart.

— Je voudrais que vous participiez aux championnats nationaux cette année, annonça-t-il.

— C'est une course réservée aux adultes, fis-je observer.

— Eh bien, il se trouve que j'ai bien étudié le règlement, et je n'ai rien trouvé qui vous empêche de concourir. Alors, qu'est-ce que vous en dites ?

— Pourquoi pas ? dis-je.

Et pendant une seconde, une délicieuse seconde, j'oubliai tout ce qui clochait dans ma vie. Comme avant, je ne songeais plus qu'à courir, rien qu'à courir.

Colin m'adressa une grande claque dans le dos.

— Je savais que tu ne me décevrais pas, Dreamworld.

Jeudi

24. UN ENDROIT PLUS CONFORTABLE

Je n'avais aucune envie de rentrer à Halcyon Grove. Ni chez Gus, ni chez mes parents. Alors je roulai jusqu'à la plage et en profitai pour m'entraîner à pédaler sans poser les mains sur le guidon, les bras croisés sur la poitrine. J'attachai mon vélo à un poteau, et commandai un sandwich au poulet à un stand de kebabs.

— Quelle sauce ? demanda le serveur.

— Qu'est-ce que vous avez ?

— Houmous, sauce blanche, tomate, harissa.

— Mettez-moi un peu de chaque.

— Comme vous voudrez.

Tandis que je réglais l'addition, un martèlement de djembés parvint à mes oreilles.

— Et c'est reparti, dit le serveur en levant les yeux au ciel. C'est l'heure des tam-tams.

Tout en grignotant mon sandwich, je me dirigeai vers la plage, où je trouvai une vingtaine de percussionnistes assis en cercle sur des caisses en plastique. Ils arboraient le look typique des marginaux de Byron Bay : tatouages tribaux, dreadlocks, vêtements en fibre naturelle et pieds chaussés de sandales.

Étrangement, ils étaient excellents, très disciplinés. Leur musique était complexe et puissante. Les vibrations produites par leurs instruments résonnaient dans tout mon corps.

À l'instant où je terminai mon kebab, trois filles brandissant des bâtons aux extrémités enflammées apparurent au centre du cercle et se lancèrent dans une chorégraphie parfaitement synchronisée. Et je reconnus l'une d'elles : c'était PJ.

Bon sang, comment osais-je seulement la regarder ? J'avais froidement envisagé de tuer son frère. Et même si j'avais abandonné ce projet, je n'en éprouvais pas moins une vive culpabilité.

Lorsque leurs bâtons s'éteignirent, l'une des filles fit circuler un chapeau parmi les spectateurs. J'allai à la rencontre de PJ.

— Salut, dis-je.

Elle me regarda droit dans les yeux et m'adressa un sourire lumineux.

— Dom ! Qu'est-ce que tu fiches ici ?

— Tu ne m'appelles plus Grammar Boy ?

— Non, pas ce soir, dit-elle. Dis donc, elles sont terribles, tes fringues…

J'avais oublié que je portais ces vêtements ridicules, et qu'ils étaient désormais auréolés de taches de sueur, un souvenir de mon duel avec Seb.

— C'était super, votre danse.

PJ esquissa une révérence.

— Merci, dit-elle. On se produit souvent sur cette plage.

— Tu m'avais caché que tu avais un job.

— Un job ? Disons que c'est une façon sophistiquée de faire la manche.

Sur ces mots, elle me prit par la main.

— Viens, on va s'asseoir.

Nous nous joignîmes aux percussionnistes. Une lanterne placée au centre du cercle illuminait leurs visages, leurs mains qui martelaient les peaux. J'étais si proche de PJ que nos cuisses se touchaient. Le rythme des tambours s'accéléra, leur volume s'amplifia puis l'un des musiciens lança un *yeah !* et tout s'arrêta. Une bouteille de bourbon circula de main en main. Je me contentai de la passer à mon voisin.

— Tu veux t'essayer au djembé ? demanda PJ.

— Non, je vais me couvrir de ridicule.

— Allez, vas-y, dit-elle en plaçant un instrument entre mes jambes. Ça n'a rien de sorcier.

Elle m'expliqua comment positionner mes doigts sur la peau. Mais quand les percussionnistes se remirent à jouer, je gardai les mains posées sur les genoux.

— Bon, d'accord, soupira PJ. Contente-toi d'écouter et de te laisser pénétrer par le rythme.

Après quelques mesures, je réalisai que ce n'était pas si compliqué, juste un motif assez simple qui tournait en boucle. Je regardai les musiciens et leur trouvai l'air plutôt bienveillant. Après tout, peut-être ne se payeraient-ils pas ma poire si ma prestation n'était pas à la hauteur.

Je donnai un coup de la main droite. Puis de la gauche. Cette courte tentative ne suscita aucune protestation. PJ m'adressa un sourire encourageant. Je renouvelai cet enchaînement – droite, gauche, droite, gauche –, me concentrant sur les différences de sonorités selon l'endroit où je frappais l'instrument. Toujours pas de réaction de la part des percussionnistes. Je continuais à faire tourner ce rythme élémentaire lorsque je fus frappé par un éclair de lucidité : qu'est-ce que je fichais sur cette plage, en train de martyriser un djembé, alors que j'avais un contrat à remplir et une arnaque à organiser ?

Comme pour enfoncer le clou, mon iPhone lâcha un signal sonore. C'était Gus, qui s'inquiétait de mon absence. Je répondis par un simple *J* et retournai à mon instrument.

Soudain, un musicien lança un cri joyeux, puis le silence se fit.

Oh, j'avais raté le signal. Et continué à jouer, pendant une mesure complète. Le résultat était anémique, maladroit, absolument désespérant.

— Pause clope, annonça PJ.

L'un des percussionnistes s'empara d'une guitare acoustique et commença à en gratter les cordes. Une discussion animée s'engagea.

— Ce gouvernement n'est qu'une bande d'incapables, lança un jeune homme aux dreadlocks interminables.

Tout le monde semblait partager ce point de vue.

— Le Zolt est le seul à se dresser contre le système, dit le guitariste.

De nouveau, cette affirmation fit l'unanimité. Le Zolt faisait figure de héros au sein de cette faune de marginaux. Ils continuèrent à parler de lui, lui accordant des capacités surhumaines.

Ce n'est qu'un grand type tout maigre avec une voix de fausset incapable de poser un avion sans froisser de la tôle, pensai-je.

— Gaffe, les flics ! lança l'un des musiciens.

Deux policiers en uniforme, un gringalet et un type aux cheveux blancs, se postèrent au centre du cercle.

— La fête est terminée, dit ce dernier. Remballez vos tam-tams et rentrez chez vous.

Ils ne faisaient que leur boulot, certes, mais ce soir-là, ce boulot consistait à empêcher des individus pacifiques de jouer du djembé sur une plage déserte.

— Ils ne font rien de mal, dis-je, saisi par un sentiment de révolte.

PJ me donna un discret coup de coude dans les côtes. *Ferme-la !*

Le vieux flic claqua dans ses mains.

— Je vous ai demandé de vous tirer ! C'est un ordre !

— Et moi, je vous demande ce qu'ils font de mal, insistai-je, gagné par la fièvre révolutionnaire.

— Ton nom, dit le policier en sortant un calepin de la poche de sa chemise.

— Dominic, répondis-je.

— Dominic comment ?

— Silvagni.

Le stylo qui courait sur le carnet se figea.

— Silvagni ? Comme David Silvagni ?

— Ouais, c'est mon père.

Mon interlocuteur en resta bouche bée. Il ferma son carnet, s'écarta de quelques mètres et porta son mobile à l'oreille.

Une minute plus tard, mon iPhone sonna. Un appel de ma mère. Elle était hors d'elle.

— Qu'est-ce que tu fabriques sur la plage à une heure pareille ? gronda-t-elle.

Je ne cherchais même pas à lui servir une excuse plausible. Après tout, nous ne vivions plus sous le même toit.

— Je passe un moment agréable, dis-je.

— Et à quelle heure comptes-tu rentrer chez Gus ?

— Je ne sais pas, dis-je. Rien ne presse. Je vais bien, maman. Ne t'inquiète pas.

Un silence, puis elle dit :

— Laisse ton téléphone allumé, d'accord ? Et si tu as le moindre problème, appelle-moi.

— Entendu, conclus-je.

Je mis fin à la communication et me tournai vers PJ.

— Veux-tu que je te dépose quelque part ?

— Tu as une voiture ?

— Non, un vélo.

— OK, pourquoi pas, s'esclaffa-t-elle. C'est toujours mieux que rien.

Extrêmement menue, PJ n'eut aucun mal à prendre place sur le guidon.

— À la forêt du Prêcheur ? demandai-je.

— Non, on a fait un bond dans l'échelle sociale, sourit-elle. Conduis-moi au Spit.

Je supposai qu'ils vivaient désormais près de la digue, dans l'un des cabanons abandonnés. Tandis que nous longions le bord de mer sur la piste cyclable, une question me taraudait : pour quelle raison ce flic possédait-il le numéro de téléphone de ma mère ?

— Dom ?

— Oui, PJ ?

— Je te remercie pour ce que tu as fait pour moi, l'autre fois.

— Tais-toi donc, dis-je. Ce n'est rien.

Enfin, presque rien. On m'avait juste menacé d'un flingue, puis on m'avait tiré dessus. Et même si, au bout du compte, j'avais découvert que l'arme n'était qu'un briquet, j'avais eu quelques sueurs froides.

Soudain, je roulai sur une langue de sable qui s'était accumulée au bord de la piste. La roue arrière chassa, puis le vélo heurta une borne et nous terminâmes notre course étalés sur la pelouse.

— PJ, tu vas bien ? Je suis désolé.

— C'est bon, il n'y a pas de casse, gloussa-t-elle.

Elle posa une main sur ma joue, puis elle approcha son visage du mien jusqu'à ce que nos lèvres se touchent. Et je ne fis rien pour me dérober à ce baiser.

Bizarrement, je commençai par me sentir un peu coupable. N'étais-je pas censé être amoureux d'Imogen ? Puis je songeai à Tristan, aux horreurs qu'il avait proférées à son sujet, et toute culpabilité s'envola.

Ce baiser dura quelques siècles, puis PJ s'écarta, le souffle court.

— Si nous allions dans un endroit plus confortable ?

Où ça ? Dans son cabanon miteux ? À vrai dire, cela m'importait peu, tant que j'étais avec elle, tant que je pouvais l'embrasser encore, et encore, et encore.

— Nous ne sommes plus très loin. On peut continuer à pied.

Alors nous nous mîmes en route. J'avais une main sur le guidon du vélo et l'autre dans la sienne. Elle était tiède, légèrement humide. Je pouvais sentir son pouls, et il était étonnamment rapide.

Bientôt, nous nous engageâmes dans une rue bordée de riches demeures.

— On y est, dit PJ. Tu peux laisser ton vélo.

Je l'attachai à une clôture, puis elle m'entraîna vers une villa ceinte d'un haut mur. Quelque chose me disait que ce que nous nous apprêtions à faire n'était pas tout à fait légal, mais j'étais assez mal placé pour prodiguer des leçons de civisme.

Nous fîmes halte devant le portail en fer forgé. La construction rivalisait en élégance avec les villas les plus luxueuses de Halcyon Grove. Comment PJ comptait-elle y entrer ?

À mon grand étonnement, elle se contenta de sortir une clé de sa poche et de la faire tourner dans la serrure. Nous nous glissâmes tous deux à l'intérieur de la propriété.

— À qui appartient cette baraque ?

— Aux Bonthron, dit-elle.

L'oncle et la tante de Charles Bonthron, pensai-je.

— Tous les ans, à cette époque de l'année, ils partent aux sports d'hiver à Aspen, expliqua PJ. Et ils laissent toujours la clé sous le même bac à fleurs, accessible depuis l'extérieur.

— Caméras de surveillance ?

— Neutralisées.

— Brandon est ici ?

— Il est sans doute en train de regarder un DVD. En fait, c'est à ça qu'il passe ses journées.

Elle poussa la porte d'entrée et nous entrâmes dans un couloir tapissé d'une épaisse moquette. J'ignorais si Mr et Mrs Bonthron étaient plus fortunés que mes parents mais, des toiles qui ornaient les murs au lustre suspendu au plafond, ils collectionnaient les signes extérieurs de richesse.

Au fond du couloir, dans l'entrebâillement d'une pièce latérale, j'aperçus la lumière mouvante produite par un écran de télévision. Puis j'entendis des crissements de pneus et des détonations. Pas d'inquiétude, ce n'était que la bande-son d'un film d'action.

— Je vais voir comment il va, dit PJ. Je reviens dans une minute.

Elle longea le couloir et se glissa dans la chambre, me laissant seul dans le vestibule.

Bon sang, qu'est-ce que je fichais là ? Pourquoi m'exposais-je au risque d'être interpellé par la police et accusé de violation de domicile ?

Parce que j'étais aveuglé par ce que je ressentais pour PJ, tout simplement. Dans quelques secondes, nous nous embrasserions de nouveau. *Dans un endroit plus confortable.*

Puis un cri perçant se fit entendre. PJ tituba dans le couloir, les lumières de la télévision se reflétant sur son visage déformé par l'angoisse.

— Brandon s'est tué ! hurla-t-elle.

Je la suivis à l'intérieur de la chambre. Brandon était étendu face contre terre. À côté de lui, plusieurs flacons de médicaments vides.

— Il a souvent menacé de se foutre en l'air, bégaya PJ. Mais jamais je n'aurais pensé que…

Sa phrase s'acheva dans un sanglot.

Je m'agenouillai près de Brandon, saisis son poignet et sentis un pouls fuyant.

— Il est en vie, dis-je en sortant mon iPhone.

Je composai le zéro, le zéro… et me ravisai.

— Ils ne me croiront pas, dis-je. J'ai déjà eu des ennuis avec les services d'urgence. Ils ont forcément enregistré mon numéro. Toi, appelle-les.

Elle décrocha le téléphone fixe posé sur la table de nuit.

— PJ, je ne peux pas être là à l'arrivée des flics, dis-je avant qu'elle n'ait pu composer le triple zéro. Tiens-moi au courant par SMS, d'accord ?

— Comme tu voudras, Grammar Boy, dit-elle d'une voix blanche.

Et je pouvais lire dans ses pensées comme dans un livre ouvert : à ses yeux, je ne songeais qu'à protéger ma réputation de gosse de riche.

Mais je disposais de trop peu de temps pour me lancer dans de longues explications. Je ne pouvais pas prendre le risque d'être arrêté à la veille du braquage. Alors je quittai la villa en courant, détachai mon vélo et fonçai dans l'obscurité.

Je reçus un SMS de PJ à l'instant où je freinais devant la maison de Gus.

Brandon est tiré d'affaire.

Moi : *Super.*

Elle : *Hôpital public de GC, chambre 2D, si tu veux lui rendre visite.*

Je trouvai Gus attablé dans la cuisine, plongé dans la lecture d'un magazine d'athlétisme. Il considéra longuement ma tenue siglée *Dreamworld* et lâcha :

— Tu as passé une bonne soirée ? demanda-t-il.

— Tu n'as même pas idée.

25. UN BALLON PERCÉ

Le lendemain, soucieux de ne pas éveiller les soupçons, je choisis de me rendre au boulot, comme si de rien n'était.

Tandis que je montais mon vieux vélo d'emprunt à l'étage, Face de rat quitta son comptoir et lança :

— Eh, toi !

— Quoi ?

— La bécane.

— Pardon ?

— L'argent, dit-il.

— Je vous ai déjà filé une caution.

— Si tu veux garder le vélo, ce n'est pas suffisant.

— Je pensais que la caution était égale à la valeur de l'article.

— Est-ce que j'ai l'air tombé de la dernière pluie ? Cette bécane coûte au moins cent dollars.

— Je vous en offre soixante.

— Quatre-vingts.

— Soixante-dix.

— Soixante-quinze.

— Marché conclu.

Je payai les vingt-cinq dollars manquants et le vieux VTT fut officiellement à moi. Enfin, jusqu'à ce que son véritable propriétaire reconnaisse son infâme travail de peinture et s'écrie :

— Eh, c'est mon vélo, celui qu'on m'a volé dans le garage !

Ce qui, il fallait voir les choses en face, ne tarderait pas à arriver.

Dès que je fus assis dans mon box, de vieilles connaissances commencèrent à défiler aux toilettes : Nitmick, Guzman, Snake et les frères Lazarus. Puis ils se rassemblèrent dans le bureau de Hound et poussèrent le verrou derrière eux.

— Qu'est-ce que ça veut dire ? demandai-je à Jodie, quelque peu vexé de ne pas avoir été convié à cette petite réunion.

— Je ne sais pas trop, mais je pense qu'il s'agit d'une affaire importante.

Mon patron ne m'ayant confié aucun dossier, je décidai de poursuivre mon enquête sur Gold Coast Investissements. Et chaque élément que je mettais à jour convergeait vers la même conclusion invraisemblable : la société n'avait pas un sou, pas le moindre capital. Au contraire, elle avait accumulé une dette considérable auprès de plusieurs établissements bancaires de première importance.

Je n'eus aucune difficulté à évaluer le montant de l'ardoise.

Gold Coast Investissements devait 23,6 millions à la Westpac.

Et 3,5 millions à la Macquarie.

Et 2,4 millions à la Citibank.

J'aurais aimé avoir suivi l'exemple de Peter Eisinger, qui s'était orienté vers les études commerciales. Car il fallait bien le reconnaître, toute cette affaire était encore très floue dans mon esprit. Mais je connaissais un spécialiste qui pouvait éclairer ma lanterne : Mr Jazy.

Et il travaillait à proximité de l'agence.

J'imprimai les chiffres que j'avais mis au jour en m'assurant que le nom de la société n'apparaissait nulle part, puis j'informai Jodie que je m'absentais pendant une trentaine de minutes.

Quinze minutes plus tard, je me présentai au bureau de Mr Jazy. La secrétaire m'adressa un regard suspicieux, disparut dans une pièce adjacente puis revint accompagnée de son boss en chair et en os.

La barbe de Mr Jazy, si mal en point durant le coma de Tristan, avait retrouvé son lustre d'antan.

— Dom ! s'exclama-t-il. Je suis tellement content de te revoir !

Toujours chaleureux et enthousiaste. Comment avait-il pu engendrer un fils aussi détestable ? En vertu des règles de la biologie, ce dernier avait hérité de cinquante pour cent des gènes de son père. Hélas ! lorsqu'il avait pioché l'autre moitié de son capital génétique, il était tombé sur un lot défectueux.

– Allons dans mon bureau, Dom.

C'était une pièce agréable, à l'ameublement sobre, aux murs décorés de photos de famille.

– Tristan m'a appris que tu avais quitté le lycée.

– C'est exact, confirmai-je.

Je me préparai à supporter une énième leçon sur l'irresponsabilité dont j'avais fait preuve en abandonnant mes études, sur la façon dont j'avais réduit mes chances dans l'existence, le bla bla habituel.

– Tu sais, tout le monde n'est pas fait pour le lycée et les études universitaires. Il y a d'autres moyens de réussir dans la vie, tant qu'on a la tête sur les épaules et le goût de l'effort. Alors, Dom, comment puis-je t'aider ?

Apparemment, il ne me tenait pas rigueur d'avoir foutu le feu à sa piscine et à son mobilier de jardin, ni même d'avoir, de façon certes détournée, plongé son fils dans le coma.

– Vous vous souvenez du jour où vous m'avez dit que le marché immobilier de Gold Coast n'était qu'un immense système de Ponzi ?

— Oui, et je le maintiens. Seulement, personne ne m'écoute. On dit que je suis un rabat-joie, un empêcheur de faire des affaires en rond.

— Je travaille pour Hound de Villiers, un enquêteur privé, et il m'a demandé de vérifier la situation d'une société de prêt que je n'ai malheureusement pas le droit de citer, secret professionnel oblige.

— Ah tiens ?

— Et je me demandais si vous pouviez jeter un coup d'œil à certaines informations, dis-je en lui soumettant la feuille où figuraient les chiffres.

Il chaussa une paire de lunettes et étudia le document pendant quelques minutes.

En règle générale, il est difficile de deviner les pensées d'un individu à la barbe aussi fournie, mais son visage exprimait une extrême inquiétude.

— C'est pire que tout ce que j'avais pu imaginer, soupira-t-il.

— Vraiment ?

— Oh oui. Et tout cela pourrait se révéler catastrophique pour l'ensemble du secteur.

— Attendez, il y a une chose que je ne comprends pas... Pourquoi poursuivent-ils leurs activités ? Je veux dire, ils n'ont plus un sou, mais ils continuent à en prêter.

— Parce qu'ils ne peuvent pas s'arrêter.

— Vous pouvez être plus clair ?

— Imagine un ballon percé. Si tu continues à le gonfler, cette fuite n'est pas un problème. Mais dès que tu arrêtes de pomper, ce ballon est à plat en quelques secondes. À Gold Coast, les prix de l'immobilier ont flambé de façon artificielle. Bientôt, il n'y aura plus d'acheteurs pour alimenter cette pompe à fric, et le système s'écroulera.

— OK, je comprends mieux, dis-je en récupérant ma liste. Je vous remercie infiniment, Mr Jazy.

Dès que j'eus quitté le bureau, je reçus un SMS provenant d'un numéro qui ne figurait pas dans le répertoire.

Envoie le modèle et la plaque d'immatriculation du véhicule à ce numéro.

Puis mon téléphone se mit à sonner.

— Eh, Sang Neuf, quand seras-tu de retour au bureau ? demanda Hound de Villiers.

— Je suis déjà en route.

— OK. Dans ce cas, tu seras là dans une dizaine de minutes, n'est-ce pas ?

— Ouais, dans ces eaux-là.

En vérité, je mis huit minutes à regagner le bureau. Cigarette aux lèvres, Hound et ses associés m'attendaient sur le trottoir. On se serait cru dans un film de Quentin Tarantino.

— Nous allons faire un petit voyage dans le Nord, dit Hound en m'aidant à attacher mon vélo. Une affaire urgente à régler.

— Vous voulez que je vous accompagne ?

— Évidemment. Tu fais partie intégrante de l'organisation. Où en serions-nous sans toi ?

En ce cas, pourquoi avais-je été exclu de la réunion ? Pourtant, je fus sensible à cette flatterie. J'avais le sentiment d'appartenir à cette équipe, et j'avais la conviction d'avoir pris la meilleure décision de ma vie en quittant le lycée.

— Et où va-t-on, exactement ?

— Tu le sauras le moment venu, Sang Neuf. Et je te garantis que tu ne seras pas déçu.

Vendredi

26. JUSTE LES AFFAIRES

Hound, l'un des frères Lazarus et moi avions pris place à bord du Hummer. Le reste des associés suivait dans une Subaru beaucoup plus discrète. Le trajet se déroula sans événement notable. La conversation tourna autour du rugby. Pas de chance. Tout ce que je savais de ce sport, c'était que les joueurs s'y disputaient une balle de forme ovale et quittaient le terrain dans un état lamentable.

Au fond, cela me convenait très bien : j'avais tout loisir de garder un œil sur l'écran de mon iPhone, sur l'horloge et l'icône *messages*.

À onze heures vingt-deux, nous passâmes à hauteur d'un panneau indiquant la direction de Fortitude Valley.

— C'est quoi, votre projet ? demandai-je. Une tournée des bars ?

Car Fortitude Valley, un quartier du nord-est de Brisbane, présentait une concentration exceptionnelle de cafés, de clubs et de salles de jeu. C'était le lieu de rendez-vous favori des fêtards, des ivrognes et des flambeurs de la région.

— On ne mélange jamais loisirs et boulot, répondit Hound.

Nous nous engageâmes sur une large avenue bordée d'immeubles d'habitation et d'ensembles de bureau. En jetant un regard à la lunette arrière, je constatai que la Subaru s'était garée le long du trottoir. Nous continuâmes sur deux cents mètres avant de nous immobiliser à notre tour.

Il était onze heures quarante-sept.

— Qu'est-ce qu'on fait ici ? demandai-je.

— Si tu veux réussir dans le métier, tu vas devoir apprendre à être patient, Sang Neuf. C'est la clé de notre activité.

Onze heures cinquante et une.

Pourquoi Otto et Zoe ne m'avaient-ils pas encore transmis la description du véhicule ? Ils devaient avoir pris les dispositions nécessaires depuis longtemps.

Je n'eus pas le temps de ruminer ces considérations, car presque aussitôt, mon iPhone émit une sonnerie annonçant la réception d'un SMS. Hound et le frère Lazarus tressaillirent comme s'ils avaient reçu une décharge électrique. Qu'avait-elle de spécial, cette sonnerie ? Qu'est-ce qui les mettait dans cet état ? Quelque chose clochait dans leur comportement.

Je consultai le message.

Van bleu BYT 654

Je cliquai sur le message, sélectionnai *options* puis le transférai au numéro que m'avait indiqué La Dette.

Deux secondes plus tard, Hound jeta un coup d'œil à son smartphone. Il composa un SMS, tourna la clé de contact puis mit la gomme.

Alors, j'eus une illumination. Comment avait-il pu savoir que je me trouvais à une dizaine de minutes de l'agence, lorsqu'il m'avait passé un coup de fil, à la sortie du bureau de Mr Jazy ?

Parce qu'il me suivait à la trace, tout simplement. Et pas que depuis ce matin, mais au moins depuis qu'il m'avait embauché.

Hound s'arrêta une nouvelle fois au bord de la chaussée. Et là, sur le trottoir opposé, je découvris un immeuble moderne au fronton duquel flottait un drapeau bleu, blanc et rouge orné d'un soleil stylisé : nous nous trouvions devant l'ambassade des Philippines.

Ce salaud ne se contentait pas de suivre mes déplacements. Il espionnait aussi mes appels téléphoniques et mes SMS ! En outre, Miranda m'avait expliqué qu'il était possible d'activer à distance le micro d'un téléphone afin d'écouter les conversations de son propriétaire vingt-quatre heures sur vingt-quatre.

Bref, je m'étais fait avoir comme un bleu. Et moi qui croyais qu'il m'avait embauché en raison de mes compétences...

— Espèce d'enfoiré, grognai-je.

D'un geste vif, Hound tenta de m'arracher mon iPhone, mais je me débattis. Le frère Lazarus me colla un violent coup de poing à la tempe, et je dus abandonner l'appareil.

— C'est parti, dit ce dernier, son propre téléphone à l'oreille.

J'espérais de tout mon cœur que les hommes de La Dette prendraient ces traîtres de vitesse et seraient les premiers à mettre la main sur le van. Mais je n'avais plus aucun moyen de les prévenir. Je n'étais plus qu'un simple spectateur affligé d'une migraine carabinée.

Sur la chaussée, les voitures, prises dans les encombrements, roulaient au pas. En me tournant, je vis le van bleu immatriculé BYT 654 rouler dans notre direction. Et je ne fus pas le seul, puisque Hound se mit à brailler dans son mobile :

— Cible à dix mètres, dit-il. Je répète, cible à dix mètres. Je vais lui barrer la route.

Son plan était limpide. Il allait bloquer le fourgon, puis les occupants de la Subaru, se présentant par-derrière, feraient main basse sur le trésor et l'entasseraient à l'arrière du Hummer, qui prendrait alors la fuite sur une avenue parfaitement dégagée. Simple, voire élémentaire, mais cette stratégie avait toutes les chances de réussir.

Hound donna un coup de volant vers la droite, si bien que l'imposant véhicule obstrua les deux voies de circulation. Le conducteur du van actionna vainement son avertisseur. La Subaru s'immobilisa à deux mètres de son pare-chocs arrière, puis Snake et le second frère Lazarus en descendirent, laissant Guzman et Nitmick se charger de la surveillance.

Lazarus n° 2 brandit un pied-de-biche et s'attaqua à la portière arrière du van.

Alors, à plusieurs dizaines de mètres de là, je vis deux motos chevauchées par des pilotes vêtus de noir zigzaguer entre les véhicules à l'arrêt.

Le premier d'entre eux mit Snake hors de combat d'un coup de matraque télescopique. Lazarus, lui, reçut une giclée de gaz lacrymogène en plein visage.

Au même instant, j'entendis le son produit par les pales d'un hélicoptère. *Les flics*, pensai-je. *Ils n'ont pas perdu de temps.*

Puis, en me penchant à la portière, je découvris un appareil volant à base altitude, les flancs ornés du logo de la chaîne de télévision Channel 9. *Wow, ces chasseurs de scoops sont vraiment sur la brèche.*

L'hélico se plaça en vol stationnaire au-dessus de l'ambassade. Puis je crus voir un éclair, comme si un orage venait d'éclater dans le ciel d'azur du

Queensland. Je compris que le pilote de l'appareil avait commencé à se débarrasser de son chargement dans la cour intérieure du bâtiment. Lingot d'or après lingot d'or, le trésor de Yamashita tomba en pluie sur le territoire philippin.

Je me tournai vers l'arrière du van. L'un des motards contemplait l'espace de chargement du van. Évidemment, il était vide.

Je compris alors le tour que nous avaient joué les Zolton-Bander, à moi, à La Dette, à Hound et à ses associés : Zoe, se tenant au bord de la route, s'était contentée de relever le modèle et la plaque minéralogique d'un véhicule choisi au hasard. Tout ce qui lui importait, c'était sa taille, suffisante pour transporter l'or de Yamashita, et le fait qu'il se dirigeait vers notre position à l'heure prévue. Elle m'avait communiqué son signalement, et nous étions tous tombés dans le panneau. Et tandis que nous nous focalisions sur ce foutu van, Otto, aux commandes de l'hélico emprunté à une chaîne de télé, avait tranquillement déposé le magot dans la cour de l'ambassade.

Une fois de plus, les Zolto-Bander s'étaient joués de moi. Il ne me restait plus qu'à admettre qu'ils étaient plus intelligents que moi.

Ils ne m'avaient pas fait confiance, et ils avaient eu raison.

Je me tournai vers Hound.

— C'est plié. Vous pouvez me rendre mon téléphone.

Son visage avait viré au rouge brique. Ivre de rage, il arma un coup de poing.

— Cognez-moi, si ça peut vous soulager. Je n'en ai plus rien à foutre.

Il ferma les yeux, respira lentement puis me tendit l'iPhone.

— Désolé, Sang Neuf. Ne le prends pas personnellement, OK ? C'est juste les affaires.

Sans lui adresser un regard, j'ouvris la portière et descendis du Hummer. Alors l'un des motards se porta à ma hauteur.

— Tu n'as plus le choix, Silvagni, dit-il. Tu dois prendre une vie. Dès ce soir.

Vendredi

27. PRENDRE UNE VIE

Je ne m'étais pas senti aussi calme depuis une éternité.

Ce qui était plutôt bizarre, parce que je venais d'écouter le premier album de Rage Against the Machine, le préféré de Miranda. Des chansons où il était question de meurtres, d'ennemis et de balles dans la tête. C'était comme si ce groupe avait composé la bande originale de mon existence.

Un peu plus tôt, j'avais adressé un SMS à PJ.

Moi : *Comment va Brandon ?*

Elle : *Toujours dans le coma.*

Moi : *Tiens-moi au courant dès qu'il y a du nouveau.*

Elle : *OK.*

En les relisant, je fus frappé d'horreur.

Bon sang, qu'étais-je devenu ?

En règle générale, notre cerveau guide notre vie. C'est lui qui prend les décisions, bonnes ou mauvaises, en fonction de notre intelligence.

Parfois le cœur prend le relais. Ou les jambes, comme ce jour où j'avais explosé mon record personnel, à Rome.

Mais ce soir-là, mon ventre avait pris le contrôle. C'était là que se concentraient toutes mes émotions, mes espoirs, mon angoisse et le dégoût pour ce que j'allais accomplir.

Je vérifiai le bon fonctionnement de mon iPhone, en particulier de la fonction vidéo. Je glissai dans mon sac à dos l'ordinateur de La Dette et le matériel nécessaire à l'opération.

Avant de me mettre en route, je récitai à haute voix, comme s'il s'agissait d'une prière, d'un mantra ou d'une formule magique :

Dans cette nuit qui m'enveloppe,
Perdu dans ce puits de ténèbres,
Je loue les dieux qui m'ont donné
Une âme noble et indomptable.

Je descendis au rez-de-chaussée et trouvai Gus attablé dans la cuisine. Devant lui, une bouteille de whisky et un verre, tous deux à moitié vides.

Alors, je compris qu'il savait.

— Dom, rien ne t'y oblige, dit-il.

Je considérai le moignon qui saillait de la jambe de son short. *Tu te trompes, Gus. Je n'ai pas le choix.*

— Si tu pouvais remonter le temps, est-ce que tu le ferais ? demandai-je.

— Oui, répondit Gus en baissant les yeux. Je le ferais.

Nous observâmes quelques secondes de silence, puis je dis :

— Ce soir, si on te pose la question, je n'ai pas quitté ma chambre. Compris ?

Il hocha la tête, et je vis des larmes briller dans ses yeux.

Je quittai la maison puis longeai la villa de mes parents. À cette heure, Toby devait être en train de regarder la télé en grignotant du pop-corn. Miranda, en mode multitâche, devait se faire les ongles et regarder une vidéo sur son ordinateur tout en bavardant au téléphone avec une copine.

Je vous aime, pensai-je.

Parvenu devant la demeure d'Imogen, je levai les yeux vers la fenêtre de sa chambre. La lampe de bureau était allumée. Je l'imaginai plongée dans l'étude de ses listes et de ses photos, puis je pensai à la montre Omega Speedmaster planquée au fond de mon tiroir.

Im, je sais où se trouve ton père. Mais je ne peux rien te dire. Pas avant de savoir si le mien est responsable de sa mort.

Pour l'heure, je n'avais qu'une certitude : il avait tué cette pauvre femme. Mais était-elle sa seule victime ?

Je traversai la pelouse, m'assurai qu'il n'y avait pas de témoins, puis progressai discrètement jusqu'à la grille d'accès au réseau d'évacuation des eaux de pluie. Je la soulevai, plaçai la lampe sur mon front, et descendis dans le puits.

J'enfilai une paire de gants de jardinage qui, je l'espérais, favoriseraient mes déplacements à quatre pattes dans les tunnels les plus étroits. Cette fois, j'avais étudié les prévisions météorologiques : les chances de précipitations étaient nulles. Je songeai à Brandon, que j'avais sauvé de la noyade, puis au sort que je lui réservais… Cette vie que j'avais épargnée, La Dette me forçait à la reprendre.

Après avoir vérifié ma position à hauteur du réservoir, je progressai jusqu'au deuxième puisard et empruntai le boyau qui filait vers l'hôpital. Je me trouvais désormais en territoire inconnu, mais le décor était strictement identique. Seule l'odeur était différente. Et à mesure que j'avançais, une puanteur commença à me chatouiller les narines, s'amplifiant à chaque mètre parcouru. Parvenu à un troisième puisard, je tombai sur le corps partiellement décomposé d'un chat de gouttière.

Un coup d'œil à la carte : le moment était venu de remonter à la surface. Cette phase de mon plan m'inspirait quelque inquiétude. Si la plaque d'accès était située dans une rue étroite et peu fréquentée, je redoutais qu'un passant ne me voie sortir de terre, comme un suricate de son terrier, et ne coure informer la police. Afin d'éviter toute identification, j'enfilai un masque de Batman acheté pour deux dollars dans un magasin de jouets.

Cette mesure était superflue. Lorsque je poussai la plaque et me hissai hors du réseau, je trouvai la ruelle déserte. Je rejoignis l'avenue où se trouvait l'hôpital, mais il n'était pas question d'entrer dans le bâtiment avant d'avoir neutralisé le système de surveillance.

Je me dirigeai vers un parking illuminé par les néons d'un Pizza Hut, d'un KFC et d'un McDonald's. C'était exactement ce dont j'avais besoin : je me trouvais dans le rayon d'action du réseau wi-fi de l'hôpital, et personne ne s'étonnerait de voir un adolescent pianoter sur son ordinateur en dégustant un hamburger. Certes, les restaurants étaient placés sous surveillance vidéo, mais il me faudrait faire avec. Je n'avais ni le temps, ni les moyens techniques de neutraliser toutes les caméras de Gold Coast.

J'entrai dans le McDonald's et commandai un Big Mac. La serveuse qui, à en croire son badge, se prénommait Bacardee, me contempla avec des yeux ronds.

— On se connaît, non ? Tu ne t'appelles pas…

Malédiction. Mon plan allait-il échouer avant d'avoir été mis en œuvre ? Je ne pouvais pas me permettre d'être identifié.

— … Blade ? hasarda Bacardee.

Je lâchai un discret soupir de soulagement.

— Non, ce n'est pas moi. Il y a erreur.

— Ça alors, tu lui ressembles tellement…

Je posai mon plateau sur une table placée contre le mur le plus proche de l'hôpital. Mon Big Mac était saturé de sel et de graisse : c'était un délice. Lorsque je soulevai l'écran de l'ordinateur, un garçon d'origine indienne installé à quelques mètres de moi l'étudia avec insistance. Il portait d'épaisses lunettes. Ses joues étaient criblées de boutons d'acné. C'était bien ma veine : j'étais tombé sur le roi des geeks.

J'envisageai de changer de place, mais je craignais que ce comportement ne lui mette la puce à l'oreille. Je me contentai de modifier légèrement ma position de façon à ce qu'il ne puisse pas voir l'ordinateur, puis je me mis au travail.

Le réseau wi-fi de l'hôpital s'afficha à l'écran. Il était si bien protégé que le démon dansa pendant plusieurs minutes avant que je ne puisse m'y connecter. J'explorai l'interface. Et vu la taille de cet établissement, il y avait beaucoup, beaucoup à explorer.

Lorsque j'accédai enfin au panneau de contrôle des caméras de surveillance, j'en dénombrai des centaines. Je localisai celles qui se trouvaient sur le trajet que j'avais l'intention d'emprunter pour me rendre dans la chambre de Brandon.

Il était inutile de les désactiver. Tout ce que j'avais à faire, c'était d'interrompre l'enregistrement des flux vidéo sur le disque dur central. Tandis que j'étudiais le système de sauvegarde, je sentis une présence à mes côtés.

— C'est quoi, cette bécane ? fit une voix.

Je tournai la tête et découvris mon voisin geek planté à mes côtés.

— Un prototype qui tourne sous Linux. Maintenant, tu m'excuseras, j'ai un boulot urgent à terminer.

Mais il ne bougea pas d'un pouce.

— Tu es sourd ? grognai-je. Je t'ai demandé de dégager. Tu cherches les ennuis ?

Choqué par mon agressivité, le geek rejoignit sa chaise. Il dégaina son iPhone et composa un numéro. Je redoutais qu'il n'appelle des renforts, une armée de boutonneux à lunettes qui ne reculeraient devant rien pour piquer mon ordinateur. J'aurais pu me montrer plus amical, histoire de l'en dissuader, mais je manquais de temps. Je devais me concentrer sur le système de surveillance de l'hôpital.

En étudiant les commandes de l'interface, je découvris une fonction baptisée *programmer une activité*. M'accordant dix minutes pour me rendre à l'hôpital, je programmai une demi-heure de coupure pour chaque caméra.

Cette opération terminée, je lançai un coup d'œil oblique à mon voisin et découvris que j'avais vu juste : il avait appelé ses copains à la rescousse.

Cinq adolescents, tous d'origine indienne, étaient assis à ses côtés. Le problème, c'est que deux d'entre eux n'étaient pas des boutonneux à lunettes, mais des individus au regard farouche qui devaient avoir passé beaucoup de temps à soulever de la fonte en salle de musculation.

Je rangeai mon ordinateur et quittai le restaurant d'un pas nerveux. Je traversai le parking en maudissant les innombrables néons qui trahissaient ma position. En lançant un regard par-dessus mon épaule, je constatai que les six garçons m'avaient emboîté le pas.

Qu'est-ce qui m'avait pris de m'adresser à ce gamin un peu trop curieux sur un ton aussi hostile ? Je m'étais comporté comme un crétin, et je recueillais les fruits de mon imbécillité.

N'ayant guère le choix, je pris mes jambes à mon cou, façon Usain Bolt. Et à ce jeu-là, au moins, mes adversaires n'avaient aucune chance de me battre. Les deux colosses essayèrent de me prendre en chasse, mais il ne me fallut que quelques minutes pour les semer.

Cette brève course-poursuite m'ayant entraîné loin de mon objectif initial, je dus accomplir un tour complet du bâtiment. Je consultai ma montre : les dix minutes que je m'étais accordées pour entrer dans l'hôpital étaient largement entamées. Et si mon plan initial échouait, je n'en avais pas d'autre.

Je franchis l'entrée de service, passai devant la première caméra de surveillance une minute avant qu'elle ne recommence à communiquer son flux au disque dur. Je hâtai le pas et croisai le champ de vision de la deuxième.

Je fis halte devant les cages d'ascenseur. Il y en avait huit. Sauf qu'en vertu de la loi de Murphy – qui affirme qu'entre plusieurs possibilités, c'est toujours la pire qui se réalise –, aucune cabine ne se trouvait au rez-de-chaussée. Mon ventre ne dominait plus mes actes. Mon cerveau était en fusion, et mon cœur cognait violemment dans ma poitrine.

Après quelques dizaines de secondes qui me parurent des heures, l'un des ascenseurs s'ouvrit. Il n'y avait que deux passagers à bord. L'un d'eux était étendu sur un lit roulant ; l'autre était un aide-soignant arborant une coupe de cheveux en pétard et des tatouages tribaux sur les avant-bras. Bref, pas de place pour moi.

Pourtant, j'embarquai de force dans la cabine.

— Eh, sors de là ! lança l'employé. On est assez serrés comme ça !

— Désolé, dis-je en me calant entre le lit et le miroir qui occupait l'une des parois de la cabine.

J'enfonçai le bouton du quatrième étage puis celui qui commandait la fermeture des portes.

— Pourquoi es-tu si pressé ?

— Je dois rendre visite à un ami. Il n'en a plus pour très longtemps. C'est sans doute une question de minutes.

L'ascenseur entama son ascension.

— Oh, je suis navré. Et cet ami, il est dans quel service ? Je le connais peut-être.

Bon sang, pourquoi tenait-il à ce point à engager la conversation ?

— Pardon, mon téléphone vibre, annonçai-je, espérant me débarrasser de lui par ce subterfuge.

Je portai l'appareil à mon oreille.

— Oui, maman, dis-je. Oui, je me souviens. Ne t'inquiète pas, je serai là à l'heure.

Je poursuivis cette conversation imaginaire jusqu'à ce que la cabine atteigne le quatrième étage puis je sautai sur le palier.

— Bien essayé, lâcha l'aide-soignant, mais les appels ne passent pas dans ces ascenseurs.

Je lui adressai un sourire embarrassé puis m'engageai dans le couloir, sous l'objectif de la troisième caméra, avec moins de dix secondes d'avance sur mon timing.

Je passai devant le comptoir d'accueil du service, où une infirmière aux cheveux roux complétait un dossier d'admission. Évitant soigneusement son regard, je passai devant la dernière caméra, poussai la porte de la chambre de Brandon et découvris une femme assise dans l'un des fauteuils réservés aux visiteurs.

Je me suis trompé, pensai-je. *À part PJ, personne ne vient le voir.*

Mais si. Il se trouvait bien dans le lit, inconscient, relié par une grappe de câbles à une unité de monitoring. Je m'apprêtais à battre en retraite lorsque l'inconnue dit :

— Bonsoir. Tu connais Brandon ?

Comment prétendre le contraire ? Quelle autre raison avais-je de me trouver dans cette pièce ?

— Oui, répondis-je sobrement.

— C'est très gentil de ta part. Je suis heureuse d'apprendre qu'il a des amis dans cette ville.

Je consultai ma montre. Je n'avais pas de temps à perdre en bavardages. Il ne me restait que dix minutes.

Alors que je demeurais figé sur le seuil de la porte, la femme changea de position afin de mieux m'observer. Elle avait à peu près l'âge de ma mère, mais elle ressemblait étonnamment à PJ. Les mêmes yeux immenses, semblables à ceux d'un personnage de manga.

— Vous… vous êtes la mère de PJ ?

— En effet, Polly est ma fille.

Polly ? Pas étonnant qu'elle ait adopté un surnom.

— Je m'appelle Pat, dit la femme.

Je n'avais pas imaginé une seule seconde que la mère de Brandon puisse être encore en vie. Pour moi, ce n'était qu'une ombre du passé qui, jadis, avait gardé une tour de Pise miniature sur un coin de sa coiffeuse. Et voilà qu'elle se trouvait devant moi, en chair et en os.

— Comment va-t-il ? demandai-je.

Pat secoua la tête puis s'essuya les yeux à l'aide d'un mouchoir en papier.

— Et toi, comment t'appelles-tu ?

— Tristan, répondis-je, choisissant le premier prénom qui me traversa l'esprit.

Un coup d'œil à ma montre : plus que huit minutes et vingt secondes.

Pendant quelques instants, mon esprit resta totalement vide. Ce plan méticuleusement préparé avait lamentablement échoué, et je n'avais qu'un moyen de le remettre sur les rails : faire en sorte que cette mère éplorée quitte la chambre où agonisait son fils.

Dom, tu es le mal absolu.

En effet. Mais c'était lui ou moi. Si j'échouais, La Dette me prendrait une livre de chair, tandis que Brandon succomberait tôt ou tard à la maladie.

Je sortis l'ordinateur de mon sac.

— Vous, les jeunes, vous êtes tous les mêmes, sourit-elle. Vous ne pouvez pas vous passer de vos gadgets électroniques, n'est-ce pas ?

J'accédai au panneau de commandes général et programmai une procédure de test des alarmes de l'hôpital. Il ne me restait plus que deux minutes à patienter, mais ces minutes-là durèrent un siècle.

Dis quelque chose, Dom. N'importe quoi.

— Alors comme ça, vous aviez une petite tour de Pise sur votre coiffeuse ?

— Comment peux-tu savoir une chose pareille ? C'est Polly qui te l'a dit ?

— Oui, bien sûr. À ce propos, puis-je vous poser une question ?

— Je sais ce que tu vas me demander. Tu veux savoir pourquoi mes enfants ont quitté la maison, n'est-ce pas ?

— Oui, c'est exactement ça.

L'air embarrassé, Pat détourna le regard puis répondit :

— Au fond, ils ont pris la bonne décision. Je suis tombée dingue amoureuse de ce type… une vraie brute, un être malfaisant. Eux, ils ont compris qui il était dès le premier jour. Les gamins ont du flair pour ces choses-là. Moi, je l'avais dans la peau, et j'ai mis du temps à ouvrir les yeux.

À cet instant, la machine à laquelle était relié Brandon émit un bip discret.

— Quelque chose cloche, s'étrangla Pat. Je vais prévenir l'infirmière de garde.

Puis la sirène se mit à hurler. Un instant plus tard, un aide-soignant déboula dans la chambre.

— Alerte générale, annonça-t-il. Il faut quitter le bâtiment.

— Mais je ne peux pas partir sans mon fils ! protesta Pat.

— S'il ne s'agit pas d'une fausse alerte, le service de sécurité se chargera de l'évacuer.

Mais elle ne semblait pas disposée à obtempérer.

— Venez, Madame, dis-je. Je vous assure qu'il n'y a rien à craindre.

Sur ces mots, je la pris par la main et l'entraînai dans le couloir. Là, nous trouvâmes deux infirmières qui, comme nous, se dirigeaient vers les cages d'ascenseur.

— Ne vous inquiétez pas, dit l'une d'elles. L'alarme est détraquée. Elle se déclenche sans raison plusieurs fois par semaine.

Je pris soin d'entrer en dernier dans la cabine puis, à l'instant où les portes se refermaient, je fis un pas en arrière et me retrouvai sur le palier.

— J'ai oublié quelque chose, dis-je. On se retrouve en bas.

Je remontai le couloir en courant et m'engouffrai dans la chambre.

Plus que trente secondes.

J'étudiai le visage de Brandon, ses joues creuses, sa peau presque transparente, les mouvements discrets de sa poitrine.

Je sortis mon iPhone et activai le mode vidéo.

Il ne me restait plus qu'à prendre sa vie.

Samedi

28. LES YEUX GRANDS OUVERTS

Après avoir quitté l'hôpital, je rejoignis sans encombre le réseau souterrain et entamai mon long périple de retour.

Mon esprit était vide. Je ne songeais pas à ce que je venais d'accomplir. Tout ce qui importait, c'était de coordonner mes bras et mes jambes, et d'optimiser ma progression dans les tunnels de béton.

Je n'étais pas vraiment pressé. Après tout, je n'avais pas quitté ma chambre de la nuit, n'est-ce pas ? Pourquoi me hâter de regagner un lieu où je me trouvais déjà ?

Au premier puisard, je m'arrêtai pour boire une gorgée d'eau. Au deuxième, je dégustai un Snickers. Lorsque je poussai la dernière plaque et émergeai à Halcyon Grove, l'un des lieux les mieux sécurisés de Gold Coast, il était plus d'une heure du matin.

Aussitôt, je sus que quelque chose clochait. À quelques dizaines de mètres, le poste de garde était illuminé, mais Samsoni ne se trouvait pas derrière la vitre. Je me précipitai vers la guérite et le trouvai étendu sur le ventre.

Je m'accroupis à ses côtés et posai une main sur son cou. Son pouls était fort et régulier. Dieu merci, il était en vie. Il n'était pas question d'avertir la police. Je n'avais pas quitté ma chambre de toute la soirée. Je devais m'en tenir à cet alibi.

Revenant à lui, Samsoni roula lentement sur le dos puis ouvrit les yeux. Il était sous le choc, complètement égaré. J'en profitai pour quitter le poste de sécurité, traverser la pelouse jambes fléchies puis longer la villa des Havilland. Imogen était-elle en danger ? Devais-je la mettre en garde ? Non, ça n'avait aucun sens. Contrairement à moi, elle n'avait pas d'ennemis.

Et Gus, était-il menacé ? Peut-être, mais c'était un dur à cuire. Il ne constituait pas une priorité. Je redoutais qu'il ne soit arrivé malheur à Toby, à Miranda ou à ma mère.

Je remontai au pas de course l'allée menant à la maison de mes parents. À l'intérieur, toutes les lumières étaient éteintes. C'était inhabituel. D'ordinaire, ils laissaient toujours une lampe allumée au rez-de-chaussée.

Trouvant la porte d'entrée verrouillée, je sortis ma clé de ma poche et la fis tourner aussi lentement que possible dans la serrure. Un déclic, et je me glissai dans le vestibule.

Je demeurai parfaitement immobile, tous les sens en alerte. On n'entendait que le bourdonnement du réfrigérateur et le son produit par le diffuseur de bulles de l'aquarium. Rien d'inquiétant. Je me dirigeai vers l'escalier, gravis les marches puis m'engageai dans le couloir à pas de loup.

Première chambre, celle de Miranda. Je tournai la poignée et entrebâillai la porte. J'actionnai brièvement la fonction *lampe de poche* de mon iPhone et la trouvai endormie.

Chambre suivante, celle de Toby. Rien d'autre à signaler qu'un ronflement discret.

Enfin, la chambre de mes parents. Alors que je m'apprêtais à la pousser, je réalisai qu'il existait un moyen plus discret de voir ce qui se passait à l'intérieur. Un moyen que nous employions souvent, quand nous étions enfants, pour débouler dans la pièce par surprise le dimanche matin.

Je remontai le couloir, entrai dans la réserve et fis glisser d'un centimètre le panneau mobile donnant sur le dressing.

Mon père et ma mère dormaient dans le lit à baldaquin. Qu'est-ce que j'étais allé m'imaginer ? Mon sixième sens commençait-il à me jouer des tours ?

Une seconde, pensai-je. *Il y a un truc qui cloche.*

L'un des rideaux du lit ondulait de façon suspecte. Quelqu'un se cachait là, j'en étais convaincu. Lorsque mes yeux se furent accoutumés à l'obscurité, je distinguai un individu vêtu de noir et coiffé d'une cagoule. Sur son crâne, un objet bizarre ressemblant à une lampe frontale.

Il se pencha au-dessus de mon père, et je vis un objet briller dans sa main.

– Papa ! hurlai-je en jaillissant de ma cachette.

Mon père ouvrit les yeux une fraction de seconde avant que la lame ne se fiche dans sa poitrine. D'un fulgurant mouvement du bras, il dévia le coup, mais se blessa la main. Il essuya une deuxième attaque, et la lame entailla une nouvelle fois sa chair.

Il poussa un cri déchirant, et une tache sombre apparut sur le drap blanc. Du sang. Beaucoup de sang. Ma mère alluma la lampe de chevet et hurla à son tour.

Le tueur s'apprêtait à porter un troisième coup. Cette fois, il avait pris ses marques, et je redoutais qu'il ne fasse mouche.

Je me précipitai vers l'inconnu, épaule contre épaule. Nous roulâmes sur le sol, mais il n'avait pas lâché son arme. Il la ramena contre son torse, guettant le moment opportun pour me frapper. Je saisis son poignet à deux mains, le tordis de toutes mes forces, et parvins à m'emparer du couteau. Alors, je le vis glisser sa main libre dans sa ceinture et brandir un second poignard.

Étendu sur le lit, mon père se tordait de douleur. Le visage de ma mère était moucheté de sang.

Le tueur effectua une roulade latérale puis se dressa d'un bond. Je l'imitai, et nous nous retrouvâmes face à face. Moins de deux mètres nous séparaient.

— Fous le camp, dis-je en le menaçant de mon arme.

Mais il revint à l'assaut. Je raffermis ma prise sur le couteau.

Alors, un coup de feu claqua. Mon adversaire s'effondra sur le parquet, une main crispée sur le cœur.

Je me tournai vers mes parents. Mon père tenait un pistolet automatique au canon fumant braqué sur l'inconnu.

Je sortis mon iPhone et m'apprêtai à composer le numéro des services d'urgence.

— Ne fais pas ça, Dom, dit mon père. C'est terminé.

Une fois de plus, j'eus le sentiment qu'il n'était pas celui qu'il prétendait être. Il venait d'abattre un être humain, il était gravement blessé, mais il observait un calme olympien.

— Nous allons arranger tout ça, ajouta-t-il. J'ai juste besoin de quelques points de suture.

Sur ces mots, il posa son automatique sur l'oreiller, déchira une bande de drap avec les dents puis, d'un geste expert, pansa son bras blessé.

— David, es-tu certain que… balbutia ma mère en essuyant son visage avec le couvre-lit.

— Fais-moi confiance, interrompit mon père. La situation est sous contrôle.

Il ouvrit le tiroir de la table de nuit, en sortit un smartphone – un Styx dont j'ignorais l'existence – et composa un SMS. Enfin, il s'agenouilla près de sa victime et ôta sa cagoule.

Les yeux du mort étaient grands ouverts. Enfin, l'un un peu moins que l'autre.

Droopy.

Francesco Strangio, un garçon de mon âge, avait été abattu par mon propre père.

Submergé par une foule d'émotions, je me mis à brailler comme un possédé, alternant cris de bête et paroles inarticulées.

— Tu dois te reprendre, dit mon père.

Je respirai profondément, et retrouvai un semblant de calme. Puis je remarquai l'objet sur la tête de Droopy : une caméra Go Pro.

Et soudain, tout s'éclaira : *occhio per occhio, dente per dente.* Droopy n'était pas venu d'Italie pour m'assassiner, mais pour venger son père. Et il avait filmé l'opération, afin de pouvoir présenter une preuve, lorsqu'il regagnerait San Luca en héros.

Je m'emparai de l'appareil.

— Tu devras t'en débarrasser, ordonna mon père.

— Bien entendu, répondis-je en tournant l'objectif dans ma direction.

Avait-il la moindre idée de ce que j'étais en train de faire ? Si c'était le cas, il ne fit rien pour m'en dissuader.

Je pointai la caméra vers le corps sans vie de Droopy, l'éteignis puis la glissai dans ma poche. J'éprouvais un vif sentiment de dégoût. Bon sang, qu'est-ce que j'étais devenu ? Qu'est-ce que La Dette avait de moi ?

On frappa à la porte.

— Tout va bien, là-dedans ? lança Miranda.

— C'était quoi, ce boucan ? ajouta Toby.

Au même instant, un crissement de pneus se fit entendre à l'extérieur : un véhicule venait de piler devant la villa. À son bord, sans doute, le complice que mon père avait contacté au téléphone.

— Au fait, bredouillai-je, j'ai trouvé Samsoni assommé dans le poste de contrôle.

— Ne t'inquiète pas, Dom, dit mon père. Tout va s'arranger.

Puis il se tourna vers ma mère.

— Emmène les enfants chez Gus, et ne reparais pas avant que je ne te fasse signe.

Cette autorité naturelle avait quelque chose de rassurant. Oui, il avait la situation sous contrôle. Oui, il allait tout arranger.

Après avoir quitté la chambre, ma mère repoussa mon frère et ma sœur dans le couloir. J'étais sur le point de les rejoindre lorsque mon père me retint par le bras.

— Il était bien décidé à me tuer, dit-il. Et tu m'as sauvé la vie. Surtout, n'oublie jamais que c'était lui ou moi.

Il m'embrassa sur les deux joues, à l'italienne.

— Allez. Va retrouver les autres. Il est temps pour toi de rentrer à la maison.

Je hochai la tête, descendis au rez-de-chaussée et les rattrapai sur la pelouse.

— Qu'est-ce qui s'est passé, là-dedans ? demanda Miranda.

— Un intrus a fait irruption dans la villa et a agressé votre père, répondit ma mère. Mais il n'est plus en danger, et la police va régler tout ça.

Toby considéra la puissante berline de luxe aux vitres teintées garée devant la maison. Les individus qui l'occupaient n'en étaient pas encore descendus. Sans doute attendaient-ils un signal pour intervenir.

— Quelle police ? demanda-t-il. Ce n'est pas une bagnole de flics, si vous voulez mon avis.

— Nous sommes à Halcyon Grove, dit ma mère. Ici, les choses se règlent discrètement. Une voiture de patrouille aurait fait jaser.

Il est peu probable que mon frère et ma sœur avalèrent cette explication, mais ils ne posèrent pas d'autre question. Il leur suffisait de savoir que mon père était hors de danger.

Gus prépara du chocolat chaud et ouvrit une boîte de gâteaux secs. Et tant pis pour le sucre, ce tueur silencieux. Chose étrange, nous n'évoquâmes pas l'incident, préférant entretenir une conversation banale puis, malgré l'heure tardive, regarder la télévision, comme s'il s'agissait d'une soirée en famille comme les autres.

Mon père fit son apparition une heure plus tard pour nous informer que Samsoni était tiré d'affaire, que *tout était réglé* et que nous pouvions regagner la maison. Je remarquai qu'il s'était fait bander le bras par un professionnel. Toby et Miranda lui posèrent quelques questions, mais il avait cet art propre aux hommes politiques de faire croire à son auditoire qu'il apportait des réponses tout en ne lâchant aucune information.

Malgré le drame qui s'y était déroulé, rien n'avait changé dans la maison. Je me demandais ce que mon père et ses complices avaient fait de Francesco Strangio. Il était trois heures et demie. Toby et Miranda rejoignirent aussitôt leurs chambres, et je demeurai seul en compagnie de mes parents.

– Il est grand temps d'aller nous coucher, dit mon père.

Je n'en croyais pas mes oreilles. Il avait liquidé froidement un être humain, et il prétendait dormir comme si rien ne s'était passé. Quel genre d'individu était capable d'un tel détachement ?

– Je pense que vous me devez quelques explications, tous les deux, dis-je.

– Oui, bien sûr, je comprends, répondit mon père. Nous te dirons tout, mais le moment n'est pas encore venu.

– Je sais que tu es allé à San Luca, lâchai-je.

Je me tournai vers ma mère.

– Et toi, je sais que tu n'es pas américaine.

– Comment ça ? s'étrangla-t-elle. Mais si, je t'assure que…

Je ne la laissai pas achever sa phrase.

– Assez de mensonges ! hurlai-je. Je veux la vérité, maintenant !

Mes parents échangèrent un discret hochement de tête.

Puis, enfin, mon père se confessa.

Samedi

29. HAINE MORTELLE

— À seize ans, j'ai dû quitter la maison, parce que Gus me rendait la vie impossible. Et c'est la famille de Rocco qui m'a accueilli.

— Tu vivais avec les Taverniti ?

Il hocha la tête.

Je fus saisi de vertiges. Les Taverniti *étaient* La Dette, il ne pouvait pas en être autrement, et mon père avait vécu avec eux ? Avec ceux qui avaient fait de son adolescence un enfer, ceux qui avaient menacé de lui prendre une livre de chair ? Je savais qu'ils étaient liés, mais à ce point !

— Rocco et moi étions amis depuis notre rencontre au lycée de Miami State, poursuivit mon père. Nous autres, les Ritals, on devait se serrer les coudes, en ce temps-là. Alors quand j'ai quitté le système scolaire, j'ai commencé à travailler au restaurant. À la plonge.

Au souvenir de ces heures passées les mains dans l'eau de vaisselle, il esquissa un sourire.

— Lorsqu'on veut apprendre à travailler dur, il n'y a rien de mieux que les cuisines, ajouta-t-il.

Je pensai aux bureaux de mon père livrés à la poussière et aux toiles d'araignées. Était-ce cela, pour lui, travailler dur ?

— Puis, quand nous avons eu vingt et un ans, on nous a envoyés en Italie.

Ah tiens ? Jusqu'alors, il avait toujours nié avoir visité la terre de ses ancêtres.

— Oui, je sais, dit-il, je vous ai menti. J'en suis navré, mais j'avais des raisons pour cela. Bref, Rocco et moi nous sommes rendus en Calabre pour apprendre les ficelles du business familial.

Mes parents savaient-ils que je m'étais rendu à San Luca ? Si c'était le cas, ils n'en firent pas mention.

— Le business familial ? répétai-je.

— Oui, nous travaillions dans leurs restaurants et leurs cafés, histoire de prendre la main.

La 'Ndrangheta, pensai-je. Ces explications n'avaient aucun sens. Les Taverniti possédaient plusieurs établissements en Australie. Pourquoi s'expatrier de l'autre côté de la planète ?

— Sur le plan économique, l'Italie n'était pas aussi développée qu'aujourd'hui, surtout dans notre petite cité de l'Aspromonte, mais pour deux *kangourous* comme nous, c'était la belle vie. Et puis…

Mon père marqua une pause.

— … et puis ta mère a débarqué en ville.

Mes parents échangèrent un sourire.

— Débarqué ? Mais d'où ?

— Des États-Unis. Elle est née en Californie, mais les affaires de ses parents ont périclité, et ils ont dû regagner leur pays d'origine.

Ainsi, ma mère était bel et bien américaine. Cette annonce me procura un intense soulagement. Sur ce point, au moins, on ne m'avait pas menti.

— Entre nous, ça a été le coup de foudre, dit mon père en couvant son épouse du regard.

— Où vous êtes-vous rencontrés ? demandai-je.

— Sur une petite place, près de la fontaine, répondit ma mère.

J'étais sur le point d'avouer que je connaissais cet endroit, mais je préférai tenir ma langue.

— Puis les problèmes ont commencé, poursuivit mon père. Vu d'ici, à Gold Coast, à notre époque, ça peut paraître difficile à comprendre, mais souviens-toi que ça se passait en Italie il y a très longtemps, dans une région où les valeurs traditionnelles avaient encore beaucoup d'importance. Et il se trouve que ma famille d'adoption et celle de ta mère n'étaient pas particulièrement en bons termes.

— Les Taverniti ? dis-je.

Mon père hocha la tête.

— Et les… ?

Quel était le nom de famille de ma mère, déjà? Comment avais-je pu l'oublier?

— Mon nom de jeune fille est Baresi, dit ma mère.

— Ça, c'était le nom de ton père, fis-je observer. Mais du côté maternel, comment s'appelaient-ils?

— Ma mère s'appelait Strangio, lâcha ma mère.

Depuis que mes ennuis avaient commencé, j'avais reçu des coups de couteau et des décharges électriques dans les parties intimes, mais rien ne m'avait préparé à un coup aussi violent. Sous le choc, je faillis perdre l'équilibre.

Mon père avait épousé une Strangio, mais aussi tué deux membres de sa famille!

— Quelque chose ne va pas, Dom? demanda ma mère. Tu es tout pâle.

— Ce garçon, celui qui est mort dans votre chambre tout à l'heure, c'était l'un des tiens!

— Ils m'ont reniée, je les ai reniés, répliqua-t-elle sur un ton glacial. Je n'ai plus rien à voir avec ces gens-là.

Désormais, mes parents savaient que j'en connaissais long sur leur passé. Mais était-ce vraiment une surprise. Quoi qu'il en fût, ils n'en laissèrent rien paraître.

— Et ce soir, ce garçon a voulu tuer mon mari, poursuivit-elle.

— Depuis des siècles – je n'avais jamais vraiment su pourquoi –, les Strangio vouent une haine mortelle aux Silvagni, expliqua mon père. Comme je n'étais pas autorisé à fréquenter ta mère, nous avons dû quitter l'Italie.

Je regardai mes parents, les Roméo et Juliette de San Luca. *Vous me prenez pour un imbécile ? Après tous les mensonges que vous m'avez servis, il faudrait que j'avale cette nouvelle version des faits ?*

— Et ce garçon a fait tout ce chemin depuis la Calabre pour t'assassiner à cause de cette vieille affaire de famille ? m'étonnai-je.

— Encore une fois, tu dois te souvenir que la société italienne était très différente, en ces années-là.

Sauf que ces années-là n'étaient pas si lointaines. Et j'étais désormais convaincu que mon père avait tué le père de Francesco. Mais une voix intérieure me dit que ce n'était ni le lieu ni le moment d'abattre toutes mes cartes.

Faisant mine d'être pleinement satisfait par ces explications, je souhaitai bonne nuit à mes parents, montai dans ma chambre et branchai la caméra GoPro sur mon ordinateur.

Un message apparut à l'écran : *Transférer le fichier vidéo sur le disque dur ?*

Sans l'ombre d'une hésitation, je pressai la touche *enter*.

Samedi

30. LIVRAISON

À mon réveil, je courus trouver Gus et lui demandai de me conduire à l'hôpital de Gold Coast. Cette fois, pas besoin de gants, ni de lampe frontale. Il n'était plus nécessaire de jouer les rats de laboratoire dans ce foutu labyrinthe de béton.

— Ça tombe bien, dit-il. Il y a là-bas une personne à qui j'aimerais rendre visite, moi aussi.

Lorsque nous montâmes à bord de la camionnette, je relus le SMS que m'avait envoyé PJ.

Retrouve-moi à l'hôpital. C'est urgent.

Évidemment, j'avais envisagé de faire le mort.

Ou de quitter le pays, afin de refaire ma vie loin de Gold Coast.

J'avais envisagé de nombreuses options avant de me décider à affronter PJ.

Un crachin pénétrant tombait sur Gold Coast. À sa grande satisfaction, Gus trouva une place dans un parking gratuit, puis nous nous rejoignîmes à l'hôpital à l'abri de son parapluie.

Dans le hall, je jetai un coup d'œil à la caméra de surveillance. Cette fois, je ne craignais pas que mon image soit gravée sur le disque dur du centre de sécurité. Nous grimpâmes dans l'ascenseur. Après m'avoir donné rendez-vous à la cafétéria à l'issue de la visite, Gus descendit au deuxième étage.

Lorsque les portes de la cabine s'ouvrirent sur le palier du troisième étage, l'aide-soignant aux cheveux hérissés et aux bras tatoués entra dans la cabine. Il me fusilla du regard, porta son mobile à l'oreille puis lança dans le microphone :

— Oui, je sais que vous n'êtes pas en ligne et que vous n'existez pas. Mais ça n'a pas d'importance. Tout ce que je veux, c'est entretenir une discussion imaginaire avec un ami imaginaire afin d'éviter de parler à un petit con qui s'est bien foutu de ma gueule la dernière fois.

Je pris la fuite au quatrième étage, passai devant le guichet de réception du service puis frappai à la porte de Brandon.

— Entrez, lancèrent deux voix féminines, avec une parfaite simultanéité.

PJ et sa mère étaient assises au pied du lit. Elles se tenaient par la main.

Je me tournai vers le lit et compris pourquoi PJ m'avait adressé ce SMS : Brandon avait repris connaissance.

— Salut, Grammar Boy, dit-il.

Et même si sa voix était faible et éraillée, c'était comme si un miracle venait de se produire. La nuit précédente, j'avais failli mettre fin à ses jours.

— Ne m'appelle plus comme ça, souris-je. J'ai quitté le lycée.

— Désolé, mais pour moi, tu seras toujours Grammar Boy. Tu as ça dans tes gènes, mon pote. Tu resteras un gosse de riche, même si tu finis dans le caniveau.

— Brandon, ce n'est pas une façon de traiter un ami, dit Pat. Tristan a fait l'effort de venir te voir et...

— Comment ça, Tristan ? l'interrompit PJ.

— Oui, nous avons fait connaissance la nuit dernière.

PJ me contempla avec des yeux ronds.

— Tu es venu ici hier soir ? demanda-t-elle.

Je hochai la tête.

— Mais... pour quoi faire ?

Pour prendre une vie. Pour tuer ton frère.

Évidemment, il n'était pas question de tourner les choses de cette façon. Alors je préférai me taire. Tout comme Pat, Brandon et PJ.

La situation était triplement insensée : Brandon était sorti du coma, mais il n'en restait pas moins condamné ; PJ, qui m'avait embrassé avec tant de passion, me considérait avec froideur et méfiance, non sans raison ; quant à Pat, elle ne connaissait même pas mon véritable prénom. Autant de raisons de ne pas prendre racine.

— Je ne faisais que passer, dis-je. Il faut que j'aille retrouver mon grand-père.

— Merci pour la visite, sourit Pat.

— Je t'enverrai un SMS, grogna PJ.

À l'instant où je croisai le regard de Brandon, j'y lus de la peur. Du désespoir. Il avait conscience de vivre ses derniers instants. Je m'avançai vers le lit.

— Par pitié, promets-moi que tu ne vas pas me prendre dans tes bras, soupira-t-il.

Puis, comprenant que c'était précisément mon intention, il ajouta :

— Bon, eh bien, si c'est absolument nécessaire, débarrassons-nous de cette corvée.

Je le serrai de toutes mes forces. Il saisit ma main puis chuchota à mon oreille :

— Promets-moi de veiller sur ma sœur.

— C'est promis, répondis-je, même s'il était évident que PJ n'avait nul besoin de mon soutien.

Enfin, je quittai la pièce, convaincu que je ne le reverrais jamais vivant.

■■■

— Gus, pourrais-tu faire un petit détour ? demandai-je lorsque la camionnette entra dans Chevron Heights. J'ai un colis à livrer.

— Bien sûr, dit-il. Où va-t-on ?

Quelques minutes plus tard, lorsque j'aperçus un van portant le logo de la société Komang Entretien Piscine garé dans l'allée privative d'une maison individuelle, je lui fis signe de s'arrêter.

Je descendis de la camionnette et marchai jusqu'à la porte principale. Je glissai une main dans ma poche et en sortis le DVD sur lequel j'avais gravé la vidéo, la preuve qu'ils avaient exigée. Mordraient-ils à l'hameçon ? Sans doute la nouvelle qui serait bientôt relayée par tous les médias du pays les convaincrait-elle de l'authenticité de ce film monté par mes soins.

Un lycéen italien disparaît
durant son séjour à Gold Coast

À l'instant où j'allais glisser le disque dans la boîte aux lettres, une évidence me frappa : j'étais innocent du meurtre de Francesco Strangio, mais je leur apportais de mon plein gré une preuve de ma culpabilité.

Si je leur remettais le DVD, ils conserveraient cette pièce à conviction jusqu'au restant de mes jours. Ils pourraient alors faire de moi ce qu'ils voulaient. Grâce à ce procédé, ils avaient réduit mon père en esclavage.

Mais je ne craignais plus leurs manœuvres perverses. Les épreuves qu'ils m'avaient imposées m'avaient changé à jamais. J'étais désormais prêt à les affronter.

Saisi d'une rage froide, au lieu de glisser le DVD dans la boîte aux lettres, j'enfonçai le bouton de l'intercom.

— Qu'est-ce que vous voulez ? fit une voix dans le haut-parleur.

— Livraison, répondis-je.

— Laissez ça devant la porte.

Alors, je déposai le boîtier sur la plus haute marche du perron et regagnai la camionnette d'un pas tranquille.

31. PAGATO

Quelque part, sur les murs du bureau plongé dans une semi-obscurité, Roger Bannister passait sous les quatre minutes lors de l'épreuve du mile en 1954, John Landy battait le record du monde du mille cinq cents mètres, et Hicham El Guerrouj établissait la meilleure performance de tous les temps en trois minutes et vingt-six secondes.

Assis à côté de son fils dans l'un des canapés, Gus portait sa tenue de tous les jours : un short baggy et un vieux débardeur qui mettait en valeur ses muscles noueux. Je considérai son moignon, cette petite tête d'extraterrestre dépourvue d'yeux. Il ne m'inspirait plus la moindre crainte. J'étais tiré d'affaire. Je ne subirais pas le même sort.

Les glaçons tintaient discrètement dans son verre à whisky. Son comportement était un mystère. En théorie, compte tenu de ses antécédents, une seule molécule de ce breuvage diabolique aurait dû le replonger dans l'enfer de l'alcoolisme.

La force de caractère, sans doute, pensai-je.

À l'extérieur, le vent s'était levé. De temps à autre, une branche frappait au volet d'une chambre inoccupée du premier étage, comme le soir où j'avais appris l'existence de La Dette. J'avais alors cru qu'elle se manifestait sous la forme d'une créature de cauchemar, que le mal absolu avait fait irruption dans ma vie.

Et j'avais vu juste : le mal avait fait irruption dans ma vie.

Alors, que signifiait ce signe ? Ce mal allait-il battre en retraite ? C'était peu probable. À leurs yeux, la vidéo que je leur avais remise prouvait que j'avais tué un être humain. J'étais en leur pouvoir jusqu'au dernier de mes jours.

Mon père bascula la tête en arrière puis termina son verre.

— Le moment est venu d'en finir, dit-il.

Gus esquissa un sourire, mais son visage n'exprimait aucune joie.

— Oui, il est temps, lâchai-je.

Je me levai, défis ma ceinture et laissai tomber mon jean sur mes chevilles.

Mon père sortit le fer du tiroir puis, à l'aide du vieux Zippo, en chauffa l'extrémité jusqu'à ce qu'elle vire au rouge, puis blanchisse. J'avais souvent imaginé ce moment. Je m'étais demandé si, le moment venu, je ressentirais un quelconque sentiment de triomphe.

Mais non. Il y avait eu trop de dommages collatéraux. Le fer mordit ma chair, et je n'éprouvai que de la douleur.

Rien que du vide et de la douleur.

Encore du vide et de la douleur.

— Je peux avoir un whisky ? dis-je, lorsque tout fut terminé.

Mon père se tourna vers Gus.

— Pourquoi pas ? Qu'est-ce que tu en penses ?

Mon grand-père remplit deux verres. Il me tendit l'un d'eux et confia l'autre à son fils.

— Tu ne trinques pas avec nous, Gus ? demandai-je.

— Non merci, répondit-il en secouant la tête.

Alors je compris : il se limitait toujours à un verre. C'était un dur à cuire, un vrai de vrai. Tandis que chaque particule de son corps réclamait de l'alcool, il se contentait d'un whisky, quelle que soit la situation.

Je trempai mes lèvres dans le breuvage. C'était la deuxième fois que j'y goûtais – j'en gardais un souvenir épouvantable –, mais là, c'était différent. Une boule de feu explosa dans mon ventre, et la chaleur se diffusa dans tous mes membres. Mon corps et ma cuisse meurtrie étaient à l'unisson.

— Est-ce que je pourrais jeter un œil au document original ? Vous savez, ce truc rédigé en italien ?

Depuis bien longtemps déjà, j'avais pris la décision ferme et définitive de ne jamais avoir d'enfants.

À moins de n'engendrer que des filles. Il était hors de question d'offrir La Dette en héritage.

Gus se traîna vers le bureau puis en revint avec le contrat, cette feuille de papier jaune, sec et cassant. Comment un objet aussi insignifiant pouvait-il être investi d'une telle puissance, infliger autant de malheur et de souffrance ?

Je repensai à ce que Mr Jazy avait dit à propos des prêts immobiliers. Comme le document signé par mon ancêtre, ils n'étaient que des bouts de papier où des innocents avaient apposé leur signature, mais ils avaient le pouvoir d'engendrer misère et désespoir.

Je déchiffrai le titre du contrat : *Pagherò Cambiaro*.

Et moi qui m'imaginais avoir accompli des progrès en italien lors de mon séjour à Rome ! Certes, j'étais parvenu à acheter des billets de train et à commander des spaghettis, mais ces deux mots n'évoquaient strictement rien.

— Gus, tu peux traduire ?

Mon grand-père ne s'attarda pas sur le titre.

— Tous les héritiers mâles de la lignée Silvagni, à l'âge de quinze ans, devront régler six traites.

— Pardon ? dis-je. Tu as bien dit *tous les héritiers mâles* ?

— C'est exact.

— Mais je croyais que cet engagement ne concernait que le fils aîné, dis-je.

— Eh bien, tu te trompais.

— Tous les mâles de la lignée, confirma mon père.

— Toby ! m'étranglai-je.

Il hocha la tête.

— Mais… mais il n'a aucune chance d'accomplir ne serait-ce qu'un seul contrat, bredouillai-je.

— Il nous surprendra. La Dette a le pouvoir de transformer les garçons en hommes.

Puis un frisson glacé me saisit. Bon sang, comment n'y avais-je pas pensé plus tôt ?

— Ils ont tué Alessandro, n'est-ce pas ? dis-je en me tournant vers Gus.

— Il a échoué, confirma mon grand-père. Il n'a pas tenu le coup.

— Et le Prêcheur, c'est ça qui l'a rendu fou !

Gus hocha la tête.

Il n'y avait rien à ajouter. Je savais désormais ce que j'avais à faire. Mon ancêtre avait émigré dans ce pays pour offrir à sa famille une vie meilleure. C'est dans ce seul but qu'il avait apposé sa signature sur ce morceau de papier.

Mais aucune dette n'était éternelle.

Et les Silvagni avaient remboursé la leur au centuple.

Toby ne pouvait affronter ces épreuves. Il en était tout simplement incapable.

Oui, je savais ce qui me restait à faire.

Je devais mettre fin à La Dette.

Lundi

32. UNIVERS PARALLÈLE

Ça avait semblé si facile, lorsque je me trouvais dans le bureau de Gus, les entrailles en fusion sous l'effet du whisky.

Mettre fin à La Dette.

Ça, c'était juste un slogan digne d'être imprimé sur un T-shirt. Mais j'avais consacré le dimanche à réfléchir aux moyens de vaincre ce monstre omnipotent, et n'avais abouti à rien.

Le lundi matin, à mon réveil, la lumière du jour filtrait entre les rideaux. Je me sentais dépassé, paralysé par l'ampleur de la tâche.

Toby était en danger. Il n'avait aucune chance de survivre aux épreuves imposées par La Dette. Comme Alessandro, il en mourrait, et terminerait entre quatre planches.

Après avoir pris une douche, j'allumai mon ordinateur et consultai mes e-mails.

J'avais reçu un message d'Imogen :

Dom, tu as déménagé sur une autre planète ?

Je sais que tu dois maintenant travailler pour gagner ta vie, mais j'aimerais bien te voir un de ces jours.

Je répondis aussitôt :

Pourquoi pas maintenant ?

Elle envoya cette réponse :

Désolée, j'ai cours.

Cours à domicile, rectifiai-je mentalement en m'habillant à la hâte.

Je descendis au rez-de-chaussée. Mon père et ma mère étaient attablés dans le salon. À l'évidence, ils venaient d'avoir une sérieuse explication.

— Dom, ton père et moi pensons que tu devrais retourner au lycée, maintenant que… hum… que tu as rempli tes objectifs.

— Dans vos rêves, répondis-je.

— Dom ! gronda mon père.

— On parlera de ça plus tard, dis-je. Pour le moment, j'ai un truc urgent à régler.

Mon père se dressa d'un bond et se précipita vers la porte donnant accès au vestibule, bien décidé à faire rempart de son corps. Dans ses rêves. Je le pris de vitesse, quittai la maison et courus jusqu'à la villa d'Imogen.

Après les palabres d'usage, Mrs Havilland accepta de me laisser entrer. Elle me considéra d'un œil sévère.

— Imogen est avec son professeur de biologie, dit-elle.

— Ne pourrais-je pas assister au cours ? Cela fait un moment que je ne suis pas allé au lycée... Je n'interviendrai pas, c'est promis.

— Assister au cours ? répéta-t-elle. Eh bien... oui, pourquoi pas ?

La maison ne disposant pas de laboratoire, Imogen et son prof, vêtus de tabliers, avaient investi la cuisine afin de disséquer une grenouille sur le plan de travail. Lorsque j'entrai dans la pièce, ils s'interrompirent et me considérèrent en silence.

— Continuez, dis-je. Faites comme si je n'étais pas là.

Le professeur m'adressa un sourire, mais Imogen leva les yeux au ciel avant de retourner à son batracien. Elle taillait cette pauvre petite bête en pièces avec une habileté surprenante. À Coast Grammar, après nous être livrés à cet exercice, nous avions mis une heure à nettoyer le laboratoire parsemé de hachis de grenouille.

Lorsque Imogen en eut terminé, elle plaça le cadavre de la malheureuse victime au réfrigérateur, puis Mrs Havilland lui donna quartier libre pour les deux heures suivantes.

— Ta mère est un principal plutôt laxiste, souris-je quand nous nous trouvâmes dans la chambre du premier étage.

— Qu'est-ce qui s'est passé ? demanda-t-elle en me fusillant du regard.

— Qu'est-ce que tu veux dire ?

— Je te trouve changé, Dom. Tu as pris une pilule pour accélérer le vieillissement ? S'il te plaît, dis-moi ce qui t'arrive.

Je n'étais pas venu me soumettre à un interrogatoire. Je voulais juste rencontrer un être cher lié à ma vie d'avant La Dette. Mais contre toute attente, je ressentis le désir impérieux de me confesser, de me libérer de mes secrets.

— Assieds-toi, dis-je.

— Je préfère rester debout.

— Comme tu voudras. Tu te souviens du jour où nous avons eu affaire aux frères Mattner ? Tu m'as demandé des explications, et j'ai répondu que j'étais tenu au secret. Je t'ai juste demandé de me faire confiance.

Imogen hocha la tête.

— Eh bien, le moment est venu pour moi de tout t'expliquer.

Imogen s'assit sur la chaise placée devant son bureau.

Et pour la première fois, je révélai ce qui était arrivé le jour de mon quinzième anniversaire, et expliquai comment j'avais hérité d'une très ancienne dette familiale, l'une de ces dettes que l'argent ne pouvait rembourser.

Imogen ne m'interrompit pas, ne posa pas de questions, ne fit aucun commentaire. Mais son expression changea au fil du récit, exprimant tour à tour curiosité, stupeur et incrédulité.

— Je vais te montrer quelque chose, dis-je, en guise de conclusion.

Je remontai l'une des jambes de mon short et dévoilai ma cuisse marquée au fer : *PAGATO*. La lettre finale était encore rouge et boursouflée.

Imogen écarquilla les yeux et posa une main sur sa bouche, comme pour retenir un cri. Puis elle se leva et me prit dans ses bras.

— Mon pauvre Dom, murmura-t-elle.

Non, je ne voulais pas être *son pauvre Dom*. Ce que j'avais traversé m'avait rendu plus responsable, plus fort, plus lucide. Mais malgré moi, tandis qu'elle me serrait contre elle, je me sentis submergé par son parfum, par sa douceur, par sa féminité, et les larmes me montèrent aux yeux.

Peut-être avait-elle raison, finalement : pauvre Dom. Personne ne méritait de vivre ce que j'avais vécu. Personne.

— Je suis désolé, sanglotai-je lorsqu'elle relâcha son étreinte.

— Tu n'as pas à être désolé, dit-elle en me tendant un mouchoir en papier. Mais dis-moi, tout est terminé, à présent ?

Je secouai la tête.

— Non, je n'en ai pas fini avec eux. Je vais mettre fin à La Dette.

Elle resta muette, mais son regard en disait long. *Non, Dom, c'est beaucoup trop dangereux.*

— Ce sont eux qui ont tué ton père, Im, lâchai-je.

Elle tressaillit, comme si elle venait de recevoir une décharge électrique.

— Non !

— Attends-moi, dis-je. Je vais chercher quelque chose chez mes parents.

Lorsque je revins quelques minutes plus tard après un bref passage par ma chambre, Imogen n'avait pas bougé d'un pouce.

Je sortis de ma poche la montre Omega Speedmaster que j'avais trouvée dans le cercueil, autour du poignet décharné de son père, et je la lui tendis.

Sans un mot, elle s'en empara, en étudia le cadran, puis la retourna afin d'observer l'arrière du boîtier. Lorsqu'elle découvrit l'inscription, ses genoux fléchirent légèrement. Craignant qu'elle ne perde connaissance, je m'apprêtai à la soutenir mais elle parvint à conserver l'équilibre.

— Ce sont eux qui l'ont tué ? demanda-t-elle.

Je hochai la tête.

— Alors nous devons prévenir la police.

— Non, pas encore, dis-je. Pas tant que je n'aurai pas tout réglé.

— Dans ce cas, je veux t'aider à mettre fin à La Dette.

— C'est entendu. Le moment viendra où je ferai appel à toi. Pour le moment, je voudrais que tu me rendes cette montre. Je vais en avoir besoin.

Mais Imogen caressa tendrement l'objet.

— Demain, il aurait fêté son anniversaire, soupira-t-elle. Tous les ans, à cette date, je me remémore les souvenirs que j'ai de lui. Il m'appelait « la célèbre Imogen Havilland », pour se moquer gentiment de moi. Il faisait très bien le poirier. Il écoutait les matchs de cricket à la radio. Il taillait des mouillettes parfaitement calibrées dans les tranches de pain de mie. Je repense aussi à la façon dont il me brossait les cheveux. Aux mots qu'il prononçait pour me rassurer, avant mes cours de natation, parce que j'avais peur de l'eau. Toutes ces petites choses. C'est pour ne pas oublier.

Elle tournait et retournait la montre au creux de sa main.

— Un jour, il a dit qu'il ne m'abandonnerait jamais, sous aucun prétexte. Pas avant d'être très, très vieux et très, très décrépit.

Je me penchai en avant et saisis sa main libre.

— Tu te souviens du soir où il a disparu ? dit-elle.

— Un peu, répondis-je.

— Le matin des élections, personne ne lui donnait la moindre chance d'être élu. Alors quand les résultats ont été annoncés, ça a été la folie. Ma mère et moi, nous sommes montés sur l'estrade pendant qu'il prononçait son discours de victoire. Ensuite, nous sommes allés fêter ça chez Taverniti, et j'ai commandé des spaghettis, comme d'habitude. Les clients défilaient à notre table pour le féliciter. Puis il est sorti, et personne ne l'a jamais revu.

Imogen baissa les yeux.

— Après ça, c'était le chaos. Les policiers venaient chez nous tous les jours. Et tes parents nous ont aidés à traverser ce moment difficile. Puis les choses se sont tassées, et nous n'avons plus reçu de visiteurs. À part Rocco Taverniti, qui était toujours fourré chez nous.

— Ah bon ? m'étonnai-je.

Elle hocha la tête.

— Mais au bout d'un moment, il n'est plus venu, lui non plus. Et nous sommes restées toutes seules, ma mère et moi. Et c'est là qu'elle m'a forcée à quitter l'école.

— Garde la montre pour le moment, dis-je. Mais ne l'égare pas, je t'en supplie. Nous pourrions en avoir besoin.

En regagnant la maison de mes parents, je pensai à Prométhée, ce titan dont m'avait parlé le professeur Chakrabarty. Zeus l'avait condamné à être enchaîné à un rocher où, chaque jour, un aigle – ou un vautour – venait dévorer son foie. Et ce supplice avait duré des milliers d'années, jusqu'à ce que Hercule le délivre.

Et je songeai qu'en révélant mon secret à Imogen, je m'étais libéré à mon tour des vautours de La Dette.

Soudain, derrière mon dos, j'entendis le moteur d'un motoculteur. Ça n'avait rien d'inhabituel, étant donné que notre villa était plantée dans un océan de gazon, et que l'herbe n'a pas la faculté de se tondre toute seule. Aussi n'y prêtai-je pas vraiment attention, et continuai-je à marcher vers la villa, le cerveau en ébullition. Certes, j'étais libéré, mais comment pouvais-je raisonnablement envisager de mettre fin à La Dette ?

Le son produit par le motoculteur se fit plus puissant, et le parfum de l'herbe coupée chatouilla agréablement mes narines. Puis je songeai aux pales tranchantes de l'engin et fus saisi d'une soudaine épouvante. *Saute !* m'ordonna une voix intérieure.

J'effectuai un bond latéral, roulai sur la pelouse puis me redressai d'un bond pour faire face à l'ennemi. Roberto, juché sur la machine, se trouvait à une dizaine de mètres de ma position. Fausse alerte.

Une fois n'est pas coutume, il m'adressa un authentique sourire où je ne décelai pas la moindre trace d'ironie.

— Tu devrais songer à te détendre, Dominic, dit-il.

J'entrai dans la maison et retrouvai ma mère dans la cuisine.

— Depuis combien de temps Roberto travaille-t-il pour nous ?

— Je ne sais plus exactement, mon chéri. Pourrions-nous parler du lycée ? Je pense vraiment que tu devrais reprendre les cours, maintenant que tout est de retour à la normale.

À la normale ? Mais de quoi parlait-elle ? Mon père avait tué mon cousin devant mes yeux, et cette scène me hanterait jusqu'à la fin de mes jours. Et elle prétendait que les choses étaient de retour à la normale ?

— Où vit Roberto ? insistai-je.

— Je ne sais vraiment pas grand-chose de lui.

Encore un mensonge. Lorsque Toby avait disparu, je les avais surpris en grande discussion, leurs visages si proches l'un de l'autre que leurs nez se frôlaient. Mais il ne servait à rien d'insister. Mes parents étaient prisonniers de leurs secrets. Il me faudrait trouver un autre moyen d'en savoir davantage sur Roberto.

Je tournai les talons et me dirigeai vers le vestibule.

— Dom, où est-ce que tu vas ?

— J'ai des choses à régler, répondis-je.

Je me rendis dans ma chambre pour enfiler un jean et un T-shirt, puis je redescendis discrètement au rez-de-chaussée et quittai la villa par la porte arrière. Enfin, j'enfourchai mon vélo et quittai le domaine.

J'appuyai sur les pédales comme un forcené, poussant mon organisme à ses limites. Comme par magie, mes pensées, jusqu'alors confuses, commencèrent à s'organiser.

Mettre fin à La Dette ? Pourquoi pas ? Après tout, les six tâches qu'on m'avait confiées m'avaient paru irréalisables lorsque j'en avais pris connaissance.

Au fond, il me restait un septième contrat à accomplir. Et cette fois, je ne servirais pas une organisation criminelle. Au contraire, je ferais tout ce qui était en mon pouvoir pour la détruire.

■■■

La faune habituelle squattait l'entrée de la boutique de prêts sur gages. Je repoussai Bandana rouge d'un énergique coup d'épaule.

— Eh, ça te ferait mal de t'excuser ? grogna-t-il.

Je montai au premier étage puis, avant que Jodie n'ait pu ouvrir la bouche, je poussai la porte de Hound.

— Sang Neuf ! s'exclama-t-il.

Au même instant, je vis sa main droite disparaître sous le bureau, et je compris qu'il cherchait à s'emparer d'une arme. Il pensait que j'étais venu accomplir ma vengeance.

— C'est bon, calmez-vous, dis-je en levant les bras en signe de paix.

— En ce cas, qu'est-ce qui me vaut l'honneur ?

— Je suis toujours votre employé, n'est-ce pas ?

— Eh bien… il faut voir. Tu avais l'air plutôt en rogne, l'autre jour.

— Laissez tomber, c'est oublié. C'était juste les affaires, pas vrai ?

— Je te le confirme, dit Hound.

— Dans ce cas, je me permets de vous faire observer qu'à ce jour, vous ne m'avez versé aucun salaire.

Il se leva et me serra énergiquement la main : nous étions de nouveau en affaires. Il me confia une longue liste de noms. Les traditionnelles enquêtes de solvabilité, des salauds qui laissaient tomber femme et enfants.

De retour dans mon box, je chiffonnai la feuille de papier et le jetai dans la corbeille. J'ouvris *Word*, et dressai une liste de mes propres salauds.

Rocco Taverniti

Ron Gatto

Art Tabori

Roberto

Seb Baresi

J'étudiai cette liste pendant quelques minutes, espérant que l'un de ces noms allait me sauter au visage et avouer : *C'est moi, Dom. Je suis La Dette.*

Je me creusai la cervelle et ajoutai quelques noms.

David Silvagni

Celia Silvagni

Pr Chakrabarty

Par où commencer ? Mieux valait procéder par élimination.

Je commençai par le suspect le moins crédible, le professeur Chakrabarty. Je posai une feuille vierge sur mon bureau et traçai deux colonnes, l'une pour les arguments *pour*, l'autre pour les arguments *contre*.

Dans la seconde, je commençai par inscrire *Indien*.

Il fallait voir les choses en face. Pouvait-on imaginer qu'un individu d'origine indienne fasse partie de la 'Ndrangheta ? Pouvait-on imaginer Don Corleone préparant un poulet tandoori ? Ou Tony Soprano produisant un film à Bollywood ?

OK, ces réflexions étaient le reflet de mes préjugés. À bien y réfléchir, dans *Le Parrain*, le *consigliere* était germano-irlandais. Et à en croire Wikipédia, l'Italie avait accueilli une foule d'Indiens à la faveur d'une régularisation des immigrants clandestins motivée par une pénurie de main-d'œuvre.

Dans la colonne *pour*, j'inscrivis : *parle couramment l'italien ; spécialiste de la culture italienne ; s'est rendu à San Luca pour assister au festival de Notre-Dame de Ponsi ; capable de composer des SMS en latin.*

Pour terminer, j'écrivis *QCQC*. Oui, le professeur Chakrabarty avait incontestablement QCQC. En clair : Quelque Chose Qui Cloche.

Google savait très peu de choses à son sujet. Comment pouvait-on vivre dans le monde moderne et ne pas laisser de traces numériques ? Même les Bushmen, les Massaïs et les Esquimaux possédaient des comptes Facebook.

Je tournai longuement en rond sur Internet avant qu'une question ne s'impose : pourquoi me donnais-je autant de mal alors que j'avais un professionnel à portée de main ?

Je quittai mon poste de travail et déboulai dans l'antre de Hound. Je le trouvai affalé dans son fauteuil, ses bottes western posées sur le bureau, un ordinateur sur les genoux.

— Vous devriez porter des éperons, plaisantai-je.

— J'en prends note, Sang Neuf. Figure-toi que j'en ai une paire à la maison.

Il marqua une pause, puis ajouta :

— Sais-tu combien de lingots ont été trouvés au fond de la mer ?

— Cent vingt-cinq, répondis-je.

— C'est bien ce qui me semblait, dit-il en se penchant sur son ordinateur. Mais à en croire le communiqué de l'ambassade des Philippines, ce sont cent vingt lingots qui ont été largués par ce foutu hélicoptère.

— Il s'agit peut-être d'une imprécision.

— Non. Un passant a filmé toute l'opération. J'ai étudié la vidéo image par image. Il y en avait bien cent vingt.

Bien joué, Otto, pensai-je.

— Cinq lingots, tu sais ce que ça représente ? demanda Hound.

— Aucune idée.

— Environ trois millions de dollars. Pas de la petite monnaie.

Les Zolton-Bander étaient incontestablement les plus forts, mais je ne savais pas s'il fallait en rire ou en pleurer. Ma seule certitude, c'est qu'il était désormais exclu de leur faire confiance.

— Bon, que puis-je pour toi, Sang Neuf ? demanda Hound.

— Je fais des recherches sur une personne, mais je n'arrive pas à trouver son adresse.

— L'un de nos maris indignes ?

— Non, c'est une affaire personnelle sur laquelle j'enquête pendant mon temps libre.

Hound posa devant moi un stylo et une feuille de papier.

— Écris son nom.

Je pris grand soin d'orthographier correctement ce patronyme à coucher dehors.

— Tu as un numéro de téléphone ?

— Oui, mais l'annuaire inversé ne donne aucun résultat.

— Note-le quand même.

Hound récupéra le document et lut à haute voix :

— *Cha-kra-bar-ty*. Tu es sûr qu'il ne s'agit pas plutôt d'une posture de yoga ?

Par politesse, je ris à cette plaisanterie. Je commençais à maîtriser les relations employeur-employé.

— Donne-moi un quart d'heure, dit Hound. Je vais voir ce que je peux faire. En attendant, retourne travailler.

Une dizaine de minutes plus tard, il surgit dans mon box en brandissant une feuille de papier.

— Mission accomplie ! s'exclama-t-il.

— Oh, déjà ? Comment avez-vous procédé ?

— Avant Internet, Google et Wikipédia, nous nous contentions de faire appel à des contacts. Et ils peuvent toujours être utiles de nos jours, dans certaines circonstances.

— Formidable, dis-je en m'emparant du document.

— Alors, on est réconciliés, Sang Neuf ?

— Bien sûr.

Lorsqu'il eut regagné son bureau, je lus l'adresse qu'il m'avait communiquée.

Et je dus la relire à trois reprises pour me convaincre que je n'étais pas victime d'une hallucination.

Mais non, j'avais bien lu. Et ce faisant, je venais de replonger dans un univers parallèle et maléfique, dans cet enfer où les hippies menaient des interrogatoires musclés et où mon père s'exprimait dans un langage inconnu.

33. PIZZA QUATRE SAISONS

Pour me rendre à Nimbin, je composai le numéro de SkyFast, la compagnie d'avions privés à laquelle mon père faisait fréquemment usage pour ses déplacements professionnels.

— Bonjour, j'aimerais affréter un appareil à destination de Nimbin.

— Pour combien de personnes ? demanda l'opératrice.

— Une seule.

— À quelle date ?

— Aujourd'hui, dis-je. Et dès que possible.

— Comment souhaitez-vous régler ?

— Je suis le fils de David Silvagni, expliquai-je. Il a un compte chez vous, je crois.

— En effet, Mr Silvagni est l'un de nos meilleurs clients. Pourrait-il nous confirmer votre réservation ? Un e-mail suffira.

— Il vous envoie ça tout de suite. Pourriez-vous me contacter quand l'avion sera disponible ?

Après lui avoir communiqué mon numéro de téléphone, je lui adressai un message depuis l'une des adresses électroniques de mon père. Presque aussitôt, un SMS m'avertit que l'appareil serait prêt à décoller vingt minutes plus tard. Enfin, je commandai un taxi pour me rendre à l'aéroport.

Alors que je me trouvais dans l'escalier, j'entendis la voix de Hound tonner dans mon dos.

— Où vas-tu, Sang Neuf ?

— Je m'absente un moment, dis-je sans me retourner.

Pas le temps. Le taxi m'attendait devant la porte.

— Les dossiers que je t'ai confiés, ils sont du genre urgent, gronda-t-il.

— C'est en cours, dis-je. Je vous donnerai ça tout à l'heure.

Hound grommela quelque chose – sans doute une remarque peu flatteuse –, mais j'avais déjà franchi la porte.

Le taxi me déposa devant le terminal de SkyFast, où je fus accueilli par Luke, le pilote chargé de me conduire à Nimbin.

Durant le vol, les interrogations qui me hantaient ne me permirent pas de jouir du paysage. J'étais désormais convaincu que le professeur Chakrabarty était un membre de La Dette, sans doute l'un des plus éminents.

À en croire Google, il vivait dans la zone d'où le dernier SMS en latin avait été envoyé.

Lorsque Luke entama la procédure d'approche et que j'aperçus l'aérodrome de Nimbin, je songeai à Otto Zolton-Bander.

— En tant que pilote, que pensez-vous du Zolt ? demandai-je.

— Visiblement, il connaît quelques difficultés à l'atterrissage. Mais si les médias disent vrai, s'il n'a jamais pris de leçons de pilotage, s'il s'est formé tout seul sur Flight Simulator et en lisant des manuels, je dirais qu'il ne se comporte pas trop mal.

Il marqua une pause puis, désireux d'alimenter la conversation, il demanda :

— Alors comme ça, vous êtes le fils de Dave ?

— C'est exact.

— Mon client préféré. Et je ne dis pas ça pour vous faire plaisir.

— Il fait souvent appel à vous ? demandai-je.

— Très souvent. Je ne compte même plus le nombre de fois où nous avons effectué ce trajet.

Ah bon ? Autant que ça ?

Lorsque nous nous fûmes posés, j'empruntai un second taxi qui me déposa au centre de cette ville de malheur qui, comme San Luca, méritait selon moi d'être rayée de la carte par l'une des catastrophes climatiques de grande ampleur que nous promettaient les climatologues.

Le professeur Chakrabarty vivait à quelques pâtés de maisons du centre-ville, à proximité de l'agence locale de Gold Coast Investissements et de la permanence des Démons de la terre.

Je hâtai le pas.

J'allais mettre fin à La Dette.

Et l'éliminer, lui qui avait réussi à gagner ma confiance pour pouvoir mieux me manipuler.

Oui, c'est vrai, j'avais manqué de cran quand je m'étais retrouvé confronté à Brandon. Mais cette fois, c'était différent. Ma victime méritait le sort que j'allais lui faire subir.

Je longeai l'agence de prêts immobiliers, traversai le parking du centre commercial et passai devant la permanence des Démons de la terre. Enfin, j'empruntai une rue sur la droite, et me trouvai devant la maison du professeur Chakrabarty.

C'était une vieille demeure en pierre flanquée d'un garage de facture plus récente. Une habitation indigne d'un parrain de la Mafia. Et si je m'étais fait des idées ? Ce que je voyais indiquait que le professeur Chakrabarty n'était qu'un vieux prof un peu farfelu, et qu'il n'y avait pas à chercher plus loin. Et s'il s'agissait d'une couverture ? Et s'il cachait sa véritable nature ? S'il se fondait dans la population de Nimbin pour pouvoir semer la mort et le chaos en toute impunité ?

Je surveillai la maison pendant une trentaine de minutes sans détecter le moindre signe d'activité. Je traversai la chaussée et jetai un coup d'œil à la boîte aux lettres. Le courrier que j'y trouvai était adressé au professeur Chakrabarty. Pas de doute, j'étais à la bonne adresse. Ceux que Hound appelait ses contacts, ces antiques substituts à Internet, ne s'étaient pas trompés.

Je me présentai à la porte puis, le cœur battant, j'appuyai sur le bouton de la sonnette. Que ferais-je s'il se présentait ? Oh, et puis, après tout, il n'était plus nécessaire de me trouver des excuses. J'étais venu mettre fin à La Dette. Je ne pouvais plus reculer.

Mon coup de sonnette demeura sans réponse. Je collai l'oreille à la porte : pas un bruit. En apparence, la maison ne disposait ni de caméras de surveillance, ni de barreaux aux fenêtres. Plutôt étrange, pour un patron du crime organisé... Il poussait un peu loin son souci de discrétion.

Je contournai la demeure et trouvai une fenêtre entrebâillée. Je glissai la main et tournai la poignée de l'intérieur. Tout cela était décidément beaucoup trop simple. Étais-je sur le point de tomber dans un piège ? Peu importe, l'heure était venue d'affronter mon ennemi juré : à nous deux, Chakrabarty !

J'enjambai le rebord de la fenêtre et me réceptionnai dans une pièce aux murs intégralement tapissés de livres. J'en consultai les titres. Il y avait là beaucoup d'ouvrages classiques, mais aussi des recueils consacrés à l'écologie, à la biologie et aux mouvements environnementaux.

Sur la grande table, je ne trouvai que des factures et de la paperasse. Les tiroirs étaient fermés à clé.

Je quittai le bureau et débouchai sur une cuisine américaine jouxtant un vaste salon aux parois ornées de masques africains et de peintures pointillistes aborigènes. Rien de louche. Logique : il conservait sans doute les documents relatifs à ses activités criminelles dans un lieu secret. Chakrabarty n'était pas un débutant. Qui aurait pu penser qu'un prof de lettres d'origine indienne vivant dans une telle demeure puisse régner en maître sur une organisation criminelle née à l'autre bout de la planète ?

À cet instant, j'entendis la porte du garage grincer, puis un moteur de voiture tourner au ralenti.

Pris de panique, je me glissai à plat ventre sous le canapé. Quelques instants plus tard, la porte s'ouvrit et j'aperçus une paire de chaussures – des richelieux, celles du professeur Chakrabarty – puis les roues d'un fauteuil d'infirme.

— Tu es sûr que personne ne nous a vus ? fit une voix féminine.

Cet accent anglais, ce ton un peu snob… Je connaissais ce timbre, et je n'étais pas près de l'oublier. C'était la voix de Mandy.

— Je te le garantis, ma chère, répondit le docteur.

Je n'en croyais ni mes yeux ni mes oreilles. J'avais l'impression de regarder un épisode des *Simpsons* et de trouver Kenny de *South Park* assis sur le canapé de Homer.

Homer et Kenny, le professeur Chakrabarty et Mandy : deux univers radicalement différents venaient d'entrer en collision.

— Thor et Alpha seront là dans une heure, dit Mandy. Tu penses vraiment qu'on a le temps, Chak ?

Chak ?

— « Elle marche, et sa beauté n'a d'égale que le ciel, limpide et étoilé », déclama le professeur Chakrabarty. « Et ce que l'ombre et la lumière ont de plus beau brûle dans son être et dans son regard. »

— Oh, Chak, roucoula Mandy, d'une voix qui évoquait une nappe de fromage fondu dégoulinant sur une pizza quatre saisons. Tu sais à quel point j'aime lord Byron.

Les roues et la paire de chaussures se rapprochèrent du canapé, puis des sons humides, voire visqueux, parvinrent à mes oreilles. Horreur, ils s'embrassaient.

La partie de mon cerveau qui n'était pas figée par l'épouvante et le dégoût fonctionnait à cent à l'heure, s'efforçant de donner un sens à tout ceci. Qu'est-ce que Kenny foutait avec Homer Simpson ?

Puis tous les éléments se mirent en place, comme les pièces d'un puzzle. Je m'étais planté sur toute la ligne : si le professeur Chakrabarty parlait aussi bien la langue de Dante, c'était parce qu'il avait étudié la littérature italienne ; et s'il s'était rendu à San Luca, c'était pour assister au festival de Notre-Dame de Polsi. Il n'y avait pas à chercher plus loin.

Mais je ne m'étais pas trompé en lui attribuant le label QCQC : le professeur Chakrabarty était le tristement célèbre Dr E, le leader des Démons de la terre. Tout le démontrait : la photo de la Terre vue de l'espace qui ornait l'un des murs de son bureau de Coast Grammar, les livres alignés dans sa bibliothèque, sa relation avec cette sadique de Mandy.

Je n'avais que deux solutions : *a*) demeurer dans ma cachette pendant qu'ils se roulaient sur le canapé – et je redoutais que leurs ébats ne prennent un tour très désagréable –, puis attendre qu'ils aient quitté la pièce pour quitter les lieux ; ou *b*) me manifester.

Je choisis la première option, aussi révoltante fût-elle, car j'aurais été incapable de leur fournir une explication plausible.

– Oh, Chak, ronronna Mandy.

– « La rosée perle sur ta peau, puis s'embrase de feux ardents. Laissons-les nous consumer jusqu'à ce que... »

– Stop ! hurlai-je. C'est moi, Phidippidès, je suis planqué sous le sofa !

Mardi

34. DÉJÀ-VU

J'éprouvais une désagréable impression de déjà-vu : de nouveau, les Démons de la terre m'avaient installé sur une chaise à dos droit afin de me cuisiner. Sauf que cette fois, le professeur Chakrabarty, alias Chak, alias Dr E, assistait à l'interrogatoire. Et il me tenait en joue avec un pistolet automatique.

— Alors si je comprends bien, dit Alpha, tu pensais que le docteur était un chef de la Mafia ? Et tu crois qu'on va avaler ça ?

Il n'était pas question de leur expliquer ce qu'était La Dette. Ils étaient trop en colère pour assimiler une telle information. Mandy tremblait de rage. Si son chef l'y avait autorisée, elle m'aurait volontiers roulé dessus jusqu'à me transformer en crêpe humaine.

— Oui, c'est ce que je croyais, dis-je, mais je vous répète que j'avais mes raisons.

— Et peux-tu nous en faire part ?

Depuis que Thor, Alpha et Mandy m'avaient mis sur le gril, le professeur Chakrabarty n'avait pas décroché un mot. Son visage n'exprimait aucune émotion. Sous ses dehors bonhommes, c'était un être impitoyable, un leader terroriste qui avait froidement ordonné le sabordage de bateaux de pêche industrielle et l'attentat au cours duquel l'employé d'une scierie avait été gravement blessé.

Pour la énième fois, je tentai de leur expliquer dans les grandes lignes quels indices m'avaient conduit à soupçonner mon professeur.

— Ça n'a aucun sens ! hurla Mandy.

Bref, nous tournions en rond. Si je ne m'étais pas trouvé sous la menace d'une arme, j'aurais tenté de prendre la fuite. Mais le professeur Chakrabarty était-il capable de presser la détente, de liquider son ancien élève, son « cher Phidippidès » ? Dans le doute, je préférai me tenir tranquille.

Et à ma grande surprise, Chak baissa son arme.

— Laissez-le partir, ordonna-t-il.

— Mais il va courir nous dénoncer à la police ! protesta Mandy.

— Non, il ne fera pas une chose pareille, dit le docteur sans se départir de son calme.

— Tu crois vraiment à ces explications absurdes ?

— Bien sûr que j'y crois. Je connais bien Dominic, et je te garantis qu'il serait incapable d'inventer une histoire aussi complexe et extravagante.

Il esquissa un sourire et ajouta :

— Pas assez de culture littéraire.

Il me fixa intensément, et j'eus l'impression affreuse d'être un poisson prisonnier d'une nasse.

— Dom, as-tu conservé le dernier message en latin ? demanda-t-il.

— Oui, répondis-je. Mais je vous rappelle que Mandy a confisqué mon iPhone.

— Mandy, rends-lui son téléphone.

L'intéressée m'adressa un regard noir puis, de mauvaise grâce, laissa tomber l'appareil sur mes genoux. Je fis défiler les SMS, ouvris le message en question et le présentai au professeur Chakrabarty. Il l'étudia longuement puis demanda :

— Tu es certain qu'il a été adressé depuis cette partie de la ville ?

Il se tourna vers Thor et haussa ses énormes sourcils. Ce dernier secoua la tête : *ce n'est pas moi, chef.*

Le professeur Chakrabarty me restitua le téléphone.

— Dom, nous formons une organisation pacifique, mais nos objectifs sont ambitieux, et nous ne laisserons personne nous mettre des bâtons dans les roues. Est-ce que je me fais bien comprendre ?

Je pensai à l'employé de la scierie. En dépit des apparences, Chak n'était pas un tendre. Si je dénonçais les Démons de la terre, il n'hésiterait pas à me le faire payer.

— Allez, fous-moi le camp, dit-il.

Je ne me le fis pas dire deux fois. Je me levai, me dirigeai vers la porte et rayai mentalement Chakrabarty de ma liste de suspects.

Client suivant : Rocco Taverniti. Que savais-je à son propos ? Pas grand-chose, à bien y réfléchir. Je m'apprêtai à ranger mon iPhone lorsqu'une idée germa dans mon esprit. Je m'arrêtai dans le vestibule. *Non, Dom, ne fais pas ça. Il t'a ordonné de déguerpir, et n'oublie pas qu'il est armé.* Rien à faire, je devais tenter ma chance.

— Professeur Chakrabarty ?

— Quoi encore ?

— J'ai une faveur à vous demander.

— C'est une plaisanterie ? s'étrangla Mandy.

Thor et Alpha, les éco-ninjas, se précipitèrent vers moi, bien décidés à hâter mon évacuation.

— De quoi s'agit-il ? demanda le professeur Chakrabarty.

— Je sais que vous êtes polyglotte, et je me demandais juste si vous pourriez m'aider à traduire un enregistrement audio que j'ai réalisé clandestinement.

— Tu pousses le bouchon un peu loin ! tempêta Mandy.

Mais Chak n'était pas homme à refuser un défi intellectuel.

— Et de quelle langue s'agit-il ? demanda-t-il.

— Calabrais.

— Comme tu le sais, mon italien est irréprochable, et je connais un peu cet idiome. Fais-moi écouter ça.

Je lançai l'application *dictaphone*, sélectionnai le fichier et appuyai sur la touche *lecture*. Mais l'enregistrement avait été réalisé dans des circonstances particulières, et le bruit de fond rendait le discours du vieux Taverniti parfaitement inintelligible. Mandy m'adressa un sourire malveillant.

— Alpha, tu peux arranger ça ? demanda Chak.

— Je vais voir ce que je peux faire, dit ce dernier en sortant un ordinateur portable de son sac à dos. Dom, active la fonction *Bluetooth*, s'il te plaît.

Je m'exécutai. Pendant cinq minutes, Alpha pianota sur son clavier et joua du trackpad.

— Voyons ce que ça donne, dit-il enfin.

La voix de feu Taverniti jaillit des haut-parleurs intégrés. Le bruit de fond avait été pratiquement éliminé. Le professeur Chakrabarty écouta attentivement tout en prenant des notes sur un carnet.

— Encore une fois, ordonna-t-il.

Après la deuxième écoute, il afficha une mine sombre.

— Qui est cet homme que l'on entend parler ?

— Luigi Taverniti, le fondateur du restaurant du même nom.

— Je me souviens parfaitement de lui, dit-il. Il y a quelques années, je m'y rendais régulièrement avec des collègues de Coast Grammar.

— Il est mort il y a quelques jours, annonçai-je.

— Paix à son âme. Mais compte tenu de ce que l'on vient d'entendre, je me demande s'il se trouve désormais au paradis ou en enfer. Lorsque tu lui as parlé de ce Mr Havilland, il a répondu *le politicien*. Mais ça, je suppose que tu l'avais déjà compris.

— En effet.

— Ensuite, il a dit : *Ha avuto troppo avidi, quello*. Ce que je traduirais par : « Il est devenu trop gourmand, celui-là. » Puis : *Stava per rovinare tutto per tutti*. Soit, en substance : « Il allait tout gâcher, pour tout le monde. »

Le professeur Chakrabarty leva les yeux de son calepin.

— Il est question de Graham Havilland, n'est-ce pas ?

Je hochai la tête. Graham Havilland, le militant de la lutte antidrogue. Mais si la traduction du professeur Chakrabarty était fidèle, c'était aussi un politicien corrompu, jugé trop gourmand par ses propres complices.

Pauvre Imogen.

— Et la dernière phrase, qu'est-ce qu'elle signifie ?

Chak consulta ses notes.

— Il a dit : « J'ai demandé aux garçons de s'occuper de lui. » Et ajouté : « Ils lui ont fait une deuxième bouche. »

Et comme si ce n'était pas assez clair, Mandy fit glisser l'ongle de son pouce sur son cou, mimant une exécution par égorgement.

— Mais ensuite, ne cite-t-il pas quelques noms ? demandai-je. C'est ce que j'ai cru entendre.

— Tu as l'ouïe fine, Phidippidès. Il a lâché trois noms : Rocco, Ron et Gnocchi.

Rocco, comme Rocco Taverniti. Ron, comme Ron Gatto. Mais qui était le troisième ?

— Gnocchi ? C'est un surnom ?

— Dans le contexte, c'est certain.

Le docteur resta plongé dans ses pensées puis déclara sur un ton énigmatique :

— Sun Tzu a dit que toute guerre était une supercherie. Contacte-moi si tu as besoin d'aide. Mais nous devrons garder nos distances. J'espère que je me suis bien fait comprendre.

— Je vous remercie infiniment.

— Maintenant, débarrasse-moi le plancher, conclut-il en esquissant un discret sourire.

Cette fois, je quittai la maison sans me retourner, remontai la rue et passai devant la permanence des Démons de la terre. J'étais désormais convaincu qu'aucun d'eux ne m'avait adressé le SMS.

Après avoir traversé le parking du centre commercial, j'approchai de l'agence locale de Gold Coast Investissements. L'affiche publicitaire exposée dans la vitrine annonçait : *Pourquoi rester locataire quand on peut devenir propriétaire ? Ici, votre prêt accordé en une heure !*

J'avais la conviction que ce bâtiment abritait quelques-unes des réponses aux questions qui embouteillaient mon cerveau. J'y avais déjà pénétré grâce à une reproduction des clés et n'avais rien trouvé de suspect. En revanche, je m'étais retrouvé avec une clé en trop, qui ne rentrait nulle part. Je m'étais alors satisfait d'une explication très simple : la serrure avait été changée, et le propriétaire du trousseau, comme le faisait l'immense majorité de la population, n'avait pas pensé à se débarrasser de la clé devenue inutile.

Mais tout bien pesé, cette théorie méritait d'être vérifiée.

M'étant assuré que personne ne m'observait, je fis le tour du bâtiment. À l'arrière, je découvris une porte dépourvue d'inscriptions, un simple panneau métallique qu'on n'avait même pas pris la peine de peindre.

Hélas, lors de ma précédente visite, j'avais jeté la clé inutile dans une bouche d'égout, car je redoutais qu'elle ne m'incrimine.

Je rebroussai chemin jusqu'au centre commercial, me rendis au magasin de bricolage afin d'y acheter quelques articles, puis je gagnai la bibliothèque publique. Là, je trouvai une banquette confortable où je patientai en feuilletant des bandes dessinées jusqu'à la tombée de la nuit.

Me souvenant de ma confrontation avec le vigile de Gold Coast Investissements, j'agis avec la plus extrême discrétion. Je posai mon sac devant la porte et déballai mes outils. Quelle ironie... Sans La Dette, je n'aurais jamais appris à crocheter une serrure. J'étais désormais un expert. Toutes les compétences que j'avais acquises grâce à eux allaient me permettre de précipiter leur chute.

Je me mis au travail, me souvenant de ce que j'avais lu dans le manuel téléchargé sur Internet : *projetez vos sens dans la serrure puis visualisez la façon dont elle répond à vos manipulations.*

Cette serrure-là répondit très rapidement à mes manipulations. Elle céda en moins d'une minute en produisant un déclic à peine audible. Dès que j'eus poussé la porte, je vis un voyant clignoter dans l'obscurité. *Alarme volumétrique*, pensai-je. Si elle était conforme à l'immense majorité des dispositifs proposés dans le commerce, je disposais de trente secondes pour composer le code.

J'enfonçai l'interrupteur du plafonnier et balayai la pièce du regard. Je découvris des étagères croulant sous les livres puis, à un mètre de moi, sur une longue table, une photo encadrée de Toby, Miranda et moi.

Je me trouvais dans le bureau de mon père.

Je me précipitai vers le boîtier d'alarme et composai le code qu'il utilisait en toutes circonstances, pour ses cartes de crédit, pour son compte Apple, pour PayPal. Et le voyant cessa de clignoter.

Ce bureau ne ressemblait ni à celui où il s'enfermait fréquemment après le dîner, à la maison, cette pièce sobre où il ne conservait que quelques livres sur le management, ni à ceux du centre-ville, ce temple de la poussière et des toiles d'araignées.

Il y avait là quantité de matériel électronique : des écrans, des imprimantes, des serveurs, des scanners. Les murs étaient ornés d'œuvres d'art : des photos noir et blanc et des peintures abstraites. Et ça, ça ne ressemblait pas à ce que je savais de mon père. Mais le plus frappant, c'était les livres. Il y en avait des milliers.

La Source vive d'Ayn Rand côtoyait *La Richesse des nations* d'Adam Smith et les *Métamorphoses* d'Ovide.

Contrairement aux autres, ce dernier recueil était posé à l'horizontale. Je m'en emparai, étudiai la tranche et constatai qu'une page avait été cornée. *Une déplorable habitude*, aurait dit ma mère. Je l'ouvris à cet endroit et découvris un passage surligné : *Atque ita semineces partim ferventibus artus mollit aquis, partim subiecto torruit igni.*

N'en croyant pas mes yeux, je sortis mon iPhone et parcourus mes SMS jusqu'à celui que je cherchais :

Atque ita semineces partim ferventibus artus mollit aquis, partim subiecto torruit igni.

Ce qui restait en moi de logique devait se rendre à l'évidence : c'était mon père qui m'avait adressé ce message. Mais mon cœur restait incrédule : comment avait-il pu faire une chose pareille ? Comment avait-il pu ?

À cet instant, la porte s'ouvrit et mon père apparut devant moi. Rien de vraiment étonnant. La puce implantée dans ma main l'avait guidé jusqu'à moi. Il venait de me surprendre en pleine perquisition illégale, mais il n'était pas question de battre en retraite.

– C'est toi qui m'as envoyé ce message ! grondai-je.

– En effet, Dom, dit mon père sans s'émouvoir. Je crois que le moment est venu de parler de tout ça calmement, entre père et fils.

Brûlant de colère, je m'assis sur une chaise. Mon père sortit du réfrigérateur deux petites bouteilles d'eau minérale, éteignit le plafonnier et alluma une petite lampe de bureau.

– Je voulais que tu restes vigilant, expliqua-t-il. T'empêcher de te reposer sur tes lauriers.

Me reposer sur mes lauriers ? Mais de quoi parlait-il ? Puis, en y repensant, je devais admettre que ces messages m'avaient maintenu dans un état de tension permanente, en constante ébullition intellectuelle. Tout bien pesé, je ne pouvais pas lui donner tort.

– Nous n'avons jamais douté de toi, mais nous devions prendre toutes les mesures nécessaires.

Nous ? Mais qui était ce *nous* ?

– Tu fais partie de La Dette, soupirai-je.

– Ce n'est pas aussi simple, Dom.

— Si, tu fais partie de La Dette ! m'emportai-je. Et si j'avais échoué, tu m'aurais pris une livre de chair. Tu aurais mutilé ton propre fils !

— Ça ne pouvait pas arriver. Tu es un garçon plein de ressources.

— Tu es en cheville avec les Taverniti.

— Sans eux, je serais aujourd'hui un alcoolique unijambiste, un boulet pour la société, comme ton grand-père.

Je brûlais de défendre Gus, mais je préférai tenir ma langue. Mon père était d'humeur bavarde, et j'étais impatient d'entendre ses révélations.

— Quand tu étais à San Luca, tu as commis un meurtre, dis-je.

C'était une affirmation, pas une question.

L'espace d'un instant, son visage exprima une profonde stupéfaction. *Comment peut-il être au courant ?*

— C'est une longue histoire. Mais oui, je l'admets, quelqu'un a perdu la vie.

— Et ce quelqu'un, c'était le père du garçon qui a essayé de t'assassiner.

Mon père hocha la tête.

— Je vois que tu es bien informé.

— Et à San Luca, tu as été enfermé dans une cellule souterraine.

— J'ai passé huit mois dans ce trou à rats, confirma-t-il.

— « Dans cette nuit qui m'enveloppe, perdu dans ce puits de ténèbres... »

— ... « je loue les dieux qui m'ont donné une âme noble et indomptable », ajouta mon père. Ce poème est la seule chose utile que m'ait apprise ton grand-père.

Il se leva, balaya les rayonnages du regard, s'empara d'un ouvrage et me le remit. Je tournai la couverture vierge et lus la page de titre : *Recueil de vers*, par William Ernest Henley, 1888.

— Dans cette édition originale, le poème n'a pas encore de titre.

Soit, mais quel rapport avec notre discussion ? J'avais la nette impression qu'il essayait de noyer le poisson.

— Et pourquoi as-tu été libéré ? demandai-je.

— Nous avons conclu un traité de paix, un accord très complexe comprenant de nombreuses clauses, répondit mon père, l'air un peu triste.

— Un accord concernant maman ?

Le visage de mon père s'empourpra.

— Évidemment. Mais sache que ta mère et moi sommes tombés amoureux à l'instant où nos regards se sont croisés. Quoi qu'il arrive, n'oublie jamais ça, compris ?

— Compris.

Et ces mots avaient des accents de vérité. Au moins, le lien qui unissait mes parents ne reposait pas sur le mensonge.

— Qui est Roberto ? demandai-je.

— J'ai besoin d'un verre, soupira mon père.

D'un tiroir du bureau, il sortit une bouteille de whisky single malt, s'en versa dans un verre et en but une gorgée.

— Roberto est le frère de ta mère, Dom.

— Notre jardinier, mon oncle ?

Une autre pièce du puzzle se mit en place. Roberto portait le même nom que ma mère : Baresi. Mais c'était aussi celui de Seb ! Comment ce détail avait-il pu m'échapper ?

— Ils voulaient être près l'un de l'autre. C'était la solution la plus simple.

— Et Seb est le fils de Roberto, n'est-ce pas ?

— Oui, c'est ton cousin.

Et celui de Miranda, pensai-je. Voilà qui expliquait pourquoi mes parents leur avaient interdit de se revoir.

— Et il est au courant ?

— Oui, il est au courant.

Les murs du bureau se mirent à danser. Le monde entier tournait autour de moi.

— Quelque chose ne va pas, Dom ?

Je dévissai le bouchon de la bouteille d'eau minérale et but deux longues gorgées au goulot.

— Ça va aller, dis-je. C'est juste que… ça fait beaucoup d'informations à digérer.

— Dom, tu t'en es sorti comme un chef. Mieux que ce que nous espérions. Maintenant que tu es *pagato*, tu es libre de faire tout ce qui te plaira. Continuer à travailler dans ton agence, si ça te chante. Retourner au lycée, dans l'établissement de ton choix. Et si tu veux persévérer dans l'athlétisme, tu pourrais même aller t'entraîner aux États-Unis ou au Kenya.

— Vraiment ? demandai-je, m'imaginant courir dans la vallée du Rift, berceau d'innombrables coureurs de fond et de demi-fond.

— Tu es *pagato*, répéta-t-il. Le monde t'appartient.

Le monde t'appartient. Cette idée était un poison plus fort que le whisky.

— Et Toby ?

— Comme toi, il sera mis à l'épreuve.

— Mais il n'y arrivera jamais, papa.

— Comment le sais-tu ? Toi-même, lorsque tu as reçu ton premier contrat, savais-tu seulement de quoi tu étais capable ?

Il avait raison. Je n'en savais rien.

— Mais papa, c'est ton fils.

— Et c'est pourquoi je ne peux le priver de l'opportunité qui nous a été offerte, à toi comme à moi.

— De quelle opportunité parles-tu ?

— De la chance qui nous a été donnée de démontrer nos capacités. Notre société se relâche, Dom. Nous ne permettons plus aux garçons de devenir des hommes.

Nous les couvons, nous les dorlotons, nous les tenons à l'écart des réalités du monde. Et ensuite, nous nous étonnons qu'ils restent immatures.

J'étais épuisé. Mon père avait tissé autour de moi une toile de faits et de raisonnements logiques dont je me sentais prisonnier. Me sentant vulnérable, il durcit le ton.

— Je ne sais pas ce que tu as en tête, Dom, mais je t'ordonne de renoncer à tes projets. J'ai sorti notre famille du caniveau, et je ne laisserai personne l'y faire retomber.

À cet instant, je me vis courir pieds nus dans la vallée du Rift.

— Maintenant, nous allons rentrer à la maison, bien gentiment, conclut mon père en se levant.

Je l'imitai, et m'apprêtai à remettre le recueil de poèmes à sa place.

— Garde-le, Dom. Il t'appartient, désormais.

Il réactiva l'alarme, puis nous quittâmes le bureau.

— Je ne vais même pas te demander comment tu as réussi à entrer, sourit-il en verrouillant la porte.

Sa Porsche était garée le long du trottoir. Lorsque nous y eûmes pris place, mon père écrasa le champignon et entama une course folle, au mépris du code de la route et des limitations de vitesse, abordant les virages à la corde et s'engageant pied au plancher dans les rues les plus étroites. Jusqu'alors, j'avais toujours trouvé sa conduite désespérément lente. Encore un faux-semblant. Mon père était davantage un pilote qu'un conducteur.

Chose étrange, je me sentais en sécurité, à la fois détendu et exalté. Après avoir filé pendant une dizaine de minutes vers l'intérieur des terres sur une large portion d'autoroute, il emprunta la sortie menant à une aire de repos.

— Je suis fatigué de conduire, dit-il.

Pardon ? Allais-je devoir patienter dans cet endroit sinistre et mal éclairé pendant qu'il s'accordait une petite sieste ?

— Ça te dirait de prendre le volant ? dit-il.

Ouais, ça me dirait bien, mais je n'ai que quinze ans et je ne sais pas conduire.

— Sérieux ?

— Bien sûr, dit-il en ouvrant sa portière. Échangeons nos places.

— Et les flics ?

— T'inquiète, ils ne nous causeront pas d'ennuis, lança-t-il.

Quel garçon de quinze ans n'aurait pas aimé conduire une Porsche 911, l'une des meilleures voitures de sport de tous les temps ? Je pris place derrière le volant, et mon père m'expliqua les rudiments de la conduite : pédale d'embrayage, levier de vitesse, accélérateur, freins. Tout ça me semblait très compliqué.

Mes premiers essais ne furent guère fructueux : la voiture hoqueta puis se cabra, et mon premier coup de frein fut si violent que mon père, qui n'avait pas bouclé sa ceinture, faillit se briser le nez contre le tableau de bord. Puis, au fil de mes tentatives, je commençai à prendre le coup.

— Tu es très doué, dit mon père.

— Ah, tu trouves ?

— L'autoroute est déserte. Tu peux appuyer sur le champignon.

Tandis que les Rolling Stones jouaient *Hot Stuff* dans la sono, l'aiguille du compteur pencha progressivement vers la droite : 100, 110, 120, 130. À 140, pris de panique, je relâchai légèrement l'accélérateur.

— De quoi as-tu peur ? sourit mon père. Pousse jusqu'à 150. La barre symbolique.

Je mis la gomme. En quelques secondes, l'aiguille frôla les 160.

Mon père avait tué trois personnes : cette pauvre femme dans la forêt, Francesco Strangio et le père de ce dernier.

C'était un meurtrier.

Un monstre.

Mais lorsque je me tournai vers lui, tout fier de ma prouesse, je ne vis pas un tueur.

Je ne vis que cet être cher qui me souriait.

— Ça y est, tu y es, Dom.

Puis nous filâmes dans la nuit, mon père et moi.

Mercredi

35. FUNÉRAILLES

Le lendemain, je me réveillai plus tard que d'ordinaire. Dormir était le meilleur moyen de ne pas ruminer les révélations de la veille. Je ne songeais plus qu'à mon nouveau projet : partir pour le Kenya afin de bénéficier de conditions d'entraînement exceptionnelles, en haute altitude. Comme l'avait souligné mon père, j'étais *pagato*. Tous mes rêves pouvaient devenir réalité.

Affamé, je descendis au rez-de-chaussée et trouvai mes parents, Toby et Miranda, vêtus de noir de la tête aux pieds, rassemblés dans le salon.

— Qu'est-ce que c'est que ces tenues ? dis-je à Miranda.

— Nous allons à l'enterrement de Mr Taverniti, dit ma mère. Tu as oublié ?

— Complètement, avouai-je.

J'avalai quelques bouchées de corn-flakes, pris une douche express puis passai à mon tour des vêtements de circonstance. Enfin, nous embarquâmes dans la BMW de ma mère.

L'allée menant au porche de l'église était comble. Pour reprendre le terme employé par mon père, il y avait là tout ce que Gold Coast comptait de « Ritals ». Se mêlant à cette foule, mon père et ma mère commencèrent à échanger des mondanités, et nous fûmes présentés à une multitude d'inconnus.

Cigarette aux lèvres, Rocco Taverniti se fraya un passage jusqu'à nous. Il était un peu voûté, comme accablé par le deuil qui le touchait. N'en faisait-il pas un peu trop ? Il aspira une dernière bouffée, jeta le mégot dans le caniveau et étreignit longuement mon père à l'italienne. Lorsqu'ils se séparèrent, des larmes roulaient sur leurs joues.

— Il t'aimait comme un fils, dit Rocco.

— Et il était comme un père pour moi, répondit mon père.

Puis ils s'isolèrent à quelque distance de l'assistance pour s'entretenir à voix basse.

Après quelques minutes de conciliabule, ils se serrèrent chaleureusement la main.

— On en reparle plus tard, dit mon père.

Alors, Rocco lui ébouriffa les cheveux, comme l'on fait à un enfant pour lui témoigner de l'affection.

— Tu peux compter sur moi, Gnocchi.

Je sentis mon sang se glacer dans mes veines. Lorsque nous nous joignîmes à la file qui s'était formée devant l'église, je m'approchai de mon père et chuchotai à son oreille :

— Rocco vient de t'appeler Gnocchi ?

— Oui, sourit-il. C'est le surnom que me donnait le vieux. J'adorais ce plat, quand j'étais gamin.

Le service funéraire étant sur le point de débuter, les participants se pressèrent sous le porche, et je me retrouvai seul sur le parvis. Il faisait un temps superbe, l'air marin soufflait doucement sur mon visage, mais j'étais glacé d'effroi.

Rocco Taverniti, Ron Gatto et David Silvagni avaient tué Graham Havilland.

Ils avaient assassiné le père de ma meilleure amie. Ils lui avaient « fait une deuxième bouche ». Je devais effacer cette pensée de mon esprit, ne penser qu'à la vallée du Rift.

Mais rien à faire. Une rage froide le disputait à l'épouvante. Je sortis mon portefeuille et retrouvai la carte que le détective Westaway m'avait remise. Je sortis mon iPhone, composai son numéro et m'apprêtai à lancer l'appel.

Était-ce la bonne solution ? Devais-je informer la police de ce qui se trouvait dans la crypte des Tabori ? Lui transmettre l'enregistrement audio ? Cela m'aiderait-il à atteindre mon but ? À mettre fin à La Dette ?

Toute guerre est fondée sur la supercherie, avait écrit Sun Tzu.

J'effaçai le numéro, chiffre par chiffre. Non, ce n'était pas la bonne solution. Je m'assis au bord du trottoir. C'était d'un juriste dont j'avais besoin, pas d'un flic. Je fis défiler mes contacts et sélectionnai le numéro de Mr Ryan. Il répondit à la première sonnerie.

— Dom ! Tu m'as laissé si longtemps sans nouvelles !

— Toutes mes excuses, dis-je, mais j'ai été très occupé. J'ai besoin de votre avis concernant une affaire délicate.

— De quoi s'agit-il ?

— Je préférerais que nous en parlions en tête à tête.

— Bien sûr, passe quand tu voudras.

— Dans ce cas, j'arrive immédiatement.

Dès qu'il m'eut communiqué son adresse, je hélai un taxi.

Mr Ryan vivait dans l'une des immenses tours du front de mer qui faisaient la célébrité de Gold Coast. Lorsque je me trouvai dans la cabine d'ascenseur, le doute m'assaillit. N'agissais-je pas avec précipitation ? Au fond, que savais-je de Mr Ryan ? C'était un prof et un ancien juriste, ça, ça ne faisait aucun doute.

Mais s'il faisait partie de La Dette, lui aussi ?

N'étais-je pas en train de me jeter dans la gueule du loup ?

À l'inverse, n'étais-je pas en train de sombrer dans la paranoïa ?

Je pressai le bouton de la sonnette, et mon ancien professeur ouvrit la porte, vêtu d'un sarong à motif floral et d'une chemisette lilas. Une tenue aussi invraisemblable qu'embarrassante.

— Veux-tu quelque chose à boire, Dom ?

— Juste un verre d'eau, ça ira.

L'appartement de Mr Ryan était vaste, sobre et peu encombré. Il disposait d'un balcon offrant une vue splendide sur l'océan Pacifique.

Sur les murs étaient accrochés des diplômes et des photos de groupe où figurait mon hôte. À l'évidence, il appartenait à de très nombreuses organisations.

Nous nous installâmes sur la terrasse, face à la mer. Nous restâmes silencieux pendant quelques instants à échanger des sourires idiots.

— Alors, qu'est-ce que vous écoutez, en ce moment ? dis-je, histoire de lancer la conversation.

— Je continue à explorer la discographie méconnue des Rolling Stones. Un conseil de ton père. Et toi ?

— Rage Against the Machine. Surtout le premier album.

— Je ne connais pas ce groupe. Dans quel style le rangerais-tu ?

— Ils jouent… du rock teigneux. Ils ont la haine contre tout mais, au bout du compte, c'est plutôt marrant.

— Je les écouterai à l'occasion.

Il s'éclaircit la gorge puis dit :

— Alors, de quoi voulais-tu me parler, Dom ?

— Vous vous y connaissez en affaires criminelles ?

Mr Ryan hocha la tête.

— Je ne suis pas exactement un expert, mais je peux peut-être t'aider. De quoi s'agit-il ?

— Eh bien... Admettons que j'aie trouvé un cadavre, la victime d'un meurtre...

— C'est une chose plus fréquente qu'on ne le pense.

— ... et que ce corps soit resté caché une bonne dizaine d'années.

— Rien d'étonnant non plus. Un cadavre bien dissimulé peut même ne jamais être retrouvé.

— Mais imaginons que j'aie trouvé ce corps-là dans une tombe qui ne lui appartenait pas.

— Comment le savoir ?

— Il se pourrait que je connaisse l'identité du mort, par exemple.

— Tu l'as identifié, dix ans après sa mort ? Mais comment ? Grâce à son dossier dentaire ? Une analyse ADN ?

— Non. Il portait une montre gravée à son nom.

— Ça peut être un indice, en effet.

À cet instant, je réalisai quelle erreur j'avais commise en retirant du cercueil cette pièce à conviction incriminante.

— Si les flics trouvaient ce corps, qu'en feraient-ils ?

— Ils chercheraient des preuves. Des impacts de balles. Des traces de liens. Ce genre de choses. Ils s'efforceraient de déterminer combien de personnes ont participé à l'homicide.

— De quelle façon ?

— Il existe une loi connue sous le nom de principe d'échange de Locard. En gros, elle stipule que tout contact entre deux individus laisse des traces. Cette théorie date des années 1900, mais les découvertes concernant l'ADN ont prouvé qu'elle était rigoureusement exacte. Une goutte de sang ou de salive sur un mégot de cigarette, un cheveu, un minuscule fragment de peau morte peut faire l'affaire.

— Même au bout de dix ans ?

Mr Ryan hocha la tête.

Je vidai mon verre et contemplai l'océan, les surfeurs filant de vague en vague.

— Quoi qu'il se passe, Dom, je te recommande vivement de prévenir la police.

Voilà qui était rassurant : jamais un membre de La Dette ne m'aurait donné un tel conseil.

Je le remerciai chaleureusement et m'apprêtai à prendre congé lorsque mes yeux tombèrent sur une photo où Mr Ryan posait en compagnie des membres d'une organisation baptisée Alliance de la jeunesse de

Gold Coast. Une association dont ma mère était l'une des principales contributrices.

— Vous connaissez ma mère ?

— Oui, très bien. Nous avons travaillé ensemble sur des projets d'aide aux enfants défavorisés. C'est une femme pleine de ressources.

Une idée me traversa l'esprit.

— Elle ne vous aurait pas demandé de veiller sur moi, par hasard ? demandai-je en pensant à la bienveillance qu'affichait Mr Ryan à mon égard.

— C'est une femme pleine de ressources, répéta-t-il en esquissant un sourire.

J'avais vu juste ! Je me sentis submergé par l'amour que j'éprouvais pour ma mère. Au fond, je n'avais pas été aussi seul que je l'avais imaginé durant l'accomplissement de mes six contrats.

Dans l'ascenseur, je sortis mon iPhone. Déjà, un plan était en train de se former dans mon cerveau enfiévré.

Avant toute chose, j'avais un problème capital à régler.

Et je savais précisément qui pouvait m'y aider.

Mercredi

36. SCALPEL

De retour à Halcyon Grove, je sonnai à la porte des Havilland. Fait exceptionnel, ce fut Imogen qui ouvrit la porte. Elle était pâle à faire peur.

— Où est ta mère ? demandai-je.

— À l'hôpital, répondit-elle.

— Qu'est-ce qui lui est arrivé ?

— Elle a avalé beaucoup trop de pilules. Elle a dû subir un lavage d'estomac.

— Bon sang… Ça s'est passé quand ?

— Hier soir.

— Oh. L'anniversaire de ton père.

Imogen hocha la tête.

Je me sentais minable. Imogen avait besoin de soutien, et c'était moi qui étais venu lui demander de l'aide.

— Imogen, il faut que tu me débarrasses de cet implant.

— C'est de la folie, Dom. Je ne sais pas si j'en serai capable.

— Moi non plus, mais nous devons essayer. C'est le seul moyen pour moi de leur échapper.

Elle me lança un regard perdu et tortilla nerveusement une mèche de ses cheveux.

— Je n'ai pas beaucoup de temps, Im.

Elle ne réagit pas.

— Ceux qui m'ont fait ça sont aussi ceux qui ont tué ton père, dis-je.

Puis, la sentant toujours indécise, j'ajoutai :

— Si tu refuses, je le ferai moi-même.

Elle secoua la tête, me prit par le bras et m'entraîna dans sa chambre.

— Assieds-toi, dit-elle en désignant la chaise placée devant son bureau.

D'un tiroir, elle sortit le scalpel qu'elle avait utilisé pour disséquer la grenouille. Je sortis la radio que m'avait remise l'interne de l'hôpital public.

— La puce se trouve ici, dis-je en désignant le petit rectangle noir qui apparaissait au centre du cliché.

Elle disparut quelques instants dans la salle de bains contiguë et en revint avec des serviettes éponge, un bol d'eau tiède et une trousse de premiers soins.

Elle posa l'une des serviettes sur le bureau.

— Pose ta main ici, dit-elle.

À cet instant, je flanchai. N'y avait-il pas d'autre moyen ?

Mobilisant tout mon courage, j'obtempérai. Imogen alluma la lampe articulée, puis elle badigeonna ma main de lotion antiseptique. Pour quelqu'un qui n'avait jusqu'alors opéré qu'un batracien décédé, elle se comportait comme une professionnelle. Elle localisa la puce sur le cliché puis, à l'aide d'un feutre, traça une croix sur ma peau.

— Attends une minute, dit-elle avant de quitter la chambre.

Je l'entendis fouiller dans le débarras voisin. Lorsqu'elle revint, elle avait enfilé des gants de ménage en latex et placé sur son visage un masque anti-poussière.

Enfin, elle s'assit à mes côtés et s'empara du scalpel.

— Tu es sûr ? demanda-t-elle.

Je hochai la tête et serrai les dents.

— Tu es vraiment très pâle, s'inquiéta Imogen.

— Vas-y, Im.

— Mais tu trembles !

— Vas-y, je te dis.

— Mais tu ne crois pas que…

— Bon sang, mais qu'est-ce que tu attends ?

Elle bloqua sa respiration et approcha l'instrument de ma main.

— Attends ! dis-je. Il me faut un objet dans lequel je puisse mordre.

Elle me tendit une écharpe en tartan. Je la glissai entre mes mâchoires.

Puis Imogen passa à l'action : elle bloqua mon poignet et planta le scalpel dans le dos de ma main. Je lâchai un cri qui se perdit dans mon bâillon. Elle épongea le sang qui s'écoulait de l'incision.

— Je n'y vois rien, dit-elle. Je vais être obligée d'écarter les bords de la plaie.

Lorsqu'elle joignit le geste à la parole, l'écharpe me tomba de la bouche et mon hurlement résonna dans toute la maison.

— Ça y est, je la vois, s'exclama Imogen en brandissant une pince à épiler.

Elle la plongea dans la coupure. De nouveau, je braillai à pleins poumons.

— Elle ne veut pas sortir, grogna-t-elle. Je vais devoir prolonger l'incision.

— Fais vite, par pitié.

De nouveau, la lame trancha dans ma main. Je lâchai d'autres vocalises.

— Je l'ai ! triompha Imogen.

— Surtout, ne la perds pas, gémis-je.

Imogen essuya l'implant à l'aide d'un mouchoir en papier puis le plaça dans un petit sachet en plastique.

— Pourrais-tu la conserver ? demandai-je.

— Bien sûr.

Elle désinfecta la plaie puis la ferma à l'aide de sutures adhésives.

— Promets-moi d'aller à l'hôpital pour te faire recoudre, dit-elle.

— Promis. Demain, quand tout sera terminé.

Elle confectionna un pansement discret.

— Tu aurais quelque chose contre la douleur ? grimaçai-je.

Elle sortit de sa poche un petit flacon.

— Ce sont les antalgiques de ma mère, expliqua-t-elle. Je pense qu'ils sont très efficaces.

Elle fit rouler deux pilules au creux de ma main indemne. Je les avalai, puis consultai ma montre : dix heures quarante-cinq.

— Im, je vais avoir besoin de *ce que tu sais*.

Elle glissa une main sous son oreiller et en sortit l'Omega de son père.

— Tu la récupéreras bientôt, dis-je. Mais pour le moment, cette montre est mon arme maîtresse.

Me souvenant du principe d'échange de Locard évoqué par Mr Ryan, je l'essuyai soigneusement puis la glissai dans un sachet en plastique.

— Merci, Imogen. Maintenant, il faut que je file.

Je m'apprêtai à déposer un baiser sur sa joue, mais elle tourna la tête au dernier instant, et nos lèvres se rencontrèrent.

Mercredi

37. ABANDON DE POSTE

Installé à l'arrière du taxi de Luiz Antonio, je me sentais profondément contrarié : alors que j'étais sur le point de vivre les moments les plus cruciaux, les plus dramatiques de mon existence, alors que le tonnerre aurait dû gronder et les éclairs zébrer le ciel, il faisait un temps superbe.

Par chance, selon le dernier bulletin météo, un important système de basse pression rôdait au large de Gold Coast.

Luiz Antonio me débarqua devant le portail du cimetière.

— Si je ne suis pas de retour dans trente minutes, dis-je, venez me chercher.

Comme d'habitude, il ne posa aucune question. Était-il né sans gène de la curiosité ou les événements de sa vie lui avaient-ils appris à se taire ?

Sac au dos, je m'engageai dans l'allée menant à la crypte. Contraint d'agir en plein jour, il me fallait redoubler de prudence. J'avais apporté mes outils de crochetage, mais il me faudrait être rapide, et prier pour ne pas être surpris en pleine effraction par un visiteur.

Prenant soin d'enfiler des gants en latex, je forçai la serrure du caveau en moins de deux minutes puis, au prix d'un effort intense, je sortis le cercueil de Graham Havilland de sa niche et en ôtai le couvercle.

Pauvre vieux, pensai-je en contemplant ses restes.

Puis je me souvins des paroles du vieux Taverniti, telles que les avait traduites le professeur Chakrabarty : *Il était devenu trop gourmand, celui-là.* Je me promis de ne jamais en parler à Imogen, mais si mes projets étaient couronnés de succès, les circonstances du meurtre de son père finiraient par être rendues publiques, ainsi que les affaires de corruption dans lesquelles il avait trempé.

Malgré l'horreur que m'inspirait le contact du cadavre, je replaçai la montre autour du poignet de Mr Havilland. Dès lors, je n'étais plus un pilleur de tombe, et en éprouvai un immense soulagement. Je contemplai les mégots de cigarettes accumulés au fond du cercueil. Grâce aux traces ADN, ils constituaient sans doute des preuves accablantes contre les coupables. J'avais vu Rocco Taverniti fumer aux obsèques de son père, et repéré un cendrier plein sur le bureau de Ron Gatto, au siège du Parti populaire. Mon père, lui, était non-fumeur, et cette pensée était rassurante. Au bout du compte, peut-être Gnocchi n'avait-il pas pris part à ce crime.

Je poussai le cercueil dans la niche et remis la plaque métallique à sa place. Je récupérai mon sac, sortis mon iPhone, lançai l'application *maps* et enregistrai ma position géographique. Alors que je m'apprêtai à quitter la chapelle, j'entendis une clé tourner dans la serrure.

Ils m'avaient retrouvé. J'avais eu beau me débarrasser de la puce au prix d'une souffrance insoutenable, ils n'avaient pas cessé de me traquer. Quel traitement allaient-ils m'infliger ?

La porte pivota sur ses gonds, et une femme âgée tout de noir vêtue passa la tête dans l'entrebâillement. J'avais l'impression qu'elle débarquait tout droit de San Luca.

— *Mi scusa*, dit-elle d'une voix chevrotante.

— *Mi scusa*, répétai-je à mon tour avant de forcer le passage et de remonter l'allée au pas de course.

Je jetai un œil à ma montre : il s'était écoulé plus de quarante minutes. Pourquoi Luiz Antonio n'était-il pas intervenu ?

Pire, il ne se trouvait plus devant le portail du cimetière. Il avait abandonné son poste. Je composai son numéro.

— Où êtes-vous ?

— Je me dirige vers ta position.

— Ah, super.

— Mais tu aurais pu me prévenir.

— Vous prévenir de quoi ?

— Que tu étais rentré chez toi.

Je compris aussitôt de quoi il retournait : Luiz Antonio ignorait que j'avais retiré mon implant, qui se trouvait depuis dans la chambre d'Imogen. Après une demi-heure d'attente, il avait allumé son GPS et vu le point clignoter dans Halcyon Grove. Je n'étais plus seulement libre de mes mouvements, mais je disposais désormais d'une arme puissante : un double de moi-même qui me permettait de brouiller les pistes. Il ne me restait qu'à trouver le meilleur moyen d'en faire usage.

J'expliquai la situation à Luiz Antonio. Dix minutes plus tard, il se présenta de nouveau à l'entrée du cimetière.

— On retourne à Halcyon Grove ? demanda-t-il.

— Non, emmenez-moi au Block.

Tout était en place : l'heure était venue de réduire La Dette à néant.

Mercredi

38. PLUS DE MENSONGES

Je regagnai l'agence à deux heures de l'après-midi. Comme tous les mercredis, Hound se trouvait au café *Cozzi*, en compagnie de ses associés.

Bien sûr, j'aurais pu lancer l'assaut depuis ma chambre, mais, par souci d'anonymat, il me semblait plus prudent d'utiliser le réseau sécurisé de Hound.

J'allumai mon ordinateur, enfonçai mes écouteurs dans mes oreilles et lançai le premier album de Rage Against the Machine à plein volume. La colère qu'ils exprimaient contre le système était en parfaite résonance avec la haine que je vouais à La Dette.

Ron Gatto, représentant de Gold Coast au Parlement, était ma première cible.

Je ne connaissais pas grand-chose à la politique, mais à en croire les informations disponibles sur Internet, il semblait plutôt doué pour passer entre les gouttes.

Entre les gouttes d'un scandale de paris truqués qui avait éclaboussé le milieu sportif du Queensland.

Entre les gouttes d'une sombre affaire d'escroquerie à la carte bancaire.

Entre les gouttes d'une histoire sordide de SMS indécents adressés à l'une de ses collaboratrices.

Mais il avait peu de chances d'échapper aux missiles dont je préparais la mise à feu.

Sur WordPress, je créai un blog sobrement intitulé : *Le député Ron Gatto est-il un escroc ?* Me fiant aux informations trouvées dans la base de données du parti, je lançai une enquête de solvabilité : en moins d'une demi-heure, je découvris qu'il disposait de deux comptes sur un site de comptabilité en ligne. À l'évidence, l'un d'eux, totalement falsifié, était destiné aux services fiscaux. L'autre faisait état de généreux versements provenant de plusieurs sociétés de l'État. Quelques recherches sur Internet m'apprirent qu'elles avaient toutes signé de juteux contrats avec les autorités fédérales. En bref, ces versements ressemblaient fort à des pots-de-vin.

Je consignai ces informations dans le blog.

Mais ces investigations soulignèrent un aspect surprenant du personnage : à en croire les relevés de l'une de ses sept cartes bancaires, Ron Gatto, époux et père comblé, héraut des valeurs familiales, dépensait environ mille dollars par mois pour s'offrir les services de call-girls.

Il n'était pas question de porter un jugement moral sur son comportement : je laisserais la communauté Internet s'en charger.

Lorsque j'eus consigné ces détails croustillants, j'utilisai une adresse e-mail anonyme pour communiquer l'URL du blog au président du Parti national libéral, ennemi juré de Ron Gatto, puis aux rédacteurs en chef du *Gold Coast Bulletin*, du *Brisbane Courier-mail* et de *The Australian*. Cerise sur le gâteau, je terminai par un message à l'émission *Today Tonight*, la plus regardée du pays.

Rocco Taverniti était le deuxième de ma liste.

Je sortis la carte que m'avait remise l'inspecteur Westaway. Je lui adressai un message anonyme rédigé en ces termes :

Vous trouverez le corps de Graham Havilland dans la crypte de la famille Tabori, au cimetière principal de Gold Coast.

Je fis figurer les coordonnées géographiques enregistrées sur mon iPhone puis ajoutai :

Le fichier joint est un enregistrement audio de feu Luigi Taverniti, ancien parrain de la 'Ndrangheta de Gold Coast. Il y évoque les circonstances de l'assassinat de Graham Havilland.

Je transférai le fichier audio depuis mon iPhone puis l'écoutai à plusieurs reprises. Ron. Rocco. Gnocchi. Je savais, sans l'ombre d'un doute, que mon père était un tueur, qu'il avait deux victimes à son tableau de chasse. Avait-il aussi assassiné Graham Havilland ?

Oui, à en croire le vieux Taverniti. En ce cas, ne devait-il pas lui aussi répondre de ses actes devant la justice ? N'était-ce pas à une cour de se prononcer sur son innocence ou sa culpabilité ?

S'il était reconnu coupable, il serait jeté en prison, probablement pour le restant de ses jours. Ma famille retournerait dans le caniveau, et je serais responsable de sa déchéance.

Je visualisai la splendide villa où nous vivions, les voitures de luxe dans lesquelles nous circulions, les gadgets hors de prix que nous nous offrions.

Je songeai aux actes de bienfaisance que ma mère avait accomplis. À cette interne qui lui devait sa réussite, à tous les adolescents en perdition qu'elle avait sauvés de la misère.

Je repensai à la promesse de mon père. J'étais désormais libre de faire ce qui me plairait, de me rendre au Kenya et de courir dans la vallée du Rift. L'amour que j'éprouvais pour lui était si réel, si intense, que j'avais l'impression qu'il m'étouffait, qu'il me serrait entre ses tentacules.

J'ouvris le fichier MP3 sur Audacity, un éditeur audio, et coupai le mot *Gnocchi*.

— Ho ottenuto i ragazzi a prendersi cura di lui. Gli hanno dato un'altra bocca, Rocco e Ron.

Je joignis cette version du MP3 à l'e-mail et cliquai sur *envoyer*.

Je me rendis aux toilettes et me lavai les mains pendant plusieurs minutes, comme si je venais d'accomplir une besogne salissante. De retour dans mon box, je remis mes écouteurs. Accords de guitare ultra-saturés, paroles martiales appelant à la prise du pouvoir par le peuple, injonctions à ne plus tolérer les mensonges des puissants, tout cela avait en moi des résonances particulières.

Mon père ne devrait-il pas répondre de ses actes devant la justice ? N'est-ce pas à une cour de se prononcer sur son innocence ou sa culpabilité ?

Je songeai aux mégots de cigarettes, les seules pièces à conviction sur lesquelles, en toute hypothèse, la police scientifique pourrait trouver des traces ADN. Pour l'heure, rien ne prouvait que mon père avait pris part à cet assassinat.

Plus de mensonges. Alors, depuis mon propre compte Gmail, j'adressai la version complète du fichier audio au détective Westaway.

Je sortis de ma poche le tableau que j'avais soumis à Mr Jazy, ces chiffres qui, à l'en croire, pouvaient plonger toute la région dans le chaos.

Le sort de Ron Gatto était scellé, mais qu'en était-il de Rocco Taverniti ? Avec sa fortune, il pouvait s'offrir les services des meilleurs avocats. Certes, son nom était lié à Gold Coast Investissements. Il figurait sur tous les papiers officiels. Hélas, c'était aussi le cas de mon père, dans une moindre mesure.

Je me penchai en arrière et me concentrai sur la voix de Zack de la Rocha, le chanteur de Rage Against the Machine. *Plus de mensonges*, hurlait-il, encore et encore.

Je créai un second blog intitulé : *Gold Coast Investissements : un système de Ponzi ?* J'y postai le document comptable puis communiquai l'URL aux rédacteurs en chef des principaux journaux du pays. La guerre des blogs était déclarée, et il était impossible de faire marche arrière.

Lorsque je me levai, je réalisai que Hound se trouvait derrière moi, les yeux rivés sur l'écran de l'ordinateur. Je ne l'avais pas entendu approcher. Forcément : qu'est-ce qui m'avait pris d'écouter de la musique à plein volume alors que je remplissais une mission clandestine en territoire ennemi ?

– Qu'est-ce que tu fabriques ? demanda Hound de Villiers.

– Je rattrape mon boulot en retard.

Il m'écarta sans ménagement, s'assit à mon poste de travail, cliqua sur l'historique du navigateur et sut rapidement à quoi j'avais occupé ma matinée.

– J'espère que c'est une plaisanterie ! gronda-t-il.

Tandis qu'il étudiait les sites que j'avais consultés, s'offrait à moi une opportunité de le mettre hors d'état de nuire.

— Ron Gatto est la meilleure chose qui soit jamais arrivée à cette ville ! rugit-il.

Je cherchai du regard une arme par destination. Je repérai un pot de fleur que j'aurais pu lui briser sur le crâne pendant qu'il découvrait le contenu de mes blogs.

— Gold Coast était une décharge publique avant qu'il ne prenne les choses en main, poursuivit Hound, très remonté.

Et toutes ces armes exposées dans son bureau ? Étaient-elles chargées ?

Peu importe. Je n'étais pas capable de liquider un être humain de sang-froid. Ma confrontation avec Brandon, le soir où je m'étais introduit dans l'hôpital, l'avait clairement démontré. D'ailleurs, à voir la façon dont il me tournait le dos, Hound en avait parfaitement conscience.

Je jetai un coup d'œil à l'écran : la page d'accueil du blog dédié à Ron Gatto comptait déjà quelques dizaines de visites.

— Je vais téléphoner à Ron immédiatement, tempêta Hound en brandissant son smartphone.

Si je ne pouvais l'éliminer, il ne me restait plus qu'à courir. Pas pour fuir un péril, mais pour me précipiter vers l'avenir, ce futur incertain que je venais de créer. Ma carrière dans l'agence était sur le point de prendre fin. C'était sans doute mieux ainsi. En continuant à travailler sous les ordres de Hound, il aurait fini par me contaminer : je serais devenu comme lui, arrogant, violent, cynique et tordu.

Pour marquer le coup, je ressentis le besoin de prononcer une phrase mémorable.

– Hound ?

– Quoi ? Qu'est-ce qu'il y a ?

– Le total look jean, c'est totalement ringard.

Sur ces mots, je pris mes jambes à mon cou, dévalai les marches, poussai la porte donnant sur la rue… et me heurtai à un mur constitué des deux frères Lazarus.

– Eh bien, Sang Neuf, tu as le feu aux fesses ? ricana l'un d'eux en tirant sur sa cigarette.

Évidemment, ils ignoraient encore tout de ma disgrâce. Je vis un objet briller dans la main du second Lazarus. Un trousseau de clés.

– Hound a oublié un dossier dans le Hummer. Il m'a demandé d'aller le chercher.

Il hocha la tête et me remit le trousseau. Je me précipitai vers le véhicule, déverrouillai la portière et m'assis derrière le volant. Je tournai la clé de contact et posai la main gauche sur le levier de vitesse. Il était très différent de celui de la Porsche 911 de mon père. Et pour cause, le Hummer était équipé d'une boîte de vitesses automatique, comme la BMW de ma mère. Tant mieux. Je savais comment elle fonctionnait.

Alors que je m'apprêtais à appuyer sur le champignon, Hound de Villiers apparut devant le capot. Il braquait un énorme automatique chromé dans ma direction.

Nom de Dieu !

Mais n'avait-il pas précisé que le Hummer était blindé des vitres à la carrosserie ?

Soit il avait menti – c'était dans ses habitudes –, soit il disait la vérité. Et il n'y avait qu'un moyen d'en avoir le cœur net.

J'enfonçai la pédale d'accélérateur, braquai vers la gauche et baissai la tête sous le volant. Dans la sono, Rodriguez gratta les premiers accords de la chanson *Sugarman*.

Et pour une fois, Dieu merci, Hound avait dit vrai.

Mercredi

39. COMME UN FEU DE FORÊT

Bizarrement, en dépit de mon âge et du véhicule extrêmement tape-à-l'œil dont j'avais pris le volant, personne ne semblait s'intéresser à mon cas. Cette excursion en centre-ville me rappelait la nuit durant laquelle, aux commandes d'un bulldozer, j'avais volé au secours de Zoe Zolton-Bander.

Malgré sa taille, le Hummer était étonnamment facile à conduire. Je n'avais pas besoin de changer les vitesses, et la conduite assistée remplissait parfaitement son office. Aussi, au lieu de me débarrasser de ce monstrueux tas de ferraille comme j'en avais l'intention, je décidai de m'offrir une virée.

Je me dirigeais vers l'intérieur des terres.

Lorsque Rodriguez eut épuisé tout son répertoire, un rappeur se mit à brailler dans la sono. Je passai devant une succursale de Gold Coast Investissements assaillie par une petite foule de manifestants.

Ce doit être un hasard, pensai-je. *Le blog est en ligne depuis moins d'une heure.*

J'avais envisagé la possibilité que mes blogs demeurent ignorés, que ses lecteurs considèrent leur contenu comme une méprisable compilation de calomnies. Si je m'en fiais à ma propre expérience, 99,9 % des informations fracassantes mises en ligne sur Internet n'avaient strictement aucun fondement.

Mon téléphone sonna. Un appel d'Imogen.

— Tu l'as fait ? demanda-t-elle.

— Oui, mes blogs sont en ligne.

— Et la montre ?

— Je l'ai remise à sa place.

— Et maintenant, qu'est-ce qu'on fait ?

— On attend.

Au même instant, une idée me traversa l'esprit. Une idée audacieuse, imprudente, qui ne me ressemblait pas.

— Tu veux faire un tour en bagnole ? demandai-je.

— Avec tes parents ?

— Non, juste toi et moi.

Elle observa quelques secondes de silence puis lâcha :

— OK.

Pris de court, je bredouillai :

— Oh… super. Dans ce cas, retrouve-moi en bas de Chirp Street dans dix minutes.

— Ça marche.

J'étais persuadé qu'elle se dégonflerait, qu'elle se convaincrait que j'avais perdu l'esprit. Pourtant, je la trouvai au point de rendez-vous, vêtue d'un short en jean, d'une chemisette blanche et d'une paire de Havaianas. Elle était éblouissante, totalement imogénesque.

Lorsque je freinai à sa hauteur, elle recula de trois pas. Je baissai la vitre teintée et lançai :

— Im, c'est moi !

Elle considéra le Hummer, et sur son visage, je lus une extrême surprise, imprimée en CAPITALES, en corps **gras** et en souligné.

— Alors, tu veux faire un tour ? demandai-je.

— Tu sais conduire ? demanda-t-elle.

— Disons que jusqu'ici, je n'ai pas eu d'accident.

— Tu ne dépasses pas les limites de vitesse ?

— Non, je me traîne comme une limace.

— Tu as picolé ?

— Bien sûr que non.

— Tu as fumé de la drogue ?

— Arrête. Ne dis pas n'importe quoi.

Elle lâcha un soupir, ouvrit la portière côté passager et s'installa à mes côtés.

— Que les choses soient bien claires : si je te demande de me laisser descendre, tu obéiras sans discuter, dit-elle en bouclant sa ceinture. C'est compris ?

— Entendu, dis-je en appuyant sur l'accélérateur.

Elle tendit l'oreille puis, entendant le flow du rappeur dans la sono, fit la grimace.

— Tu n'as pas autre chose que ces délires misogynes ?

— Si. J'ai du… du Rodriguez.

— Je ne connais pas, mais ça ne peut pas être pire.

Je pressai quelques boutons et changeai la programmation.

Nous croisâmes quatre voitures de police roulant en sens inverse à tombeau ouvert, sirènes hurlantes.

— Ils ont l'air drôlement pressés, fis-je observer.

— Garde les yeux sur la route, grogna Imogen.

Tandis que nous roulions vers l'arrière-pays, Imogen sembla se détendre. Peut-être jugeait-elle ma conduite acceptable. Peut-être la musique de Rodriguez avait-elle sur elle des vertus apaisantes.

— À qui est cette voiture ? demanda-t-elle.

— À mon patron.

— Et il te l'a prêtée ? Alors que tu n'as pas le permis ?

— Ouais. Il est plutôt coulant, comme mec.

Je n'avais pas de destination précise en tête. J'étais simplement heureux de me balader en compagnie de la fille que j'adorais. Je me contentais de tuer le temps pendant que mes blogs distillaient leur venin. Sans en avoir vraiment conscience, je m'engageai sur la route menant à Berang Valley, longeai la coopérative viticole et la ferme bio puis lançai le Hummer dans la pente qui filait vers le village abandonné.

— Où est-ce qu'on va ? demanda Imogen.

— À l'endroit où mon père a grandi.

Lorsque nous nous trouvâmes à hauteur de l'église, elle posa une main sur mon épaule.

— Arrête-toi, je vais prendre quelques photos.

Nous descendîmes du Hummer, puis je m'assis sur un vieux banc de pierre pendant qu'elle prenait des clichés artistiques des ruines avec son iPhone.

Mon esprit se mit à vagabonder. C'était à cet endroit que Gus avait vu flotter une croix de lumière. Et qu'il s'était décidé à tuer Pandolfini, sans y parvenir.

Je contemplai le visage d'Imogen.

Trouverais-je un jour le courage de lui parler du dernier contrat ? D'avouer que j'avais envisagé de tuer un être humain ? Que je m'étais rendu à l'hôpital public de Gold Coast dans ce seul but ?

Imogen s'assit à mes côtés et me présenta les photos qu'elle venait de prendre.

Puis elle soupira :

— Ça va être un massacre, n'est-ce pas ?

Je hochai la tête. Elle n'avait même pas idée. Et moi non plus, à dire vrai.

— Au moins, ma mère pourra enterrer mon père, ajouta-t-elle.

Je passai un bras autour de son cou. Elle posa la tête sur mon épaule.

— Je suis certain que les flics retrouveront celui ou ceux qui ont fait ça, dis-je.

— Tu crois ?

— En tout cas, je l'espère de tout mon cœur.

J'observai quelques secondes de silence puis, ne sachant que dire, j'ajoutai :

— Tristan t'a aidée durant cette épreuve, pas vrai ?

Imogen éclata de rire.

— Un peu. Mais j'ai fini par réaliser qu'il avait quelque chose derrière la tête, si tu vois ce que je veux dire…

Je sus aussitôt que tout ce que Tristan avait dit sur Imogen – toutes ces histoires de baisers mouillés et de gestes ambigus – n'était que pure invention.

Elle prit mon visage entre ses mains. J'aurais voulu qu'elle ne les en retire jamais, que nous demeurions à jamais ainsi, figés dans les rayons du soleil, bercés par le roucoulement des pigeons qui avaient investi les ruines de l'église.

— Je t'aime, Dominic David Silvagni, dit-elle.

— Je t'aime, Imogen Rose Havilland.

À l'instant même, mon téléphone sonna. Un appel de Hanley. Qu'est-ce qu'il me voulait, ce sale geek à la solde de La Dette ?

— Désolé, dis-je. Il faut que je décroche.

Je me levai et m'écartai d'une dizaine de pas avant de prendre la communication.

— Qu'est-ce que tu veux, bordel ? grondai-je.

— Ils arrivent ! dit-il, manifestement paniqué.

— Attends, de quoi tu parles ?

— Rocco, Ron, Art et tous les autres, ils sont après toi et ta famille.

— Et pourquoi je te croirais ? demandai-je.

— Regarde autour de toi, bordel ! Tu ne vois pas ce qui se passe ?

— Je ne suis pas en ville. Je me suis mis au vert.

— OK, je vais t'expliquer. Toutes les agences de Gold Coast Investissements ont été incendiées. Toutes. Et les autres sociétés de prêt immobilier sont prises d'assaut. C'est le foutoir complet. Des gens ont jeté des cocktails Molotov sur la baraque de Rocco. Et ils en ont aussi après ton père, ainsi que tous les directeurs de la boîte.

En fond sonore, j'entendis le fracas du verre brisé.

— Tu as entendu ça ? s'étrangla Hanley. La situation est hors de contrôle. Tu dois me croire, Dom. Rocco va s'en prendre à toi et à ta famille. Et sache qu'ils ont installé un mouchard sur ton téléphone.

J'en avais assez entendu. Je mis fin à la communication.

— Imogen, il faut qu'on se tire !

■ ■ ■

Je n'avais pas menti à Imogen. Je n'avais pas bu. Je n'avais pas consommé de drogue. Mais je rompis l'une de mes promesses : je roulai pied au plancher et pris tous les virages à la corde.

— Im, est-ce que tu pourrais appeler mon père ?

Elle composa son numéro.

— Ça sonne occupé, Dom.

Lorsque nous passâmes à hauteur du point de vue panoramique, celui où Gus et moi avions fait halte lors de notre visite à Berang Valley, je jetai un coup d'œil sur ma gauche et aperçus des panaches de fumée qui s'élevaient au-dessus de la ville.

Je n'arrivais pas à y croire. Petite cause, grands effets.

Je me souvins des explications de Mr Jazy. *Lorsqu'il n'y aura plus assez de pigeons pour payer les intérêts, le système tombera en panne sèche et un paquet d'épargnants se retrouvera ruiné. C'est là que les choses deviendront très, très moches.*

Lorsque nous atteignîmes les faubourgs de Gold Coast, nous vîmes des véhicules de patrouille foncer dans toutes les directions, sirènes hurlantes. Imogen alluma la radio.

— Les rassemblements spontanés d'emprunteurs qui se sont formés devant plusieurs agences de prêt immobilier se sont rapidement transformés en une émeute urbaine d'une ampleur inédite. La police invite les habitants de Gold Coast à ne pas quitter leur domicile. Quant aux personnes souhaitant se rendre à Gold Coast, elles sont fortement encouragées à différer leur déplacement.

Je garai le Hummer devant le portail de Halcyon Grove, puis nous nous précipitâmes vers le poste de sécurité.

— Je suis content de vous voir, dit Samsoni. Il ne fait pas bon traîner en ville, en ce moment.

— Mais qu'est-ce qui se passe, exactement ? demanda Imogen.

— La colère s'est propagée comme un feu de forêt. On dirait que les gens se sentent autorisés à détruire tout ce qu'ils détestent depuis des années.

Il nous lança un regard bienveillant puis ajouta :

— Ne le prenez pas personnellement, mais il y a beaucoup d'argent à Gold Coast. Un sacré paquet de fric. Et il y a aussi beaucoup de gens qui vivent dans la misère. Certains affirment qu'ils sont feignants ou malchanceux. Aujourd'hui, on dirait qu'ils prennent leur revanche. Quoi qu'il en soit, vous êtes maintenant en sécurité.

Je raccompagnai Imogen jusqu'à sa villa puis courus jusqu'à celle de mes parents.

Assis sur le canapé du salon, ma mère, Miranda et Toby ne quittaient pas l'écran plasma des yeux. La chaîne d'informations en continu diffusait des images en direct de Surfers Paradise. Les magasins étaient en feu. Des policiers en tenue antiémeute affrontaient des individus au visage masqué par des foulards.

— Dieu merci, te voilà, dit ma mère. J'étais morte d'inquiétude.

— Où est papa ? dis-je. Nous devons partir immédiatement.

— J'ai essayé de l'appeler, mais pas moyen de le joindre.

À cet instant, nous entendîmes un crissement de pneus à l'extérieur de la villa. Quelques secondes plus tard, la porte s'ouvrit à la volée et mon père fit son apparition. Il portait l'un de ses costumes sur mesure, mais il lui manquait une manche et son pantalon était lacéré. Sa lèvre inférieure était fendue, et son menton était barbouillé de sang.

— Il faut qu'on se tire, dis-je.

— T'inquiète, Dom, il n'y a rien à craindre, dit-il. C'est juste une bande d'agités. Ils vont bien finir par se calmer.

— Je ne parle pas des émeutiers. La Dette. Ils sont après nous.

Il me fusilla du regard.

— Nous faisons partie de La Dette, dit-il. Toi et moi.

— Non, je refuse d'appartenir à cette mafia.

— Mais de quoi parlez-vous ? lança Miranda.

— Je vous répète que nous devons quitter cette maison immédiatement.

Mon père resta pétrifié, costume déchiré, lèvres sanguinolentes.

— David ? dit ma mère.

— Dom a raison. Il faut partir.

— Mais comment ? dit ma mère. Les émeutiers tiennent les rues.

— Je connais un moyen, intervins-je. Préparez-vous. Je vais aller chercher Gus.

Mercredi

40. UNE QUESTION DE VIE OU DE MORT

La stéréo de la salle de musculation était poussée à plein volume. Mon grand-père était assis sur le banc. Je regardai les innombrables poids accrochés à la barre et effectuai un rapide calcul mental : 77,5 kg, soit deux fois et demie la charge qu'il avait l'habitude de soulever.

— Gus, ils arrivent ! Il faut qu'on se taille.

Mais il demeura immobile. Était-il devenu sourd ? Je baissai le volume et hurlai :

— Il faut quitter Halcyon Grove immédiatement ! C'est La Dette. Ils vont venir nous faire la peau.

— Tu les as foutus en rogne ? demanda-t-il.

— Oui, je crois bien.

— Enfin, soupira Gus.

— Allez, en route, le pressai-je.

— Je n'ai pas terminé ma séance, dit-il.

Sourd *et* sénile ?

— Tu as perdu la tête ? Ils arrivent, je te dis !

— Je ne fuirai pas devant ces salauds, grogna Gus en grattant son moignon. Je suis trop vieux pour ça. Cela fait trop longtemps qu'ils m'imposent leur loi.

Je le dévisageai en silence et compris qu'il ne plaisantait pas : il n'avait pas l'intention de me suivre.

— Aujourd'hui, annonça-t-il, je compte bien battre mon record.

Il s'allongea sur le banc, empoigna la barre puis exerça une poussée vers le haut afin de la décrocher du porte-haltères. Les bras tremblant comme des feuilles, il parvint à la descendre jusqu'à sa poitrine.

Puis, le dos arqué, il commença à soulever la charge, millimètre par millimètre.

— Vas-y, Gus !

Au prix d'un effort surhumain, il hissa la barre jusqu'à sa position de départ et la laissa retomber sur les crochets, produisant un assourdissant bruit de ferraille.

Mon grand-père ne célébra pas son triomphe. Il s'assit, un discret sourire sur les lèvres. Je le pris dans mes bras et l'embrassai.

— C'est excellent, Gus ! Maintenant, suis-moi. On va rejoindre les autres.

— Je t'ai dit que je restais ici, dit-il.

— Mais pourquoi, nom d'un chien ?

— Je n'ai plus peur de mourir, Dom. Et moi aussi, j'ai des comptes à régler avec ces salauds.

Il m'embrassa sur les deux joues, à l'italienne.

Sachant que je ne le ferais pas changer d'avis, je me levai et dis :

— Tu sais, quoi que tu en penses, je suis certain que tu as pris la bonne décision, en épargnant cette ordure de Pandolfini.

Les larmes aux yeux, je tournai les talons, quittai la salle de musculation et courus jusqu'à la villa de mes parents.

— Gus ne vient pas avec nous, annonçai-je.

— Je vais aller chercher ce vieil imbécile, gronda mon père en se dirigeant vers le vestibule.

— Laisse-le, dis-je en me mettant en travers de son chemin. Respecte sa décision.

Mon père observa quelques secondes de silence, puis il haussa les épaules.

— Après tout, j'imagine qu'il ne va pas se laisser faire. Il doit avoir quelque chose derrière la tête.

— OK, suivez-moi, vous tous, dis-je en m'adressant à tous les membres de ma famille. On va emprunter le réseau d'évacuation des eaux de pluie.

Mais lorsque nous franchîmes la porte, nous nous trouvâmes confrontés à une vieille connaissance : Roberto, armé d'un pistolet-mitrailleur, était planté sur la pelouse.

— Retournez à l'intérieur, ordonna-t-il.

Ce cher oncle Roberto, pensai-je. *Lui aussi faisait partie de La Dette.*

Nous restâmes figés devant la villa, puis mon père prononça une phrase en calabrais.

— J'ai dit dans la maison ! hurla Roberto. Immédiatement !

Ma mère fit un pas en direction de son frère.

— Roberto, nous sommes en danger, dit-elle. Il n'est pas question que nous retournions à l'intérieur.

— Reste où tu es ! dit-il en pointant son arme sur elle.

Mais ma mère continua à avancer. Miranda cria :

— Arrête, maman !

Mais cette dernière resta sourde à cette supplique.

Des explosions se firent entendre à l'extérieur du domaine. Bientôt, l'air se troubla. De la fumée. Deux hélicoptères survolèrent Halcyon Grove.

— Stop, répéta Roberto. Ne me force pas à ouvrir le feu, Celia !

Ma mère ne se trouvait plus qu'à un mètre.

Puis un coup de feu claqua, et une balle siffla au-dessus de nos têtes. Nous tournâmes la tête vers le portail et découvrîmes un motard tout de noir vêtu campé sur sa machine, à une quinzaine de pas de notre position. Dans sa main, un pistolet automatique au canon fumant.

Il pressa de nouveau la détente. Mon père poussa un hurlement et porta une main à son bras. Roberto se tourna vers l'intrus et lâcha une rafale, mettant le motard et son engin hors d'état de nuire.

Au même instant, le tonnerre gronda et un éclair zébra le sol. Parfait. Enfin, une météo digne de cette journée dramatique.

— Allez, tirez-vous ! cria Roberto. Je ne pourrai pas vous protéger plus longtemps.

Ainsi, les liens du sang étaient plus forts que tout. Mon oncle venait-il de signer son arrêt de mort ? Venait-il de se sacrifier pour nous sauver la peau ?

Ma mère étudia la blessure de mon père.

— David, est-ce que c'est grave ?

— Ça ira, dit-il en arrangeant sa chemise de façon à confectionner une écharpe de fortune.

— Suivez-moi, lançai-je en me précipitant vers la villa des Havilland.

Alertée par les coups de feu, Imogen se tenait sur le seuil de la porte.

— Viens avec nous, criai-je. Nous sommes tous menacés.

Dans un fracas assourdissant, un large pan du mur d'enceinte s'effondra puis un camion au pare-chocs renforcé déboula dans le domaine. Trois individus aux visages masqués par des foulards en descendirent et se dispersèrent dans des directions différentes. Nous n'avions pas affaire à des membres de La Dette, mais à des pillards profitant du chaos qui régnait dans Gold Coast.

— Imogen, tu dois nous suivre, insistai-je.

— Et Beth ? s'inquiéta ma mère.

— Elle est à l'hôpital, expliquai-je.

Imogen marqua un temps d'hésitation puis nous rejoignit en trottinant.

— Attends une seconde, m'exclamai-je. J'ai besoin de l'implant !

Elle fit demi-tour et disparut dans la maison avant de reparaître une vingtaine de secondes plus tard.

— Allons-y, dit-elle en me confiant le sachet en plastique contenant la puce électronique.

Lorsque nous nous trouvâmes au niveau du terrain de jeux, nous entendîmes un coup de klaxon, puis je vis le taxi de Luiz Antonio piler devant le portail.

— Qui est-ce ? demanda mon père.

— Un ami, répondis-je.

— Parfait. Il peut nous emmener loin d'ici. Allez, tout le monde à bord.

— Attendez, j'ai une meilleure solution.

Tous les yeux étaient braqués sur moi. Mes compagnons d'évasion attendaient des explications. Comment leur expliquer rapidement la situation ? Et après tout, en quoi mon plan était-il meilleur ?

Je me souvins de la façon dont j'avais forcé ce rat de Nitmick à quitter son terrier, et comment nous avions pu le cueillir au beau milieu de la rue.

— Je crois qu'ils nous attendent à l'extérieur du domaine, expliquai-je. C'est sans doute pour ça qu'ils n'ont envoyé qu'un motard à l'intérieur.

Mon père analysa rapidement la situation.

— Dom a raison. Nous allons passer par le réseau souterrain.

Je courus à la rencontre de Luiz Antonio et lui fis part de mon plan d'évasion.

— Tu as pris la bonne décision. On n'est plus en sécurité nulle part, à Gold Coast.

Je lui remis l'implant. Il ne posa pas de question : il savait parfaitement de quoi il s'agissait.

— Ah, mon client préféré, sourit-il. Où est-ce que je le dépose ?

— À Nimbin. Jetez-le dans une poubelle du McDonald's.

— Gus n'est pas avec vous ? dit-il en glissant l'objet dans sa poche.

— Le vieux ne veut pas quitter le domaine.

— *Gringo malandro*, grogna Luiz Antonio. Bonne chance, petit.

Sur ces mots, il se remit en route.

Lorsque je retournai au terrain de jeux, mes parents avaient déjà déplacé la plaque d'accès aux souterrains.

— À qui l'honneur ? demandai-je.

— Je vais ouvrir la marche, dit Toby.

Avec une agilité surprenante, il se glissa dans la galerie. Au fond, mon père avait raison : je ne savais pas grand-chose des capacités de Toby. Peut-être aurait-il été en mesure d'accomplir ses six contrats. Peut-être aurais-je pu m'abstenir de lancer mes blogs de destruction massive et, en deux clics, d'exposer ma famille à de sanglantes représailles.

Mais les dés étaient jetés : pour sauver la famille Silvagni, je devais détruire La Dette. Il n'y avait pas d'autre solution.

Miranda, Imogen et ma mère descendirent à leur tour.

— À toi, papa, dis-je.

Sa chemise était maculée de sang, et il était incapable de bouger son bras blessé. Tant bien que mal, je l'aidai à descendre dans la galerie. Alors que je m'apprêtais à le rejoindre, je reçus une goutte de pluie pile au bout du nez.

— Avant tout, il est capital que vous éteigniez vos portables. Toby, passe en premier. Ensuite, Maman, Imogen et Miranda. Je fermerai la marche, derrière papa. Surtout, ne vous précipitez pas. Lorsque nous devrons progresser à quatre pattes, concentrez-vous sur la régularité. Quand vous serez au premier puisard, arrêtez-vous et attendez que nous soyons tous réunis.

— C'est quoi, un puisard ? demanda Toby.

— Un puits d'accès à la surface.

Je sortis mon iPhone et composai le numéro de Zoe.

— Dom, est-ce que tout va bien ? demanda-t-elle.

À en juger par le ton de sa voix, elle s'inquiétait sincèrement de mon sort.

— J'essaye de quitter la ville avec ma famille.

— Je suis en train de regarder les images à la télé. Nom de Dieu, Dom, on se croirait en pleine guerre civile !

— Où êtes-vous ?

— Tu sais bien que je ne peux pas répondre à cette question.

— Zoe, j'ai vraiment besoin de votre aide. C'est une question de vie ou de mort.

— OK.

— OK ?

— Tu as risqué ta peau pour nous, quand nous étions sur ce bateau.

— Très bien. Alors écoute-moi attentivement…

Puis je détaillai ma stratégie.

Lorsque j'eus mis fin à la communication, j'éteignis mon iPhone. J'étais désormais hors ligne, intraçable.

Je m'engageai dans le tunnel à quatre pattes et ne tardai pas à rattraper mon père. Avec un seul bras valide, il progressait lentement et par à-coups.

Quand nous nous retrouvâmes sous le premier puisard, la lumière du jour, quadrillée par la grille placée à la surface, éclaira le visage anxieux de mes proches. De la rue nous parvenaient des sons alarmants : le hurlement des sirènes, le fracas du verre brisé, des bruits de pas précipités.

– On pourrait attendre ici, suggéra ma mère. Ce n'est pas si mal.

Je pensai à la goutte d'eau qui avait atterri sur mon nez.

– Ce n'est pas une bonne idée, dis-je. Ces tunnels ne sont pas ventilés. Nous risquons d'éprouver une gêne respiratoire, si nous y restons trop longtemps.

C'était un mensonge, mais je craignais de semer la panique générale en évoquant les risques mortels liés aux fortes pluies.

– Et vous vous souvenez des gamins qui se sont noyés ici dans ces galeries ? lança Miranda.

Oh, bien joué. Quel sens aigu de la psychologie !

– Et il commençait à pleuvoir quand nous sommes descendus, ajouta ma mère.

– Ne traînons pas, dit Toby. Quelle direction ?

Je désignai le tunnel situé sur notre gauche.

– Dans une heure, nous serons à la forêt du Prêcheur.

– Et on y sera en sécurité ? s'inquiéta ma mère.

Comment le savoir ? Jusqu'alors, La Dette avait toujours été capable de me localiser. Certes, je m'étais débarrassé de l'implant et mon téléphone était hors ligne, mais je n'arrivais pas à me faire à l'idée que je leur avais échappé, qu'ils n'étaient pas dotés de pouvoirs surnaturels.

— J'ai un plan, dis-je. Faites-moi confiance.

Mon père lâcha un râle et s'agrippa à mon bras. Réalisant qu'il souffrait le martyre, je sortis de ma poche le flacon que m'avait confié Imogen et fit rouler quatre pilules dans la paume de sa main.

— Contre la douleur, expliquai-je.

Mon père les avala. J'en profitai pour en gober deux, car ma main blessée m'envoyait des signaux inquiétants : la douleur était en train de se réveiller.

— Allez suivez-moi, dit Toby en s'engouffrant dans la canalisation.

Il était transfiguré. Était-ce bien la personne qui avait organisé sa propre disparition de peur de rater un glaçage au chocolat devant les caméras de télévision ?

Ma mère, Miranda et Imogen s'élancèrent dans son sillage.

Mon père, lui, marqua un temps d'hésitation.

— Je vous ralentis, gémit-il.

— Ne dis pas n'importe quoi, papa. On dirait une réplique tirée d'un vieux film de guerre. Gus pense que tu es une personne remarquable, tenace et déterminée.

— Il a dit ça ?

— Mot pour mot.

Mon père se glissa péniblement dans le boyau. Alors que je m'apprêtais à le suivre, une deuxième goutte atterrit dans mon cou. Je levai les yeux vers la grille : il s'était mis à pleuvoir pour de bon.

Je m'élançai derrière lui et surveillai sa progression hachée. Malgré les antalgiques, la douleur que me causait ma blessure à la main était à peine soutenable. Je redoutais que les points de suture adhésifs n'aient lâché. Je fis halte sous un soupirail d'où filtraient quelques rayons de lumière : gagné, le bandage, taché de sang, était en train de se détacher. Craignant qu'il ne gêne mes mouvements, je m'en débarrassai. La plaie était béante, semblable à une petite bouche. *Un'altra bocca.*

Lorsque je me remis en route, je réalisai que le béton était humide. Plongé dans l'obscurité complète, je ne pouvais déterminer la nature de ce liquide. Était-ce le sang de mon père qui ruisselait sur le sol ? Non, ce liquide-là n'était pas poisseux. C'était de l'eau de pluie.

Je consultai ma montre. Nous nous trouvions à une demi-heure de notre objectif.

Mon père lâcha un gémissement puis s'immobilisa.

— Il me faut davantage de pilules, gémit-il.

— Tu en as déjà eu quatre.

— Eh bien, donne-m'en quatre autres !

Je fis ce qu'il m'ordonnait.

— Courage, dis-je. Nous y sommes presque.

Il se remit péniblement en mouvement, mais il était manifestement à bout de forces.

L'eau ruisselait librement, désormais, immergeant entièrement mes mains.

— Allez, encore un petit effort, l'encourageai-je. Nous y sommes presque.

Il se figea.

— Non. Continue sans moi.

Je me remémorai les moments dramatiques que j'avais vécus dans ces galeries, lorsque PJ et moi avions sauvé Brandon d'une mort certaine. Cette fois, c'était mon propre père qui était en danger, et j'étais prêt à tout pour le tirer de là.

L'eau montait à une vitesse inquiétante. Elle s'élevait désormais à hauteur des genoux. Mais après tout, ce n'était peut-être pas si mal. Si mon père pouvait flotter, nous nous déplacerions beaucoup plus vite, comme ma précédente expérience l'avait démontré.

— Papa, écoute-moi. Je vais passer devant toi, OK ?

L'air résigné, il hocha la tête.

— Il faut que tu te mettes à plat ventre, pour que je puisse me glisser au-dessus de toi.

Il s'exécuta, tendant le cou pour garder la tête hors de l'eau, et je rampai sur son corps en prenant soin d'épargner son bras blessé.

— Dom, je veux que tu saches que j'ai toujours… commença mon père.

— Ferme-la, l'interrompis-je lorsque la manœuvre fut achevée. Je ne vais pas te laisser tomber. Maintenant, retourne-toi.

Avec mon aide, il parvint à s'étendre sur le dos.

— Pousse sur tes jambes à mon signal, dis-je en saisissant le col de sa chemise. Tu es prêt ? Un. Deux. Trois.

Mais lorsque j'exerçai une traction, mon père poussa un hurlement à glacer le sang.

— Mon bras !

Bon sang, qu'est-ce que j'avais fait ? Sa chemise était aussi l'écharpe qui immobilisait son bras. Alors, par où l'attraper ? Je n'avais pas le choix.

— Désolé, papa, dis-je en le prenant sans ménagement par les cheveux. Un. Deux. Trois.

Cette fois, lorsque je tirai, l'eau joua en notre faveur et réduisit considérablement l'effet de friction sur le sol du tunnel. De cette façon, nous progressions lentement et régulièrement tandis que l'eau continuait à monter. Les autres s'en étaient-ils sortis ? Et si c'était le cas, qu'avaient-ils trouvé, au bout de la galerie ?

Soudain, des mains se refermèrent autour de mes chevilles. Je lâchai un cri d'effroi.

— C'est moi, Dom, dit Toby.

— Mais qu'est-ce que tu fabriques ?

— Je suis revenu vous filer un coup de main. La sortie n'est pas très loin.

Avec son aide, nous accélérâmes la cadence, et en moins de dix minutes, nous débouchâmes sur une petite pièce familière : c'était l'endroit où j'avais passé la nuit étendu auprès de PJ, celui où le Prêcheur avait rendu son dernier soupir. Il restait peu de reliques du camp de base, juste quelques couvertures élimées et un matelas dégoûtant.

Ma mère prit son mari dans ses bras. Il était pâle comme un mort, et sa respiration était sifflante.

— Il faut l'emmener de toute urgence à l'hôpital, sanglota-t-elle.

— Dans l'immédiat, je pense qu'il aurait besoin d'un garrot, dis-je. Est-ce que l'un de vous a des notions de secourisme ?

Tous secouèrent tristement la tête.

— Nom de Dieu, grognai-je en sortant mon iPhone.

Bonne nouvelle, sa coque étanche avait rempli son office, et il était en parfait état de fonctionnement.

— Qu'est-ce que tu fous ? s'étonna Miranda. Tu as dit qu'on devait garder nos mobiles éteints, pour éviter qu'ils ne nous repèrent.

En vérité, je n'avais pas apporté cette précision, mais ma sœur avait oublié d'être stupide.

— Le Dr Google est notre seul espoir, répondis-je.

— Tu crois qu'il y a du signal ?

— J'en suis certain, dis-je. Je connais bien ce trou à rats. C'est presque une deuxième maison pour moi.

Lorsque j'allumai mon iPhone, je constatai que j'avais reçu trois SMS du détective Westaway. Je n'avais pas le temps de les consulter mais je compris que mon e-mail avait fait mouche, et que la justice était en marche.

J'ouvris Safari, me connectai à Google et inscrivis : *soigner blessure par balle bras*. Je trouvai la réponse à ma question sur un site médical réservé aux membres du mouvement survivaliste, ces cinglés armés jusqu'aux dents qui vivaient en autarcie dans des lieux reculés en attendant l'apocalypse.

— Tenir le bras au-dessus du cœur, dis-je.

Miranda et Imogen libérèrent le bras de mon père de son écharpe de fortune et le tinrent à hauteur de son cou.

— Exercer une pression directement sur la plaie, poursuivis-je.

— Sérieusement ? dit Toby.

Sans attendre confirmation, ma mère déboutonna la chemise de mon père afin de pouvoir observer la blessure.

— Quelqu'un a-t-il un mouchoir ?

Toby lui tendit un carré de tissu noir et gris brodé du logo Yves Saint Laurent. Elle le plia en huit.

— Tu es prêt, mon chéri ? demanda-t-elle à mon père.

Ce dernier hocha la tête. Elle appuya le mouchoir contre la plaie. Il grimaça et étouffa un cri.

— Si ça ne fonctionne pas, on peut aussi essayer de confectionner un garrot, ajoutai-je.

— C'est bon, dit ma mère. Ça saigne déjà beaucoup moins.

Elle disait vrai. En quelques secondes, mon père reprit des couleurs.

— Dépêche-toi d'éteindre ton portable, Dom, me pressa Miranda.

J'envisageai d'envoyer un SMS à Zoe, mais c'était une perte de temps. Les Zolton-Bander étaient des électrons libres. Ils agiraient selon leur bon plaisir, comme d'habitude, et mon insistance ne changerait rien à l'affaire.

— Si nous sommes vraiment menacés, pourquoi ne pas appeler la police ? demanda Toby.

En effet, pourquoi pas ? Je nourrissais une telle méfiance à l'égard des forces de l'ordre que je n'avais même pas envisagé cette possibilité.

— Surtout, ne faites pas ça, dit mon père d'une voix brisée. Rocco a la plupart des flics de la ville dans sa poche.

Je me rangeai à l'avis de Miranda et éteignis mon téléphone.

En m'approchant de l'ouverture circulaire donnant sur l'extérieur, je constatai qu'il pleuvait à verse. Et mon père, même s'il se portait un peu mieux, n'était pas en état de se déplacer. Il ne restait qu'à espérer que notre position n'avait pas été triangulée.

Car si c'était le cas, nous n'étions plus que de la *carne fresca*.

41. CERCUEIL VOLANT

Imogen, Toby, Miranda et moi avions décidé de monter la garde à tour de rôle.

À deux heures vingt du matin, je me levai pour relever mon frère. Il était adossé à une paroi, l'œil rivé à l'ouverture circulaire donnant sur la forêt du Prêcheur.

— On se croirait dans un film, dit-il.

Je me gardai de lui faire remarquer que, contrairement aux héros des films de guerre hollywoodiens, nous n'étions pas armés, et que rien ne pourrait empêcher les émissaires de La Dette d'investir notre cachette et de nous exécuter d'une balle dans la nuque.

Par chance, ils ignoraient que nous étions sans défense. Jusqu'à preuve du contraire, ils ne prendraient pas le risque de s'exposer à des rafales d'AK-47, alors qu'il leur suffisait d'attendre que nous sortions de notre terrier.

Dans le meilleur des cas, ils avaient mordu à l'hameçon et s'étaient rendus tout droit au McDonald's de Nimbin.

Ma mère, une main plaquée sur la blessure de mon père, avait vainement lutté contre le sommeil. J'avais moi-même vérifié l'état de la plaie à plusieurs reprises et constaté que l'hémorragie était endiguée. Mieux valait le laisser reprendre des forces.

Lorsque Toby se fut étendu à l'autre bout de la pièce, Imogen, l'air ensommeillé, vint s'asseoir à mes côtés.

— Tout va bien ? chuchota-t-elle.

— Rien à signaler, dis-je, sans quitter l'ouverture des yeux.

Elle se tourna vers mon père et murmura :

— Il est très courageux.

Il était courageux, c'était indéniable, mais c'était aussi un assassin et un escroc de haut vol. Tôt ou tard, il serait arrêté par la police. Combien de temps lui restait-il avant que sa disgrâce ne soit révélée en détail dans les journaux et sur Internet ?

Soudain, un craquement de branchages se fit entendre à l'extérieur.

— Qu'est-ce que c'est ? demanda Imogen.

— Chut !

Les tueurs de La Dette s'étaient-ils enfin décidés à passer à l'action ? Je cherchai du regard un objet qui m'aurait permis d'opposer un semblant de résistance. Rien.

Puis une silhouette apparut dans l'ouverture.

— PJ ? m'étonnai-je.

Elle se glissa dans notre abri, sac au dos, et examina avec étonnement la scène qui s'offrait à ses yeux.

— Qu'est-ce que vous fichez ici ? chuchota-t-elle.

— On a des ennuis. On a été obligés de quitter Halcyon Grove.

— Je comprends, dit-elle, mais son regard perplexe contredisait cette affirmation.

— Et Brandon ?

PJ se contenta de baisser les yeux.

— Je suis désolé, soupirai-je.

Elle haussa les épaules.

— Je vais retourner chez ma mère, à Toowoomba, et voir si on peut recoller les morceaux. Elle m'a promis de se débarrasser de son mec.

Elle se tourna brièvement vers Imogen puis elle haussa les épaules.

— Je suis juste venue récupérer mes affaires, dit-elle.

Quelles affaires ? Les loques qui traînaient sur le sol ?

Elle se déplaça sur la pointe des pieds jusqu'à un angle de la pièce, puis ouvrit la trappe d'une bouche d'aération où elle avait dissimulé quelques effets personnels. Parmi eux, je reconnus la tour de Pise miniature que je lui avais rapportée de Rome. Lorsqu'elle eut tout fourré dans son sac à dos, elle vint se planter devant moi et m'adressa un sourire complice.

— Eh bien, je crois que le moment est venu de se dire adieu, Grammar Boy.

— Bonne chance à toi, PJ, répondis-je, un peu gêné par la présence d'Imogen.

Enfin, elle quitta l'abri et disparut dans la nuit. Cette apparition avait été si brève et si inattendue que je me demandai si je n'avais pas été victime d'une hallucination causée par mon extrême fatigue.

— C'est la fille avec qui tu étais à Halcyon Grove, l'autre fois ? demanda Imogen.

Ainsi, je n'avais pas rêvé. Brandon était mort, pour de vrai. Je me sentis submergé par un immense chagrin.

— Oui, c'est elle, répondis-je en chassant une larme d'un revers de manche.

— Elle est entrée et sortie sans aucun problème, fit observer Imogen. Je pense qu'il n'y a personne à l'extérieur.

Cette remarque était frappée au coin du bon sens. Je devais me reprendre, me concentrer sur les aspects pratiques de la situation, j'essayai de la considérer du point de vue de La Dette. Pourquoi laisseraient-ils PJ aller et venir dans notre cachette ? Après tout, ils n'avaient rien contre elle. C'était de moi et de mes proches qu'ils brûlaient de se venger. À bien y réfléchir, leur passivité pouvait même nous inspirer un faux sentiment de sécurité.

Dans le doute, mieux valait considérer qu'ils nous guettaient, tapis à l'extérieur.

Lorsque j'eus achevé mon tour de garde, Miranda prit la relève, puis je trouvai un endroit où m'étendre. Imogen s'allongea à mes côtés, puis sa main chercha la mienne. Nous échangeâmes un baiser, puis nous glissâmes dans un sommeil précaire, entre rêve et réalité.

■ ■ ■

Je m'éveillai aux premières lueurs du jour. À l'extérieur, deux martins-pêcheurs lançaient leur caquètement semblable au rire d'un dément.

Miranda était assise en tailleur devant l'ouverture.

— Du nouveau ? demandai-je.

— C'est le calme plat, répondit-elle.

Je jetai un coup d'œil furtif à l'extérieur. Le ciel était toujours chargé de lourds nuages gris, mais il avait cessé de pleuvoir.

Mes parents étaient réveillés.

— Je pense que le pire est passé, dit mon père.

— Je n'en suis pas si sûre, le contredit ma mère en étudiant sa blessure.

Une heure plus tard, estimant que les Zolton-Bander avaient eu le temps d'effectuer leurs préparatifs, je rallumai mon iPhone. Aussitôt, quatre SMS se téléchargèrent.

De PJ : *Je suis à Toowoomba. Tout va bien ?*

D'un numéro absent de mes contacts : *Comment te portes-tu, Phidippidès ?*

De Hound : *Je te retrouverai, Sang Neuf.*

Et de Zoe : *7h00 Terrain d'aviation*

J'éteignis aussitôt l'appareil. Le terrain d'aviation ? Une fois de plus, ils n'en avaient fait qu'à leur tête. Otto était censé débarquer en hélicoptère et se poser à proximité de notre cachette. L'aérodrome désaffecté, celui sur lequel nous avions atterri, le Zolt et moi, lors de mon premier contrat, se trouvait à trois ou quatre kilomètres. Avions-nous la moindre chance d'atteindre notre objectif sains et saufs, avec mon père blessé et les tueurs de La Dette qui devaient sillonner la forêt du Prêcheur ?

– Dominic ? lança ma mère.

Ses yeux étaient injectés de sang. Ses cheveux en bataille masquaient une partie de son visage.

– Oui, maman ?

– Tu as pris la bonne décision. Tous ces mensonges, toutes ces souffrances, il fallait que ça s'arrête.

Que savait-elle exactement des horreurs commises par La Dette ?

De nouveau, les martins-pêcheurs lancèrent leur rire de psychopathe.

Je rallumai mon iPhone.

— Je serai de retour dans un instant, dis-je.

J'imaginai un tireur embusqué à l'extérieur de l'abri, pistolet à la main, prêt à presser la détente dès que ma silhouette apparaîtrait dans le cercle de béton.

Je m'accroupis puis plaçai un pied en arrière, adoptant la posture du sprinter dans ses starting-blocks.

À vos marques, prêts, partez !

Je m'élançai, accélérai, et atteignis la sortie lancé à pleine vitesse. Si un tireur m'avait dans sa ligne de mire, je ne lui rendrais pas les choses faciles. Bientôt, mes pieds foulèrent la végétation. À chaque instant, je m'attendais à entendre un coup de feu claquer puis à sentir une balle déchirer mes chairs.

Mais je n'entendis que le chant des oiseaux et le son de mes baskets battant l'herbe humide. Maltraitée par ces mouvements brutaux, ma main blessée se remit à saigner si abondamment que mon T-shirt se trouva bientôt moucheté de sang.

Je jetai un regard autour de moi, espérant reconnaître le chemin que nous avions emprunté, PJ et moi, avant de nous rendre à l'aéroport de Brisbane. Mais à mes yeux, tous les sentiers étaient strictement identiques.

Puis, au détour d'une courbe, je reconnus le tronc fendu repéré ce matin-là. Je tournai à gauche et accélérai l'allure. La végétation se fit plus dense et je me sentis moins exposé à d'éventuels tirs ennemis.

Au loin, j'entendais les sirènes des véhicules de patrouille qui sillonnaient la ville en proie aux émeutiers. Étais-je responsable de toutes ces destructions ? Certes, je n'avais pas échafaudé le système de Ponzi qui avait mis le feu aux poudres, mais je l'avais rendu public.

Soudain, la végétation s'éclaircit et je me trouvai en lisière de la forêt, dans ce terrain vague jonché de carcasses de voitures calcinées. Je me précipitai vers le corbillard et récupérai la clé sous le pneu arrière. Au même instant, j'entendis le bourdonnement aigu produit par une moto tout-terrain. Puis ce son se dédoubla, et je compris que deux tueurs étaient à mes trousses.

J'ouvris la portière, m'assis derrière le volant et tournai la clé de contact. Le moteur hoqueta.

— Démarre nom de Dieu, démarre !

Les deux motos firent irruption dans la clairière au moment précis où un grondement jaillit du capot. Je remerciai mon père pour son cours de conduite improvisé, et Hound pour m'avoir si gentiment prêté son Hummer, puis je passai la première et relâchai l'embrayage. Alors, le moteur cala.

Un coup de feu claqua, la lunette vola en éclats et une pluie de verre s'abattit sur la banquette arrière.

À nouveau, je tournai la clé de contact. Cette fois, le corbillard s'ébranla lentement, mais un motard s'immobilisa un mètre devant le pare-chocs, me bloquant le passage. Il leva son arme, la stabilisa avec sa main libre et visa soigneusement.

Je baissai la tête à hauteur du volant et écrasai la pédale d'accélérateur. L'espace d'un instant, les roues patinèrent, puis le véhicule bondit en avant. Une détonation me perça les tympans, et une balle traversa l'appuie-tête. La moto émit un son plus aigu, signe que le pilote tentait de dégager la voie. Mais il était trop tard. Un choc sourd se fit entendre. Quelques mètres plus loin, je risquai un regard vers l'arrière.

La moto était couchée sur le flanc. Son conducteur, étendu dans la poussière, se tordait de douleur. Brisée à hauteur du genou, l'une de ses jambes décrivait un angle insolite.

En dépit de la nausée que me causait ce spectacle, je me félicitai d'avoir pu éliminer aussi facilement l'un de mes adversaires. Je cherchai en vain le second motard du regard.

Pour rejoindre notre cachette, il me fallait quitter la forêt par la route toute proche, contourner la réserve et emprunter l'entrée réservée aux véhicules motorisés. Lorsque j'eus rejoint la chaussée, j'allumai la radio.

— *Tous les accès à Gold Coast sont bouclés,* dit le journaliste. *Les vols commerciaux en direction de l'aéroport de Coolangatta ont été déroutés vers Brisbane. Selon le porte-parole de la police, en dépit de l'ampleur des pillages d'une importance inédite, aucune victime n'est à déplorer. Le Premier ministre tiendra une conférence de presse dans l'après-midi. À en croire certaines rumeurs, le gouvernement envisagerait de faire appel à l'armée pour rétablir l'ordre, un fait sans précédent dans l'histoire contemporaine de l'Australie.*

Je ralentis à l'approche d'une intersection en forme de T mais oubliai de rétrograder. Le corbillard fut secoué de soubresauts, et j'eus les pires difficultés à en conserver le contrôle tandis que je braquai le volant vers la droite. Comment PJ, si menue, avait-elle pu conduire ce char d'assaut ?

J'abordai une longue ligne droite et enfonçai la pédale d'accélérateur. Je craignis que le second motard n'ait filé tout doit vers l'abri où se cachaient mes proches. L'aiguille du compteur pencha progressivement vers la droite : 90, 110, 130. À 140 kilomètres à l'heure, la carrosserie produisit un tel bruit de ferraille que je jugeai plus prudent de lever le pied.

Devant moi, je ne tardai pas à apercevoir le panneau indiquant l'accès à la réserve. Je n'avais pas croisé le moindre véhicule, preuve de l'efficacité du bouclage imposé par les forces de l'ordre.

Mais au bout de l'allée menant à la forêt du Prêcheur, je découvris deux voitures de patrouille garées devant le portail. J'envisageai de forcer ce barrage puis renonçai à cette manœuvre digne d'une course de stock-cars, de crainte de blesser les policiers qui se trouvaient à l'intérieur.

Je tournai mon attention vers le vieux mur lézardé qui encadrait le portail, et une idée folle germa dans mon esprit. Était-elle réalisable ? Si je m'étais trouvé à bord de la Porsche de mon père, ç'aurait été hors de question ; si j'avais été au volant du Hummer de Hound de Villiers, je n'aurais pas hésité une seconde. Mais le corbillard pouvait-il encaisser le choc ?

Une voix jaillit d'un mégaphone.

— Arrêtez-vous et coupez le moteur !

Je vérifiai que ma ceinture de sécurité était correctement bouclée, déviai ma trajectoire de quelques degrés et appuyai sur le champignon.

Le mur s'effaça littéralement au contact du pare-chocs. Des briques et des fragments de mortier dégringolèrent dans la cabine, puis le corbillard franchit la montagne de gravats. Je roulai pied au plancher jusqu'au parking visiteurs puis quittai la chaussée, zigzaguant entre les troncs d'arbres et les rochers.

Je jetai un coup d'œil au rétroviseur intérieur : les policiers ne m'avaient pas pris en chasse. C'était déjà ça. Compte tenu des circonstances, soit ils avaient peut-être reçu l'ordre de demeurer à leur poste, soit ils éprouvaient des difficultés à obtenir des ordres clairs de leurs supérieurs.

Enfin, droit devant, j'aperçus l'entrée du souterrain. Je me garai aussi près que le permettait la végétation. L'embarquement promettait d'être délicat. J'étais dangereusement exposé. Je savais qu'un deuxième motard se trouvait dans la forêt, prêt à ouvrir le feu dès que l'occasion se présenterait.

Soudain, Toby jaillit de l'abri puis courut jambes fléchies et tête baissée dans ma direction. Je me penchai sur la gauche afin d'ouvrir la portière côté passager. Il plongea à l'intérieur de la cabine.

— Tu réalises les risques que tu as pris ? haletai-je.

— Il fallait bien que quelqu'un se lance, dit-il.

Il se tourna vers l'arrière du corbillard et écarquilla les yeux.

— Cette bagnole… Ne me dis pas que c'est un…

— Non, tu ne rêves pas. Mais tu n'as pas à t'inquiéter. On n'a pas de client, aujourd'hui.

Miranda fut la deuxième à quitter le souterrain. Elle vola littéralement au-dessus des broussailles, et j'eus l'impression de voir défiler tour à tour tous les animaux dont elle prétendait mimer le comportement lors de ses séances de taï-chi.

Dès qu'elle eut embarqué à bord du corbillard, Imogen sortit de la galerie et adopta une tactique plus directe, se contenant de sprinter jusqu'à nous dans un style peu académique.

Puis mes parents sortirent de la cachette. Le visage de mon père était d'une pâleur effrayante, et ma mère faisait de son mieux pour le soutenir. Ils marchèrent jusqu'au corbillard sans même se dissimuler, sans effectuer le moindre écart pour se mettre à couvert.

— À l'arrière, vous trois, commandai-je à Miranda, Imogen et Toby.

Mes parents s'installèrent à ma gauche. Ma mère ne dit pas un mot, mais son expression épouvantée en disait long : *dépêche-toi, il ne tiendra pas très longtemps.*

Je passai la première, relâchai la pédale d'embrayage et pris la direction du terrain d'aviation.

— Tu comptes nous emmener en lieu sûr à bord de cette épave ? demanda Toby.

Et pourquoi pas ? Au moins, je n'aurais pas à m'en remettre au bon vouloir des Zolton-Bander. Je resterais maître de mon destin et capitaine de mon âme.

— Sûrement pas, dit Miranda en désignant la jauge de carburant. Le réservoir est presque vide.

Elle disait vrai : l'aiguille était dans le rouge. Selon PJ, cette jauge connaissait quelques dysfonctionnements. Notre objectif n'était pas très éloigné, mais je n'avais aucun moyen de savoir si nous aurions assez de carburant pour l'atteindre.

Le corbillard bondissait sur le sol inégal, nous malmenant violemment. À l'approche de la piste désaffectée, je consultai ma montre : six heures cinquante-deux.

Nous étions pile dans les temps. Les nuages s'étaient dissipés, mais j'eus beau scruter le ciel, je ne vis rien à l'horizon. Bon sang, comment avais-je pu faire confiance au Zolt ?

Soudain, des sons haut perchés provenant de deux directions différentes parvinrent à mes oreilles.

— Là-bas, un avion ! s'exclama ma mère.

En effet. Surgi de derrière un bosquet situé sur notre droite, un petit appareil roulait dans notre direction. Je lançai le corbillard à sa rencontre.

— Une moto ! cria Toby.

Sur notre gauche, le second motard, lancé à pleine vitesse, fondait droit sur nous.

Si seulement nous possédions une arme, pensai-je. *Et surtout, si l'un de nous était capable de s'en servir...*

— C'est le Zolt, n'est-ce pas ? s'exclama Miranda en désignant l'individu qui se tenait aux commandes de l'avion.

— Oui, c'est bien lui, répondis-je.

— Ce criminel ? s'étonna ma mère.

— Désolé de te décevoir, maman, mais je n'ai pas trouvé d'autre pilote, soupirai-je. Tu vas devoir t'en contenter.

— Et la fille assise à ses côtés ?

— C'est sa sœur, Zoe.

Otto me fit signe de me garer du côté gauche de l'appareil. Cet avion était dans un état déplorable.

C'était une version volante de l'*Hispaniola*, un tas de ferraille rongé par la rouille. Étrange. Ça ne ressemblait pas au Zolt. D'ordinaire, il choisissait ses prises avec plus de soin.

Miranda et ma mère aidèrent mon père à grimper dans l'avion, puis Imogen et Toby embarquèrent à leur tour.

— Monte, Dom ! cria mon frère en me tendant la main.

Au même instant, le motard freina à ma hauteur. Je me jetai sous le tableau de bord une fraction de seconde avant qu'un coup de feu ne claque et que la vitre latérale ne soit pulvérisée. Une deuxième détonation, plus sourde et plus lointaine, se fit entendre. Le tueur porta une main à sa cuisse droite avant de s'affaler lourdement dans l'herbe, entraînant avec lui sa moto.

Je me tournai vers le cockpit. Zoe abaissa le canon d'un fusil et m'adressa un sourire.

Je coupai le moteur, descendis du corbillard et grimpai dans le cercueil volant. Aussitôt, Otto lança la procédure de décollage.

Certes, le sol était accidenté.

Certes, l'avion était bon pour la casse.

Mais je ne doutais pas une seule seconde que le Zolt parvienne à le faire décoller.

Pour ce qui était de l'atterrissage, là, c'était une autre histoire…

Jeudi

42. NOUVELLE GÉNÉRATION

Le Zolt avait emprunté son avion dans une école de parachutisme, ce qui expliquait son état général, les bancs placés en longueur et les parachutes entassés au fond de la cabine. Pourtant, son décollage parfaitement exécuté, il semblait pleinement satisfait.

— Il n'a pas l'air terrible au premier coup d'œil, mais c'est un appareil fiable et robuste, dit-il de sa voix étonnamment haut perchée.

Éperdues d'admiration, Miranda et Imogen étaient pendues à ses lèvres.

— Vu que le réservoir est plein, nous avons une dizaine d'heures d'autonomie. Où souhaitez-vous que je vous dépose ?

Sans aucune raison, Miranda lança un gloussement extrêmement embarrassant.

— Nous devons conduire mon mari à l'hôpital, dit ma mère. Il est gravement blessé.

Mon père était étendu sur un amas de parachutes. Sa blessure s'était remise à saigner.

— Dans ce cas, il n'y a pas de temps à perdre, lança le Zolt en penchant l'appareil sur l'aile droite. Nous allons nous rendre à Brisbane.

À plusieurs reprises, Otto fut contraint de modifier sa trajectoire pour éviter les épaisses colonnes de fumée qui s'élevaient dans le ciel de Gold Coast. Trois cents mètres plus bas, aucun véhicule ne circulait dans les rues dévastées.

Ce vol Gold Coast-Brisbane n'était qu'un saut de puce qui ne durerait pas plus d'une demi-heure. Nous approchions de l'objectif lorsque la voix d'un contrôleur aérien se fit entendre dans la radio de bord.

— Aéroport international de Brisbane à appareil non identifié en approche à dix-sept kilomètres au sud, altitude mille pieds. Veuillez activer votre transpondeur.

Le Zolt ignora cette requête. Lorsque le contrôleur renouvela son appel, Zoe jeta un coup d'œil anxieux à mon père, puis elle posa une main sur l'épaule de son frère.

— Fais ce qu'il demande, Otto. Cette fois, ce n'est plus un jeu.

Otto lâcha un soupir puis pressa un bouton du tableau de bord.

— OK, je vous reçois, tour de contrôle.

— Parfait, votre appareil est identifié. Qui est aux commandes ?

— Otto Zolton-Bander, pour vous servir.

J'avais la vague impression qu'il en rajoutait dans le but d'impressionner Imogen et Miranda.

— Vous avez l'intention de vous poser sur notre aéroport ? demanda le contrôleur.

— J'ai un blessé grave à bord. Il a besoin de soins urgents.

— Demandez-vous l'autorisation d'atterrir en raison d'une urgence médicale ?

— Il a reçu une balle dans la partie supérieure du bras, précisa Otto.

— Je répète ma question : demandez-vous l'autorisation d'atterrir en raison d'une urgence médicale ?

Otto me lança un regard interrogateur. *N'aurais-je pas eu les yeux plus gros que le ventre, cette fois ?* Je lui adressai un hochement de tête encourageant.

— Oui, c'est ça, je demande l'autorisation d'atterrir en raison d'une urgence médicale.

Le contrôleur observa une minute de silence avant de rétablir le contact.

— Autorisation accordée piste dix-neuf, dit-il. Placez-vous en approche finale à huit kilomètres.

Des cris enthousiastes résonnèrent dans la cabine, aussitôt suivis par un silence tendu. Nous savions tous que le Zolt avait rarement posé un avion sans froisser de la tôle.

— Tout va bien se passer, Otto, le rassurai-je. En douceur, comme la dernière fois.

Ma mère, mon frère et ma sœur m'observèrent avec des yeux ronds. À quelle *dernière fois* faisais-je allusion ?

Le contrôleur de la tour livra quelques précisions concernant la procédure d'approche à vue.

— Il y aura sûrement un comité d'accueil, fis-je observer.

— Oui, je sais, dit le Zolt. Et je pense que c'est mieux comme ça. Je suis fatigué de me cacher, d'être obligé de regarder sans arrêt derrière mon épaule. Il fallait bien que ça arrive un jour, pas vrai ? Alors pourquoi pas aujourd'hui ? Je vais me rendre, et en finir avec cette vie de chien errant.

Zoe ne fit aucun commentaire, mais elle ne semblait guère convaincue.

Otto aligna l'appareil dans l'axe de la piste et réduisit progressivement les gaz. Comme tous les passagers de l'avion, j'étais terrorisé. Tandis que le sol se rapprochait, Otto murmurait comme un mantra :

— Garder le nez levé, garder le nez levé…

À la surprise générale, il effectua un atterrissage d'école, se posant comme une fleur pile au centre de la piste. Au comble de l'enthousiasme, Miranda frappa dans ses mains et poussa des petits cris aigus. Avant même que l'appareil ne soit immobilisé, une ambulance se porta à notre hauteur, puis deux secouristes chargés de matériel d'urgence grimpèrent dans la cabine.

Plusieurs voitures de patrouille se garèrent à proximité de l'appareil, puis trois policiers en uniforme, impatients de procéder à l'arrestation du criminel le plus recherché du pays, tentèrent de monter à leur tour.

L'un des urgentistes fit rempart de son corps.

— Nous allons d'abord procéder à l'évacuation du blessé, dit-il. C'est une priorité absolue.

Tout en apportant les premiers soins à mon père, son collègue bombardait ma mère de questions concernant ses antécédents médicaux et ses habitudes de vie.

— Est-il fumeur ? demanda-t-il.

— Il a arrêté il y a quelques années.

— Papa fumait ? s'étonna Miranda.

— Oui, mais jamais devant vous, sourit ma mère.

Aussitôt, une image se forma dans mon esprit : je revis les dizaines de mégots abandonnés au fond du cercueil de Graham Havilland.

— Vous avez fait ce qu'il fallait, madame, dit le secouriste en plaçant une intraveineuse dans le bras de mon père. Il ne court plus aucun danger.

Plus aucun danger, vraiment ? Certes, il ne succomberait pas à cette blessure par balle, mais si la police scientifique trouvait son ADN sur un mégot de cigarette, il passerait peut-être le reste de son existence derrière les barreaux.

Les médecins l'aidèrent à descendre de la cabine puis ils l'étendirent sur une civière. Les flics peinaient à dissimuler leur impatience. Dans quelques secondes, dès que le blessé se trouverait à bord de l'ambulance, ils fondraient sur le Zolt et vivraient le moment le plus intense de leur carrière. Lorsque ma mère eut à son tour quitté l'appareil, je vis un discret sourire flotter sur les lèvres des Zolton-Bander.

Fatigué de se cacher ? Mon œil.

Pressé d'en finir avec cette vie de chien errant ? Tu parles !

Otto adressa à Zoe un discret signe de tête. Cette dernière claqua la portière au nez du policier qui s'apprêtait à monter à bord, puis l'avion se remit en mouvement.

— Eh, qu'est-ce… qu'est-ce que vous foutez ? hurla le contrôleur aérien dans la radio de bord.

Otto lança l'appareil sur la piste et poussa la manette des gaz. Comme à son habitude, il décolla sans encombre. Dès que nous eûmes atteint une cinquantaine de mètres d'altitude, Miranda se précipita à l'avant de l'appareil, prit le visage de son héros entre ses mains et l'embrassa longuement sur les lèvres sans qu'il tente quoi que ce soit pour se dégager.

— Par pitié, soupira Toby, laisse-le piloter.

— J'espère que Gus va bien, dis-je, en collant le visage à un hublot pour observer la ville perdue dans la fumée.

— C'est un dur à cuire, me rassura Miranda.

— Vous parlez de votre grand-père ? demanda Zoe.

Je hochai la tête puis me tournai vers les parachutes entassés au fond de la cabine.

— Laisse-moi deviner, sourit-elle. Tu veux sauter au-dessus de Halcyon Grove, pas vrai ?

Je hochai la tête. Cette fille n'était pas seulement supérieurement intelligente. Elle jouissait aussi d'un sixième sens extrêmement aiguisé et lisait dans mes pensées comme dans un livre ouvert.

— Tu as déjà pratiqué le parachutisme ? demanda le Zolt.

— Non, mais je vais étudier la question sur Google.

— Ne te fatigue pas. Je vais tout t'expliquer.

Et en effet, Otto en savait long sur le sujet. Il m'expliqua comment sangler mon parachute, précisa que je n'avais qu'à fixer le crochet à la ligne statique pour qu'il s'ouvre automatiquement dès que j'aurais sauté de l'avion, détailla la procédure de déclenchement de la voile de secours et résuma le fonctionnement des élévateurs.

— Et si j'atterris dans une piscine ?

— Aucune idée.

Il y avait quelque chose de suspect dans la façon dont il avait prononcé ces mots.

— Tu n'as jamais sauté, n'est-ce pas ? demandai-je, certain de l'avoir percé à jour.

— En effet, mais j'ai étudié la théorie, juste au cas où, dit-il en entamant sa descente vers Halcyon Grove.

J'embrassai ma sœur et mon frère. Qui savait quand je les reverrais ? Qui savait *si* je les reverrais ?

Je serrai Imogen dans mes bras. Longtemps, très longtemps.

— Tu ferais mieux de te préparer, Dom, lança Otto. On y est presque.

À contrecœur, je mis fin à notre étreinte.

— Tu ne devrais pas faire ça, dit Imogen. C'est l'enfer, en bas.

Je jetai un coup d'œil par le hublot et constatai que le domaine n'avait pas été épargné. Les allées étaient jonchées de meubles brisés et de carcasses de véhicules calcinées. Plusieurs villas étaient la proie des flammes.

Mais je devais savoir comment se portait Gus.

Et je devais faire face à La Dette.

J'attachai le crochet du parachute à la ligne statique, un câble de métal qui courait au plafond de la cabine.

— Attends une seconde, dit le Zolt au moment où je m'apprêtais à faire coulisser la portière.

Dans la paume de sa main, je vis briller un minuscule objet.

Un objet circulaire que je connaissais très bien.

Un Double Eagle Saint-Gaudens de 1933.

— C'est pour toi, dit-il. Il te portera chance.

Je doutais qu'il s'agisse d'un véritable talisman, mais je me rappelai ce que nous avions traversé, cette pièce et moi. Et puis, pour être tout à fait honnête, je n'étais pas insensible à sa valeur exorbitante, car mon avenir, lié à celui de ma famille, semblait plutôt incertain.

— OK, je suppose qu'on est quittes, maintenant, dis-je.

Sur ces mots, j'ouvris la porte latérale et m'agrippai au train d'atterrissage, comme le Zolt me l'avait expliqué.

— Maintenant, saute ! cria ce dernier.

Je fermai les yeux et me jetai dans le vide. Une, deux, trois secondes de chute libre, puis la toile se déploya. J'attrapai les poignées des élévateurs et tentai de mettre en application le cours théorique qu'Otto m'avait dispensé, mais j'eus beau tirer sur les suspentes, je fus incapable de modifier ma trajectoire.

Comble de l'ironie, l'action combinée de la gravité et de vents facétieux me précipita droit dans la piscine des Jazy. Je détachai mon harnais et me libérai de la toile avant qu'elle ne m'entraîne vers le fond.

Je me hissai hors du bassin, m'approchai de la villa et constatai qu'elle avait été méthodiquement saccagée, des vitres aux lattes du parquet en passant par le luxueux mobilier.

— Il y a quelqu'un ? criai-je en me penchant dans l'encadrement de la baie vitrée.

Pas de réponse.

Cent pas plus loin, je découvris que la propriété des Havilland avait elle aussi été victime des pillards. La porte d'entrée, arrachée à ses gonds, se trouvait à plusieurs mètres de son cadre, dans un massif de fleurs.

Lorsque j'atteignis la maison de mes parents, je crus m'être trompé de direction. Puis je dus me rendre à l'évidence : à l'endroit où elle aurait dû se dresser se trouvait une ruine calcinée au toit effondré, au sol jonché de gravats, de métal tordu et de plastique fondu. J'aurais dû éclater en sanglots devant ce désastre, devant toutes ces années de ma vie parties en fumée, mais je me sentais vide, incapable d'éprouver la moindre émotion.

Je hâtai le pas vers la villa de Gus. Elle était toujours debout, solidement campée sur ses fondations, la porte à sa place et les fenêtres intactes. Lorsque je m'approchai, le martèlement de la techno parvint à mes oreilles. Gus, ce vieux cinglé, avait continué à soulever de la fonte sans se préoccuper des émeutiers qui mettaient le domaine à feu et à sang. Comme cet empereur romain complètement cintré qui, à en croire le professeur Chakrabarty, avait regardé Rome disparaître dans les flammes en jouant de la harpe.

J'entrai dans la remise et trouvai Rocco Taverniti étendu sur le sol, le visage tourné vers le plafond. Ses yeux étaient clos, ses lèvres figées dans un rictus douloureux. L'une de ses tempes, souillée de sang, ressemblait à s'y méprendre à la garniture d'une pizza de chez Big Pete. Dans sa main, un pistolet automatique.

Lorsque je vis sa poitrine se soulever, j'éprouvai un immense soulagement : il était en vie. Lorsque les médecins l'auraient retapé, il répondrait de ses crimes devant la justice.

Enfin, je levai les yeux et vis Gus allongé sur le banc, à l'endroit précis où je l'avais laissé. Je dénombrai machinalement les poids attachés à la barre : quatre-vingts kilos.

Mais mon grand-père ne battrait jamais son record.

Son débardeur était taché de sang à hauteur de la poitrine. Je restai figé devant son corps sans vie, essayant de me figurer ce qui avait bien pu se passer. Puis, comme par magie, le film des événements défila dans mon esprit.

Rocco déboulant dans la salle, pistolet brandi.

Gus le frappant à la tempe avec l'haltère.

Rocco pressant la détente avant de perdre connaissance.

À l'instant où j'éteignis la stéréo, j'entendis des bruits de pas dans mon dos. Lorsque je fis volte-face, Seb se tenait dans l'encadrement de la porte.

Il fit un pas en avant, se baissa pour ramasser l'automatique de Rocco et le pointa dans ma direction.

Je me tournai vers Gus, vers l'enveloppe qu'il avait habitée durant son séjour sur terre.

— Dom, tourne-toi, dit Seb.

Je m'agenouillai au chevet de mon grand-père, et plaçai les mains sur son visage.

— Dom ! hurla Seb. Regarde-moi !

— Je t'aime, Gus, m'étranglai-je, submergé par une immense vague de chagrin, un raz-de-marée que rien ne semblait pouvoir endiguer.

Un coup de feu claqua, et une balle siffla au-dessus de ma tête.

Je me levai et fis face à mon cousin.

— Regarde ce que tu as fait, pauvre imbécile ! gronda-t-il, frémissant de rage et de désespoir. Tu as tout foutu en l'air ! Pourquoi, nom de Dieu ? Pourquoi ?

— Aussi étroite soit la porte et lourd le poids des châtiments, je suis maître de mon destin et capitaine de mon âme.

L'arme trembla dans la main de Seb. Ma vie ne tenait plus qu'à un fil.

— Tu... tu sais que nous sommes du même sang ? bredouillai-je.

— Bien sûr que je le sais.

— Alors tu te rends bien compte que c'était impossible, entre Miranda et toi. On ne pouvait pas se permettre d'accueillir un enfant à trois têtes dans la famille.

De nouveau, son bras trembla.

— De quoi tu parles, Dom ? Bon sang, il y a vraiment un truc qui cloche chez toi ! Tout est fini, tu comprends ? Par ta faute, nous ne sommes plus rien !

— Par ma faute ?

— Tu as rempli les six contrats. Et je t'ai apporté mon aide chaque fois que j'en ai eu la possibilité. Nous étions la nouvelle génération. On aurait pu travailler ensemble, toi et moi, prendre le relais de nos parents et faire prospérer l'organisation. Mais il a fallu que tu te retournes contre nous.

— Faire prospérer l'organisation ? répliquai-je. Infliger un peu plus de souffrances ? Commettre d'autres meurtres ? Provoquer davantage d'injustices ?

Seb baissa son arme. Il semblait vidé de toute énergie, au bord des larmes.

— C'est terminé, lâcha-t-il dans un sanglot. Qu'est-ce qu'on va faire, maintenant ?

Je me tournai vers le corps de Gus. Mon entraîneur, qui pensait que la pratique du sport constituait une réponse à tous les problèmes.

— Je crois qu'on devrait aller courir.

— Tu as perdu la tête ou quoi ?
— Allez, Seb. Le premier arrivé à la plage.
— Tu as la moindre idée de ce qui se passe en ville ?
— On est les meilleurs. À la course, personne ne peut se mesurer à nous.
Je commençai à trottiner sur place, comme il le faisait chaque matin devant la pizzeria Big Pete, au temps où nous n'étions que des partenaires d'entraînement.
— Chaque matin, lorsqu'une gazelle se réveille...
— La ferme, Dom !
— ... elle sait qu'elle devra être plus rapide...
— Je t'ai demandé de te taire !
— ... que le lion qui la prendra en chasse.
— Ferme ta gueule !
— Allez, Seb, dis-je. Tirons-nous d'ici.
Sur ces mots, je tournai les talons et quittai le garage sans savoir s'il avait l'intention de me suivre ou de me vider son chargeur entre les vertèbres.
Je parcourus une vingtaine de mètres avant de jeter un coup d'œil par-dessus mon épaule : il m'avait emboîté le pas, adoptant un style minimaliste, à la façon des marathoniens. Pistolet en main, il traînait les pieds et soulevait à peine les genoux.
Je ralentis l'allure puis, lorsqu'il se trouva à ma hauteur, m'emparai calmement de son arme avant de la jeter dans une bouche d'égout.
— Le premier arrivé à la plage, répétai-je.

J'accélérai la cadence. Il se cala sur ma foulée. Nous franchîmes la brèche pratiquée par le camion dans le mur d'enceinte, nous engageâmes dans Birch Street puis traversâmes le pont menant à Chevron Heights.

La plupart des boutiques avaient été pillées, mais la pizzeria était demeurée ouverte. En jetant un œil à l'intérieur, j'aperçus Big Pete, armé d'un fusil à pompe, planté devant le comptoir.

Lorsque nous nous trouvâmes aux deux tiers du Tord-Boyaux, Seb me dépassa. Son style était si fluide qu'il ne semblait produire aucun effort. Mais il n'était pas question de baisser les bras. Je puisai dans mes ressources et réduisis rapidement l'écart. Nous atteignîmes le sommet de la côte épaule contre épaule.

— Eh, cousin ! l'interpellai-je.

— Quoi ?

— Les liens du sang sont plus forts que tout.

— Oui, plus forts que tout.

Nous entamâmes notre descente vers la forêt du Prêcheur, gagnant rapidement de la vitesse. Le vent marin fouettait nos visages.

Nous courions vers l'océan.

Vers l'horizon, si lointain.

Vers un destin dont nous serions désormais les seuls maîtres.

TABLE DES MATIÈRES

PROLOGUE

La scène est semblable à un immense autel dressé sous le ciel étoilé du Texas. De part et d'autre, des murs d'images hauts comme des immeubles diffusent un spot publicitaire pour une marque de soda. Sur le terrain de football américain où est parqué le public, une fille de treize ans est juchée en équilibre précaire sur les épaules de son frère.

— JAY ! hurle-t-elle, incapable de contenir son excitation. JAAAAAY, JE T'AIME !

Mais son cri se noie dans le grondement continu produit par la foule chauffée à blanc. Une clameur s'élève lorsqu'une silhouette apparaît sur la scène encore plongée dans la pénombre. Fausse alerte : le roadie place un pied de cymbale près de la batterie, s'incline cérémonieusement devant le public puis disparaît dans les coulisses.

— JET ! scandent les fans. JET ! JET ! JET !

Côté backstage, ces cris semblent lointains, comme le fracas des vagues se brisant sur une digue. À la lueur verdâtre des boîtiers indiquant les sorties de secours, Jay vérifie que les straplocks de sa sangle sont correctement fixés. Il porte des Converse et un jean déchiré. Ses yeux sont soulignés d'un trait d'eye-liner.

Un décompte apparaît dans l'angle de l'écran géant : 30... 29... 28... Un rugissement ébranle le stade. Des centaines de milliers de leds forment le logo d'une célèbre marque de téléphones portables, puis les spectateurs découvrent un Jay de vingt mètres de haut dévalant une pente abrupte sur un skateboard, une meute d'adolescentes coréennes à ses trousses.

— TREIZE ! clament les spectateurs en frappant du pied. DOUZE ! ONZE !

Bousculé par ses poursuivantes, Jay tombe de sa planche. Un smartphone s'échappe de sa poche et glisse sur la chaussée. Les Coréennes se figent. Elles se désintéressent de leur idole et forment un demi-cercle autour de l'appareil.

— TROIS ! DEUX ! UN !

Les quatre membres de Jet déboulent sur scène. Des milliers de flashs leur brûlent la rétine. Les fans hurlent à s'en rompre les cordes vocales.

En se tournant vers le public, Jay ne voit qu'une masse noire ondulant à ses pieds. Il place les doigts sur le manche de sa guitare et éprouve un sentiment de puissance familier. Au premier coup de médiator, les murs d'amplis aussi larges que des semi-remorques cracheront un déluge de décibels.

Puis les premiers accords claquent comme des coups de tonnerre, et la foule s'abandonne à une joie sauvage...

▶1

PLAY-BACK

Quartier de Camden Town, Londres

Il y a toujours ce moment étrange, quand on se réveille dans un endroit inhabituel. Ces quelques secondes où l'on flotte entre rêve et réalité sans trop savoir où l'on se trouve.

Lorsqu'il ouvrit les yeux, Jay Thomas, treize ans, réalisa qu'il était effondré sur un banc, dans un angle de la salle des fêtes. L'atmosphère empestait l'huile de friture. Seul un quart des chaises en plastique disponibles étaient occupées. Une femme de ménage à l'air maussade pulvérisait du produit d'entretien sur le buffet en Inox placé contre un mur latéral. Au-dessus de la scène était accrochée une banderole portant l'inscription *Concours des nouveaux talents 2014, établissements scolaires de Camden*.

Constatant que ses cheveux bruns savamment hérissés, son jean noir et son T-shirt des Ramones étaient constellés de miettes de chips, il jeta un regard furieux autour de lui. Trois garçons le considéraient d'un œil amusé.

— Putain, les mecs, quand est-ce que vous allez vous décider à grandir ? soupira Jay.

Mais il n'était pas réellement en colère. Il connaissait ces garçons depuis toujours. Ensemble, ils formaient un groupe de quartier baptisé Brontobyte. Et si l'un d'eux s'était endormi à sa place, il lui aurait sans doute fait une blague du même acabit.

— Tu as fait de beaux rêves ? demanda Salman, le chanteur du groupe.

Jay étouffa un bâillement puis secoua la tête afin de se débarrasser des miettes restées coincées dans son oreille droite.

— Je n'ai presque pas dormi la nuit dernière. Ce sale con de Kai a joué à la Xbox jusqu'à une heure du matin, puis il a décidé de faire du trampoline sur mon matelas.

Salman lui adressa un regard compatissant. Tristan et Alfie, eux, éclatèrent de rire.

Tristan, le batteur, était un garçon un brin rondouillard qui, au grand amusement de ses copains, se trouvait irrésistible. Alfie, son frère cadet, n'avait pas encore douze ans. Excellent bassiste, il était sans conteste le meilleur musicien du groupe, mais ses camarades se moquaient de sa voix haut perchée et de sa silhouette enfantine.

— Je n'arrive pas à croire que tu laisses ce morveux te pourrir la vie, ricana Tristan.

— Kai est balaise pour son âge, fit observer Alfie. Et Jay est maigre comme un clou.

L'intéressé les fusilla du regard.

— Bon, on peut changer de sujet ?

Tristan fit la sourde oreille.

— Ça lui fait combien de lardons, à ta mère, Jay ? demanda-t-il. Quarante-sept, quarante-huit ?

Salman et Alfie lâchèrent un éclat de rire, mais le regard noir de Jay les convainquit qu'il valait mieux calmer le jeu.

— Laisse tomber, Tristan, dit Salman.

— Ça va, je rigole. Vous avez perdu le sens de l'humour ou quoi ?

— Non, c'est toi le problème. Il faut toujours que tu en fasses trop.

— OK, les mecs, le moment est mal choisi pour s'embrouiller, intervint Alfie. Je vais chercher un truc à boire. Je vous ramène quelque chose ?

— Un whisky sans glace, gloussa Salman.

— Une bouteille de Bud et un kilo de crack, ajouta Jay, qui semblait avoir retrouvé sa bonne humeur.

— Je vais voir ce que je peux faire, sourit Alfie avant de se diriger vers la table où étaient alignés des carafes de jus de fruits et des plateaux garnis de biscuits bon marché.

Au pied de la scène, trois juges occupaient des tables d'écolier : un type chauve dont le crâne présentait une tache bizarre, une Nigérienne coiffée d'un turban traditionnel et un homme à la maigre barbe grise portant un pantalon de cuir. Ce dernier était assis à califourchon sur sa chaise retournée, les coudes sur le dossier, dans une attitude décontractée en complet décalage avec son âge.

Lorsque Alfie revint avec quatre verres d'orangeade, les joues gonflées par les tartelettes à la confiture qu'il y avait logées, cinq garçons à la carrure athlétique – quatre Noirs et un Indien âgés d'une quinzaine d'années – investirent la scène. Ils n'avaient pas d'instruments, mais portaient un uniforme composé d'une marinière, d'un pantalon de toile et d'une paire de mocassins.

– Ils ont braqué un magasin Gap ou quoi ? sourit Salman.

– Bande de losers, grogna Jay.

Le leader du groupe, un individu à la stature de basketteur, se planta devant le micro.

– Yo, les mecs ! lança-t-il.

Il s'efforçait d'afficher une attitude détachée, mais son regard trahissait une extrême nervosité.

– Nous sommes le groupe Womb 101, du lycée George Orwell. Nous allons vous interpréter une chanson de One Direction. Ça s'appelle *What Makes You Beautiful*.

De maigres applaudissements saluèrent cette introduction. Les quatre membres de Brontobyte, eux, échangèrent un regard abattu. En une phrase, Alfie résuma leur état d'esprit.

— Franchement, je préférerais me prendre un coup de genou dans les parties que jouer une daube pareille.

Le leader de Womb 101 adressa un clin d'œil à son professeur de musique, un homme rondouillard qui se tenait près de la sono. Ce dernier enfonça la touche *play* d'un lecteur CD. Dès que les premières notes du play-back se firent entendre, les membres du groupe entamèrent un pas de danse parfaitement synchronisé, puis quatre d'entre eux reculèrent pour laisser le chanteur principal seul sur l'avant-scène, devant le pied du micro.

La voix du leader surprit l'auditoire. Elle était plus haut perchée que ne le suggérait sa stature, mais son interprétation était convaincante, comme s'il brûlait réellement d'amour pour la fille jolie mais timide évoquée par les paroles. Ses camarades se joignirent à lui sur le refrain, produisant une harmonie à quatre voix sans perdre le fil de leur chorégraphie.

Tandis que Womb 101 poursuivait sa prestation, Mr Currie, le prof de Jay, s'approcha des membres de Brontobyte. La moitié des filles de Carleton Road craquaient pour ce jeune enseignant au visage viril et au corps sculpté par des séances de gonflette.

— Pas mal, non ? lança-t-il à l'adresse de ses poulains.

Les quatre garçons affichèrent une moue dégoûtée.

— Les boys bands devraient être interdits, et leurs membres fusillés sans jugement, répondit Alfie. Sans déconner, ils chantent sur une bande préenregistrée. Ça n'a rien à voir avec de la musique.

— Le pire, c'est qu'ils risquent de gagner, ajouta Tristan. Leur prof a copiné avec les jurés pendant le déjeuner.

Mr Currie haussa le ton.

— Si ces types remportent le concours, ce sera grâce à leur talent. Vous n'imaginez pas à quel point il est difficile de chanter et danser en même temps.

Tandis que les choristes interprétaient le dernier refrain, le leader recula vers le fond de scène, effectua un saut périlleux arrière et se réceptionna bras largement écartés, deux de ses camarades agenouillés à ses côtés.

— Merci, lança-t-il en direction de l'assistance, le front perlé de sueur.

Le public était trop clairsemé pour que l'on puisse parler d'un tonnerre d'applaudissements, mais la quasi-totalité des spectateurs manifesta bruyamment son enthousiasme.

— Super jeu de jambes, Andrew ! cria une femme.

Alfie et Tristan placèrent deux doigts dans leur bouche puis firent mine de vomir. Mr Currie lâcha un soupir agacé puis tourna les talons.

— Il a raison sur un point, dit Jay. Ces types sont des merdeux, mais ils chantent super bien, et ils doivent avoir répété pendant des semaines pour obtenir ce résultat.

Tristan leva les yeux au ciel.

— C'est marrant, tu es *toujours* d'accord avec Mr Currie. Je crois que tu craques pour lui, comme les filles de la classe.

— C'était nul ! cria Alfie lorsque les membres de Womb 101 sautèrent de la scène pour se diriger vers la table où étaient servis les rafraîchissements.

Deux d'entre eux changèrent brutalement de direction puis, bousculant des chaises sur leur passage, se dirigèrent vers celui qui venait de les prendre à partie. Ils n'avaient plus rien des garçons proprets qui avaient interprété une chanson vantant la douceur des cheveux d'une lycéenne. Ils n'étaient plus que deux athlètes de seize ans issus d'un des établissements les plus violents de Londres.

L'Indien au torse musculeux regarda Alfie droit dans les yeux.

— Qu'est-ce que tu as dit, merdeux ? demanda-t-il en jouant des pectoraux.

Frappé de mutisme, Alfie baissa les yeux et contempla la pointe de ses baskets.

— Si je te croise dans la rue, je te conseille de courir vite, très vite, gronda l'autre membre de Womb 101 en faisant glisser l'ongle du pouce sur sa gorge.

Alfie retint sa respiration jusqu'à ce que les deux brutes se dirigent vers le buffet.

— T'es complètement malade ? chuchota Tristan en lui portant un violent coup de poing à l'épaule. Ces types viennent de la cité de Melon Lane. C'est tous des déglingués, là-bas.

Mr Currie avait manqué l'altercation avec les chanteurs de Womb 101, mais il avait été témoin du geste violent de Tristan à l'égard de son frère.

— Eh, ça suffit, vous quatre ! rugit-il en se précipitant à leur rencontre, un gobelet de café à la main. Franchement, votre attitude négative commence à me fatiguer. Ça va bientôt être à vous, alors vous feriez mieux de rejoindre les coulisses et de préparer votre matériel.

Le groupe suivant était composé de trois filles. Elles massacrèrent un morceau de Panamore et, en parfaite contradiction avec leur look punk, réussirent le prodige de le faire sonner comme une chanson de Madonna.

Lorsqu'elles eurent quitté la scène, les membres de Brontobyte entreprirent d'installer la batterie de Tristan. L'opération prenant un temps infini, la femme coiffée d'un turban consulta sa montre. Comble de malchance, la courroie de la basse d'Alfie se rompit, et ils durent la bricoler en urgence avant de pouvoir s'aligner devant le jury.

— Bonsoir à tous, lança Salman dans le micro. Nous sommes le groupe Brontobyte, de Carleton Road, et nous allons vous interpréter une de nos compos intitulée *Christine*.

Une de mes compos, rectifia mentalement Jay.

Il prit une profonde inspiration et positionna les doigts sur le manche de sa guitare.

Ils patientaient dans la salle des fêtes depuis dix heures du matin, et tout allait se jouer en trois minutes.

Découvrez la série CHERUB de Robert Muchamore

CHERUB

CHERUB est un département ultrasecret des services de renseignement britanniques composé d'agents âgés de 10 à 17 ans. Ces professionnels rompus à toutes les techniques d'infiltration sont des enfants donc... des espions insoupçonnables !

Disponible
6,95 €
en poche
Robert Muchamore
CHERUB
MISSION 1
100 JOURS EN ENFER
"Efficace, excitant, fascinant : et si c'était vrai ?"
100 JOURS EN ENFER

Disponible
6,95 €
en poche
Robert Muchamore
CHERUB
MISSION 2
TRAFIC
"Efficace, excitant, fascinant : et si c'était vrai ?"
TRAFIC

Disponible
6,95 €
en poche
CHERUB
MISSION 3
ARIZONA MAX
"Efficace, excitant, fascinant : et si c'était vrai ?"
ARIZONA MAX

Disponible
6,95 €
en poche
Robert Muchamore
CHERUB
MISSION 4
CHUTE LIBRE
"Efficace, excitant, fascinant : et si c'était vrai ?"
CHUTE LIBRE

Disponible
6,95 €
en poche
Robert Muchamore
MISSION 5 LES SURVIVANTS
"Efficace, excitant, fascinant : et si c'était vrai ?"
LES SURVIVANTS

Disponible
6,95 €
en poche
CHERUB
MISSION 6
SANG POUR SANG
"Efficace, excitant, fascinant : et si c'était vrai ?"
SANG POUR SANG

Robert Muchamore
Disponible
6,95 €
en poche
CHERUB
À LA DÉRIVE
MISSION 7
À LA DÉRIVE
"Efficace, excitant, fascinant : et si c'était vrai ?"
Sunday Express

Robert Muchamore
Disponible
6,95 €
en poche
CHERUB
MAD DOGS
MISSION 8
MAD DOGS
"Efficace, excitant, fascinant : et si c'était vrai ?"
Sunday Express

Robert Muchamore
Disponible
6,95 €
en poche
CHERUB
CRASH
MISSION 9
CRASH
"Efficace, excitant, fascinant : et si c'était vrai ?"
Sunday Express

Robert Muchamore
Disponible
6,95 €
en poche
CHERUB
LE GRAND JEU
MISSION 10
LE GRAND JEU
"Efficace, excitant, fascinant : et si c'était vrai ?"
Sunday Express

Robert Muchamore
Disponible
6,95 €
en poche
VANDALES
MISSION 11
VANDALES
"Efficace, excitant, fascinant : et si c'était vrai ?"
Sunday Express

Robert Muchamore
Disponible
6,95 €
en poche
CHERUB
LA VAGUE FANTÔME
MISSION 12
LA VAGUE FANTÔME
"Efficace, excitant, fascinant : et si c'était vrai ?"
Sunday Express

Disponible
6,95 €
en poche
CHERUB
MISSION 13
LE CLAN ARAMOV
Robert Muchamore

Disponible
6,95 €
en poche
CHERUB
MISSION 14
L'ANGE GARDIEN
Robert Muchamore

Disponible
6,95 €
en poche
CHERUB
MISSION 15
BLACK FRIDAY
Robert Muchamore

Disponible
6,95 €
en poche
CHERUB
MISSION 16
HORS-LA-LOI
Robert Muchamore

CHERUB
COMMANDO ADAMS
Robert Muchamore

Et pour tout connaître des origines de CHERUB, lisez HENDERSON'S BOYS de Robert Muchamore

Disponible
6,95 €
en poche
Robert Muchamo
LE PRISONNIER
HENDERSON'S BOYS
LE
PRISONNIER
05.
Par l'auteur du best-seller CHERUB

Disponible
6,95 €
en poche
Robert Muchamor
TIREURS D'ÉLITE
TIREURS
D'ÉLITE
06.
CHERUB - les origines

Disponible
6,95 €
en poche
Robert Muchamor
L'ULTIME COMBAT
HENDERSON'S BOYS
L'ULTIME
COMBAT
07.
CHERUB - les origines